허공 건너기

허공 건너기

초판발행일 | 2017년 12월 27일

지은이 | 김임순
펴낸곳 | 도서출판 황금알
펴낸이 | 金永馥

주간 | 김영탁
편집실장 | 조경숙
인쇄제작 | 칼라박스
주소 | 03088 서울시 종로구 이화장2길 29-3, 104호(동숭동)
물류센타(직송 · 반품) | 100-272 서울시 중구 필동2가 124-6 1F
전화 | 02) 2275-9171
팩스 | 02) 2275-9172
이메일 | tibet21@hanmail.net
홈페이지 | http://goldegg21.com
출판등록 | 2003년 03월 26일 (제300-2003-230호)

값은 뒤표지에 있습니다.

ISBN 979-11-86547-87-8-03810

*이 책은 한국문화예술위원회 경남문화예술진흥원으로부터 발간비의 일부를
 지원받았습니다.
*이 도서의 국립중앙도서관 출판예정도서목록(CIP)은 서지정보유통지원시스템
 홈페이지(http://seoji.nl.go.kr)와 국가자료공동목록시스템(http://www.nl.
 go.kr/kolisnet)에서 이용하실 수 있습니다.(CIP제어번호: CIP2017032725)

허공 건너기

김임순 소설

황금날

작가의 말

가당찮은 소리인지도 모른다. 제 앞가림도 못하면서 나의 이야기, 너의 이야기, 우리들의 이야기를 쓰고 싶었다. 청춘들은 헬조선을 꿈꾸고, 노인들은 요양원에 모여 산다. 짐승들의 권세가 사람보다 높아질까 염려되고, 연근해 해역의 어종은 씨가 말라간다. 너와 나, 우리들의 바다는 이방인들이 새로운 역사를 써내려 가고 있다.

욕망의 두 얼굴을 가진 야누스의 바다는 삶과 주검을 함께 공유하고 있었다. 때로는 누군가에게 희망을 주기도 하고, 또 누군가에겐 절망을 안겨주기도 했다.

나는 왜 유독 바다에 대해 할 말이 그리 많았을까. 오래전부터 보아온 바닷사람들의 삶이 퍽 고단해 보여 더욱 그렇다. 어쩌면 내 자전적 소설의 무대가 되어준 곳이 거기인지도 모른다.

금수저니, 흙수저니, 밥숟갈 타령이 사람의 신분을 저울질하는 세상에 살고 있다. 내 부모가 흙수저를 낳았고, 나 또한 자식에게 그걸 물렸다. 금수저를 물고 났으면 어쩌면 나는 바다에 대한 소설들을 결코 쓰지 못했을 것이다.

안태安胎 고향이 어촌이 아닌 도회지였다면 조금 더 우아하고 고급스러운 작품들을 썼을지도 모른다. 그렇지 못해서 한없이 부끄럽다. 그걸 빌미 삼아 이미 떠나버린 사람들을 탓할 필요도 없다. 당신네들이 있었기에 내가 글을 쓸 수 있었노라고…….

오늘도 삼발이 위에 올라앉아 바다를 향해 돌을 던진다.

오라, 오라! 수장된 영혼들이여! 깨어서 오라!

그대들을 위하여 어머니는 용왕제를 올렸고, 아버지는 바다와 돌아앉았다. 허나, 나는 오늘 박수무당이라도 불러 지노귀 굿판이라도 한판 거나하게 펼치고 싶다. 바다로 인하여 나의 소설은 살아났고, 애먼 목숨들을 사장死藏시켰다. 그래서 쓸 수밖에 없었노라고. 감사하였노라고…….

나의 소설로 인하여 누군가의 아픈 기억을 떠올리게 하였다면 죄 값을 치러야 마땅하다. 그러나 돌이켜보면 한 때나마 유희처럼 즐겼던 행복했던 시절이 있었지 않았는가?

수록된 작품에는 소설의 제목이 바뀌거나 다소 내용을 수정, 또는 개작된 작품이 상재上梓 되었음을 밝히는 바이다.

앞으로 얼마를 더 쓸 수 있을지 몰라도 소설을 쓰는 동안 나이 든 제자를 격려해준 중앙대학교예술대학원 문예창작전문가과정을 지도해준 많은 분들을 떠올릴 것이다.

정지아, 표명희, 박형숙, 이남희 선생님. 특히, 대학교의 스승이셨던 김인배 교수님의 은혜는 잊지 못할 것 같다. 이분들은 나의 서툰 걸음마부터 시작하여 제대로 걸을 수 있게 자취마다 깁스를 해주었다.

인쇄물 홍수 속에 시답잖은 글을 묶어준 황금알 출판 관계자들께 감사의 말씀을 전한다. 이 순간 누군가가 절실하게 보고 싶다면 오래 전에 떠나버린 내 수족 같았던 분들일 것이다. 작품 속에서 함께 한 추억들이 눈물나게 서글픈 가을이다.

2017년 11월. 거제도에서
김임순

차례

단풍이 타던 시절 • 11

킹크랩이 되는 과정 • 35

허공 건너기 • 55

P시의 항구 주변 • 75

바람이 분다 • 101

철새와 갈매기 • 125

그 여자의 남편 • 149

덫과 틈 사이 • 169

때늦은 저녁 성찬 • 193

연리지連理枝가 있던 정원 • 217

해설 | 김인배 • 241

단풍이 타던 시절

남자는 삼일 전에 추락사한 사내의 주검과 만났다. 브레이크를 밟는다는 게 잘못해 엑셀을 밟았는지, 아니면 급발진 사고였는지 분명치 않았다. 개중에는 자살에 무게를 두는 모양새지만 단지 추측일 뿐 그 내막에 대해선 아무도 모른다.

사내가 쇠사슬 가드레인을 뚫고 다이빙하듯 바다로 곤두박질쳤다. 테트라포드 위에 앉아 있던 남녀가 최초의 목격자였다. 그들은 한갓지게 앉아 애정을 교류하다 '첨벙' 소리에 놀라 뒤돌아보니 거대한 물기둥이 솟아올랐다고 했다. 사고라는 걸 직감한 그들은 서로의 목덜미를 감고 있던 어깨동무를 풀고 119에 신고를 했다. 소방차가 달려왔을 때 바다는 물결주름만 잡고 있었다. 너무 고요하여 오히려 평화롭게 보였다.

"저기, 저 부근쯤 될 거예요."

민얼굴의 여자가 손가락으로 가리켰다. 소방대원들은 차에서 풀쩍 풀쩍 뛰어내렸다. 말아놓았던 에어호수를 신속하게 펼쳤다. 산소통을 멘 대원이 바닷속으로 들어갔다. 물방울이 뽀글뽀글 올라왔다. 물질하다 놀란 해녀들이 잠수를 멈추고 갯바위로 올라왔다. 숨비소리를 듣고 관광객들이 구경거리 삼아 몰려들었다.

"엄마야, 우짜다 저래 됐능기요?"

"글쎄요, 차 몰고 물에 빠진 당사자나 알지, 그걸 누가 알것소?"

견인차들이 경쟁하듯 앵앵대며 달려왔다. 몰려든 사람들이 측은한 듯 바다를 내려다보고 섰다. 잠수대원이 수면 밖을 물오리처럼 치고 오르며 손을 들어 신호를 보낸다. 기중기가 가동되고 갯벌로 곤두박질 쳤던 승용차가 서서히 올라온다. 사람들이 비명을 질러댔다. 119대원들이 문짝을 뜯어내고 물미역처럼 늘어진 사내를 간신히 꺼냈다. 이미 유명을 달리한 사내는 해수海水를 들이켜 복부가 빵빵하게 부풀어 있었다. 물이 줄줄 흐르는 채로 들것에 실려 병원으로 후송되었다. 그리고 오늘에야 비로소 시신보관소의 냉동고 캐비닛에서 나올 수 있었다.

이것이 대략 남자가 염습한 사내의 사망사고 내력이다. 예상대로 사체死體는 무거웠다. 원체 거구인데다 물에 불어 더 그랬다. 주먹으로 차량유리를 엄청 내리친 모양이었다. 손등에 멍 자국인지 청색증이 유난히 심했다.

남자는 포르말린 냄새가 밴 사자死者의 몸을 약쑥 물로 꼼꼼하게 닦는다. 사내의 불알을 슬쩍 거두어주다 온몸을 부르르 떨었다. 그곳이 생명체의 보고寶庫라고는 전혀 믿기지 않을 만큼 볼품없이 쪼그라들어 있었다. 한때는 아침마다 삼각텐트를 쳤을, 사내와 똑같은 물건을 자신도 달고 있다는 게 조금은 서글펐다. 입안에 비척지근한 피 맛이 돌았다. 남자는 사내를 염습하는 동안 창문을 열고 가래침을 몇 번 뱉었다. 언젠가 자신의 사후死後 역시 사내와 방법만 다를 뿐 한가지일 거라 믿어버린다.

남자는 한없이 초라해진 자신을 다독이며 사내를 야무지게 묶는다. 담배연기로 마지막 그의 생을 위로한 뒤, 아귀를 맞춰 관 뚜껑을 닫고 입관절차를 끝낸다. 마스크를 벗고 양쪽 볼이 옴팍 들어가도록 담배를 뻑뻑 빨았다. 연달아 담배개비를 꺼내려다 빈 곽임을 확인하고 와지끈 구겨버린다. 물에 빠져 죽은 사내 탓에 한 갑을 벌써 다 태워도 기분이 심란했다. 입술이 타들어갈 듯 태우고 있었던 담배를 구두 뒤축으로 비벼 끄고 핸드폰을 꺼내 저장된 메모를 확인한다.

내일 바로 이 병원에서 또 한 건의 염습이 잡혀있었다. 전화를 걸어온 상대는 후두염을 앓은 환자이거나 줄담배를 태워 성대에 문제가 생긴 듯 쉰 목소리가 났다. 솔직히 그 주검이 성가신 듯한 말투였다. 귀찮은 병수발에 시달리다 이제, 홀가분하게 보내는 주검으로 보였다.

남자는 입관할 시간이 미시未時가 좋겠다고 했다. 보기 드물게 4일장이었다. 남자는 한 쪽 어깨에 수화기를 걸치고 그 시간에 맞추어 가겠다고 했다. 수화기를 내려놓아도 새된 목소리는 이명처럼 달팽이관에 맴돌았다. 그러니까 그 주검과는 이틀 전에 예약되어 있었다.

이왕 간 김에 겸사겸사, 남자는 예약된 영안실로 향했다. 모레가 장례식이면 지금쯤은 간간이 문상객들이 찾아오지 않을까 그런 생각이 들었다. 그러나 예상과는 달리 3호 영안실엔 아무도 없었다. 다만, 국화꽃 속에 파묻힌 영정만 제단 위에 홀로 앉아 조문객을 기다리고 있다. 죽음과는 영 무관해 보이는 사진은 자신이 죽었는지조차도 모르는 듯 태연하게 웃고 있다.

14

여자는 나무둥치에 삐뚜름히 기대고 섰다. 앞머리를 쓸어 올려 머리핀을 꽂았다. 촘촘히 박힌 큐빅이 햇빛에 반사되어 그 부분만 희게 보였다. 누군가 장난삼아 머리 위로 낙엽을 한 움큼 뿌린 모양이었다. 단풍잎이 여자의 머리 위로 팔랑대며 내려앉는다. 카메라를 든 사람이 피사체를 왼쪽에 놓고 렌즈를 줌으로 끌어당겨 찍은 것도 좋았다. 배경과 구도가 잘 맞았다. 사람들이 실물보다 사진이 훨씬 잘나왔다고 말했을 만큼 살갑게 보인다. 한눈에 보아도 흠잡을 게 없다. 사진은 서른두 평 남짓한 거실 벽에 걸려있다 잠깐 자리만 옮겨 앉은 것 같았다.

남자는 어이곡哭조차 없는 영안실에 앉아 여자의 얼굴을 대수롭잖게 바라본다. 낯선 사내의 이목에 여자가 토끼눈을 하고 있다. 일면식도 없는 사람이 왜 남의 얼굴을 빤히 보느냐고 따지고 들면 실은 할 말이 없다. 그렇게 통바리를 안길 것 같은 인상은 아니었다. 꽤나 야살부릴 듯이 생긴 입술은 금방이라도 농지거리를 하려들 것만 같았다.

남자는 손나발을 불듯 벽을 향해 ‘흠흠’ 헛기침을 한다. 맞선 장소에 나온 노총각처럼 얼굴이 후끈 달아올랐다. 여자가 숙맥 같은 사내라며 깔깔댄다. 남자도 덩달아 풋, 하고 따라 웃는다. 무슨 즐거운 일이라도 생긴 양 분위기가 사뭇 화기애애하게 느껴졌다. 그러다 한순간, 흑백영화처럼 딱 끊겼다. 멋대로 남의 초상집에 와서 남자는 자신이 지금 무슨 짓을 하고 있는지, 이건 아니다 싶어 얼른 신발을 꿰찬다. 돌아서려니 또 어째 뒷심이 당겨 음극에 끌려간 양극전류처럼 다시 마루로 오른다. 이번엔 가부좌를 틀고 앉아 여자의 얼굴을 찬찬히 뜯어본다. 나이는 마흔 안팎쯤 되어 뵈는, 아직은 엄마 손이 필요할 남매를 두었을 것 같은 여인의 모습에 괜스레 마음이 짠했다.

*

아내는 할인마트에서 케셔(점원)일을 했다. 다이어트 식품을 선전할 때는 쫄쫄 곯았다. 하루는 냉동만두를 구웠고, 새로 개발된 먹을거리가 나오면 매장 구석자리를 차지하고 손님들을 불러 모으느라 열을 올렸다. 판매자가 날씬하게 보여야만 효능이 있다는 걸 몸소 입증해야만 했다.

"여보! 이 짓 그만두어야겠어. 당최 못해 먹겠다. 내가 실은 안 해서 그렇지, 했다 하면 이름을 날릴 자신은 있다, 정말."

"자기가 뭘 해서? 설마하니 시의원 나오려고 하는 건 아니겠지?"

푸하하! 둘은 크게 웃었다. 그 길로 아내는 점원생활을 작파하고 보험설계사로 나섰다. 처음 한두 달은 입이 떨어지지 않아 건수를 올리지 못하는 눈치였다. 그러다 점점 숫기가 생기고 제법 자신감도 붙어 보였다. 화이트보드마카그래프가 상종가上終價를 치고 있는 격이었다. 실적이 좀 오르자, 없던 푸념이 생겨났다. 하루 이틀 말이지, 남의 차를 얻어 타고 다니기가 미안하다. 운전면허를 땄으면 좋겠다고, 넋두리처럼 읊어댄다. 일일이 사람을 상대하는 직업이라 순발력이 필요하다는 걸 남자도 알고 있었다.

다방면으로 왕성해진 여성들의 사회진출에 합류한 아내에게 굳이 딴죽을 걸고 싶지 않았다. 세상천지에 남편을 도우겠다는데 반대할 사내가 어디 있겠나. 아이 하나를 교육하는 데 드는 비용만도 자그마치 억! 억장이 무너진다. 제 깜냥으로 노력은 해보지만, 안 되는 건 안 되는 거다. 아내는 바지런히 뛰어 수당으로 할부를 넣겠다고 했다. 잘 되었다 싶어 남자는 그럼 그렇게 하라고 했다. 한 달 만에 아내는 면허증과 함께 각종 카탈로그를 들고 왔다. 귀가 얇은 아내가 자동차 판매사원의 말에 솔깃한 모양이었다. 퇴근길에 빨간색 소형차를 몰고 왔다. 남자는 자기와 달리 외향적인 성격의 아내가 활달해서 좋았다.

종신보험을 계약하겠다는 전화를 받고 아내는 장거리 운전에 나섰다. 빨간색 원피스를 입고 있었다. 다른 날보다 모양을 더 낸 것 같아 남자는 눈살을 찌푸렸다. 운전을 하려면 편한 옷을 입어야지. 남자의 핀잔에 아내는 직업상 바지를 입고 운동화 신는 건, 왠지 좀 그렇다, 고 했다. 그러지 말고 시운전 삼아 당신도 함께 가자, 고 졸라댄다. 돌아오는 길에 상원사에 들러 단풍구경을 하고 오는 게 어떻겠냐고.

아직 핸들조작이 익숙지 않으니 그냥 시외버스를 타고 다녀오라고 했다. 남자의 말에 아내는 '쌩'하니 토라졌다. 어차피 운전하려고 차를 구입하지 않았느냐? 사람 너무 무시하는 것도 좋은 버릇이 아니다. 오토매틱 차량이 좋다는 게 무어냐? 운전하기 쉬우라고 내놓은 거 아냐? 구구절절 맞는 말만 했다. 남자는 더 이상 실랑이를 하고 싶지 않았다. 그러면 그냥 다녀오라고 했다. 아내가 그렇게 호탕하게 웃고 나가는 걸 남자는 결혼 후 처음 보았다. 걱정하지 말라며 비탈진 언덕을 내려갔다. 풋 브레이크를 밟는지 브레이크 등이 자주 들어왔다. 그런 아내의 꽁무니를 남자는 베란다 창문을 열어놓고 한참을 내려다보았다.

아이들과 레고놀이를 할 때부터 아내는 감각이 좀 무뎠다. 눈썰미가 부족해 부품을 어긋나게 놓을 때가 많았다. 레일을 이탈하고 엉뚱한 데로 달렸다. 잔소리를 하면 남자가 쪼잔하게시리, 그딴 거 갖고 뭘 그러냐며 제비추리 같은 눈을 흘겼다. 그렇게 나간 아내의 이름을 낯선 사내가 전화로 찾았다. 전화선을 배배꼬며 도대체 누구냐고 캐물었다. 전지를 펴놓고 남자는 그때 전원주택 건축도면을 그리고 있었다. 아내와 함께 오래전부터 꿈꿔 온 새 보금자리였다. 아이들이 자장면을 먹고 싶다고 소리쳤다. 남자는 한손으로 수화기를 막고, 좀 조용히 하라며 짜증을 냈다.

내연산 폭포로 꺾어드는 7번 국도에서 일어난 사고였다. 앞바퀴를 치켜든 덤프트럭이 비상등을 겜벅대고 있었다. 거대한 공룡의 핏발선 눈알을 해다 박은 것처럼 보였다. 오거리엔 스프레이만 칙칙 그어져 있었다. 아내는 이미 병원으로 후송되고 없었다. 지휘봉을 든 경찰만이 팔을 좌우로 꺾으며 교통정리를 하고 있었다.

"완전 초짜더군요. 덤프트럭 밑으로는 왜 들어가요? 그게, 앨버트로스 새도 아닌데, 그냥 새끼처럼 품어주기나 하겠어요?"

듣기에 따라선 비아냥대거나 농지거리 같은 말투였다. 마치 근처에서 사고를 목격하기라도 한 듯이 전화로 알려온 목소리에, 남자는 아내가 쇼를 한다고 생각했다. 단풍 절경에 빠져 농담하는 줄 알았다. 연락을 받고 달려가는 내내 그런 생각이 들었다. 얼굴이 새파랗게 질려서 달려온 남자를 향해 나, 멀쩡해, 꼭 그렇게 말할 것만 같았다.

남자는 갓길에 털썩 주저앉았다. 다리에 힘이 빠져 걸을 수가 없

었다. 이 일을 어떻게 하나. 아내에겐 피붙이가 없다. 아는 곳이라고
는 열여덟 살까지 지냈던 성애원聖愛院뿐이었다. 성애원을 오르던 길목
에 단풍나무가 있었다. 아내는 나무 아래서 언젠가 자기를 찾으러 올
엄마를 손꼽아 기다렸다고 했다. 조금만 지나면 금방 데리러 오겠다는
말을 철석같이 믿었단다. 빨간 원피스를 입고 등 떠밀려 들어온 지 오
랜 세월이 지나갔다. 나무둥치가 굵어지고, 파란 잎에 단풍이 들어도
엄마는 오지 않았다고. 아내는 그때 입었던 원피스를 보물인 양 간직
하고 있었다. 자신이 너무 자라서 엄마가 미처 알아보지 못할까 봐 단
풍나무에다 그걸 걸어두고 놀았단다. 빛이 바랜 원피스는 아내의 옷장
속에 아직도 고스란히 남아 있다.

*

　남자의 몸에선 늘 향내가 났다. 아내는 그를 부둥켜안고 우는 날이
많았다. 그런 아내를 위해 남자는 노인들을 염습殮襲할 때마다 정말 장
모님을 모시듯 했다. 그랬던 아내가 자기보다 먼저 죽다니 도저히 믿
어지지 않았다. 아쉬운 대로 성애원에 알릴까 하다 그만두었다. 아내
는 그곳을 떠나온 뒤, 자신의 과거를 들먹이는 걸 원치 않았다. 남자도
그걸 되씹고 싶지 않았다. 의지가지없이 살아도 두 사람은 성애원을
나왔다는 것만으로 행복해했다.
　남자는 자신이 아내의 시신을 염습하리라곤 상상도 못 했다. 집으로
돌아온 남자는 핏발선 눈으로 영정으로 쓸 만한 사진을 고른다. 아무
리 뒤져도 주민등록증 외엔 확대할 게 없다. 사진으로나마 아내의 결
혼생활이 행복했다는 걸 증명하고 싶었다. 하지만 그걸 대변해줄 만한

증거물이 쉽사리 눈에 띄질 않는다. 어린 시절을 불우하게 보낸 아내는 독사진보다 단체사진이 많았다. 연말이면 자주 보아왔던 눈에 익은 광경이었다.

상자를 놓고 앞줄에는 아이들이 조르르 앉았다. 뒷줄에는 울타리를 치듯 두 부류의 어른들이 서 있었다. 양복을 입은 말쑥한 사람과 일하다 급히 나온 듯한 작업복 차림이었다. 고아들을 위한 위문용 상자 속에는 학용품 외에 군것질거리가 들어 있었다. 그것도 연중 내내 있는 게 아니었다. 연말이나 선거철에만 반짝할 때가 많았다. 그럴 때마다 신문보도 자료용으로 사진만은 꼭 찍어갔다. 웃어야 할 때 눈물이 쏟아져 아내는 애를 먹었단다. 김장철에 아줌마들이 다녀가고 나면 그날은 온종일 펑펑 울었다고 했다. 촬영에 신물이 났던 아내는 사진 찍는 걸 달가워하지 않았다. 그러니 영정사진으로 쓸 건 더더욱 없었다.

부득이 남자는 이거다 싶은 걸 하나 골라냈다. 얼굴이 좀 애련해 보였다. 결혼 1주년 때 내소사에 가서 찍은 사진이었다. 남자는 아내와 나란히 서서 찍은 사진에서 아내의 얼굴을 오려내고 자신의 얼굴은 난도질해버렸다. 칼끝에 사푼 스쳤을 뿐인데 손가락이 베여 붉은 피가 흘렀다.

모든 주검이 한결같지 않았지만 아내만큼은 편안해 보였다. 무거운 등짐이라도 벗어버린 양 무정하리만치 안온했다. 품속이라고 모두 따뜻한 것만 있는 게 아니야. 응급실로 달려가 제일 먼저 아내에게 그 말을 했다. 그리고 남자는 내리 사흘을 펑펑 울었다.

남자는 아내의 삼일장을 치르고 그 자리에서 탈상까지 마쳤다. 생각 같아서는 기제忌祭 때까지 삭망을 지내주고 싶었지만 홀아비로선 엄두가 나지 않았다. 그 대신 상원사 절에다 사십구재를 올렸다. 해줄 수 있는 건 오직 그것뿐이었다.

아내의 장례를 치른 후 남자는 여러 날 입었던 옷가지들을 쓸어 담아 세탁기를 돌렸다. 고만고만한 아이들 옷은 손빨래가 필요치 않았다. 사람 든 건 몰라도 난 자리는 금방 드러났다. 아내가 전적으로 도맡아 했던 살림살이를 차고앉는다는 건 쉽지 않았다. 어디서부터 어떻게 꾸려야 할지 암담했다. 그렇다고 망연자실 맥 놓고 있을 수만은 없었다.

장롱을 열어 아내가 벗어 두고 간 옷가지들을 정리한다. 나프탈렌 냄새를 싫어하던 아내는 서랍장 칸칸마다 마른 쑥을 한지에 싸 켜켜이 넣어 놓았다. 즐겨 입었던 쑥색 니트에서 쑥 향이 풍겼다. 오월이면 남자는 아내의 성화에 못 이겨 약쑥을 캐러 다녔다. 옷은 계절별로 나뉘어 정리되어 있었다. 남자의 속옷은 아내 것과 포개져 세 번째 칸에 들어 있었다. 남자는 아내의 체취를 찾아 서랍장 속에다 코를 박고 흠흠 댔다. 그러다 왈칵 눈물을 쏟는다. 여보, 양말 줘, 손수건도. 일일이 챙겨주었다. 어느 곳에 어떤 물품이 들어있는지조차도 모르고 살았다. 부엌살림에 젬병이었던 남자는 아내가 해주는 끼니를 고스란히 받아먹고만 살았다.

"사내자식이 부엌에 들면 뭐가 떨어진다!"

할머니가 보물단지처럼 여기던 그 고추란 게 지금 고래심줄처럼 붙어있다고 한들, 아내가 없어진 판국에 무용지물. 한 점 살덩이에 불과하다. 주방출입이 전무했던 남자는 전방위全方位로 뛰어다녔지만 모든 일이 손끝마다 서툴렀다. 참혹한 심정으로 풀썩풀썩 옷을 뒤져 성한 것은 골라 복지시설에 보냈다. 나머지는 박스에 담아 헌옷 분리수거함에 넣었다.

삼일 만에 아내를 떠나보낸 남자는 호적에서 아내를 지워야만 했다. 엄마의 죽음을 받아들이기엔 막내는 너무 어렸다. 우는 아이를 달래려고 피자를 사 먹이고, 콜라를 든 채 동사무소에 들러 아내의 사망신고서를 제출했다. 직원이 아내의 이름에 빨간 줄을 그었다. 아내는 더 이상 주권을 행사할 수 없다. 그해 연말에 치러진 대통령 선거를 남자는 혼자 가서 찍었다.

아내는 두 개의 생명보험에 가입되어 있었다. 보험증서를 들고 갔던 그곳의 업무는 상당히 까다로웠다. 사망진단서만으로 보상금을 선뜻 지급하려 들지 않았다. 계약조건대로라면 자기네들이 알아서 척척 해결해주어야 마땅한 일이었다. 결재서류를 건네받은 지점장이 부부사이가 원만했느냐고 물었다. 화롯불에 기름을 쏟아붓는 것도 유분수지, 누구라도 걸리기만 하면 작살을 내주고 싶은 심정이었다. 내가 당신에게 마누라와 이불 속에서 한 짓까지 까발려야 되냐? 그게 계약규정 어디에 있느냐며 남자는 책상 모서리를 잡고 부르르 떨었다. 겁먹은 막내가 징징댔다. 여직원이 달려 나와 아이 손에 사탕을 쥐여주는 바람에 숙지근해지고 만다.

집으로 돌아온 남자는 쌀을 벅벅 씻어 압력밥솥에 앉히고 스위치를 눌렀다.

"취사가 시작되었습니다."

아내를 대신해 나타난 여자의 목소리였다. 삼시세끼 밥은 얼굴 없는 여자가 스위치 하나로 해결해주었다. 문제는 지지고 볶는 반찬이었다. 계란프라이는 쉬웠다. 된장찌개는 짜거나 싱거웠다. 귀찮은 날엔 가까운 마트로 가 멸치볶음과 장조림을 샀다. 막내가 카트 타는 걸 좋아해 어느 날은 하릴없이 아이를 태우고 몇 바퀴 돌아다니다 왔다.

초등학교는 자율급식을 실행하니 도시락은 싸지 않아도 되었다. 큰아이는 준비물만 챙겨 학교로 보냈다. 막내의 머리를 손질하기는 쉽지 않았다. 짧게 커트를 치자고 해도 말을 듣지 않았다. 방울 달린 끈으로 뽄새 없이 묶거나 풀어헤친 채 보냈다. 아이가 짜증스럽게 머리카락을 쓸어 올리면 보육교사에게 머리를 좀 묶어 달라고 부탁한다. 어린이날은 '김밥천국'에다 부탁한 도시락을 싸들고 놀이동산에도 데리고 다녔다. 하지만 여자가 세세하게 꾸렸던 살림살이를 남자가 도맡아 하기엔 아무래도 버거웠다.

*

남자가 지난 시절을 회상하는 동안에도 3호 영안실엔 아무도 나타나지 않았다. 그냥 돌아가 버릴까 하다 죽은 아내가 떠올라 장례용품 코너에 가 양초 두 자루와 향을 산다. 장례용품을 손수 장만해 낯선 사람의 제단에 올려보긴 처음 있는 일이었다. 주머니를 뒤져 라이터를 찾는다. 담배를 끊어도 항시 가지고 다녔던 것을 오늘은 깜박 잊고 나왔다. 2호실을 찾아가 문상객을 맞을 때마다 곡을 하던 사내에게 라이터를 빌린다. 라이터를 건네면서 굴관 쓴 상주가 남자를 빤히 쳐다봤다. 댁이 참 안타깝다는 눈빛이다. 필요한 건 라이터였지, 동정을 부탁한 건 아니었다. 남자는 굳이 아내가 아니라고 해명하고 싶지도 않았다. '영원장의사' 로고가 박힌 라이터를 받아들고 말없이 여자의 영안실로 되돌아왔다.

촛불을 켜고 향을 피우는 동안 두 사람이 다녀갔다. 소식을 듣고 미리 울고 왔는지 눈물은 흘리지 않았다. 여자와 또래쯤으로 보였다. 남자의 존재를 부정도 긍정도 하지 않았다. 남자도 그냥 내버려두었다. 어차피 대접할 음식도 없거니와 생판 모르는 사람들이었다. 그들은 향로에 향을 꽂고 조용히 나갔다. 그래도 인사는 해야 할 것 같아 여자들을 뒤쫓아 일어서다 발목이 꺾이고 만다. 쓸데없이 가부좌를 틀고 앉은 탓에 다리에 쥐가 났다. 침을 찍어 콧등에 바르고 벽을 짚고 일어선다. 절뚝대며 나가는 사이, 여자들은 이미 가고 없었다. 무심히 들어오자 이번엔 여자의 웃음소리가 향로 너머로부터 폭소에 가깝게 들린다. 그러게, 그냥 제 곁에 앉아 계시라니깐요. 환청幻聽에 옷자락을 잡힌 듯 남자는 또다시 주저앉는다.

영안실을 지키고 있는 동안 2호실엔 계속해서 화환들이 배달되었다. 넘쳐나서 3호실 입구까지 늘어섰다. 간혹 여자의 영안실로 불쑥불쑥 들어서는 문상객도 있었다. 남자는 그냥 내버려 두었다. 젊은 여자의 영정사진을 보고 그들이 더 놀라 얼른 돌아섰다. 나가다 흘끗 뒤돌아다보는 게 조금은 부담스럽기도 했다. 이제는 정말 일어나야지, 그러면서도 남자는 쉬이 일어서지 못한다.

그날 장례식장에 입고入庫된 망자는 노인과 여자, 둘뿐이었다. 2호실은 문상 온 사람들로 넘쳐났다. 여자의 방은 적요寂寥로웠다. 문상객들이 방문할 때마다 2호실의 곡소리는 장맛비처럼 찔끔댔다. 호상이라며

24

완전히 잔칫집 분위기였다. 아흔을 넘긴 죽음은 확실히 축하할 일이었다. 창부타령만 나오지 않았을 뿐, 정말 파티라도 벌어진 것 같았다. 육개장을 먹거나 수육을 안주 삼아 술을 마시면서 왁자글했다. 한편에서는 고스톱을 치고 트럼프를 돌렸다. 벽 하나를 사이에 두고 죽음의 등급도 달랐다.

2호실은 삼시세끼마다 상식上食을 올렸다. 남자는 온종일 꿇고 있는 여자가 측은했다. 사무실로 찾아가 쑥을 넣은 인절미와 삼색 과일을 부탁한다. 관리자는 입에다 담배를 꽉 물고 주문한 품목을 명세서에 기록했다. 먹지에 찍힌 한 장을 뜯어 남자에게 건넸다. 아침저녁으로 올리는 상석은 어쩔 거냐고 물었다. 내 소관이 아니라는 말도 하지 못했다. 재차 상복과 관에 관해서 물었다. 검은 의복과 삼베, 둘 중에 하나를 선택하라고 했다. 그것도 대답할 의무사항이 아니었다. 적송과 오동나무 관에 대해 설명하던 관리자가 신경질적으로 문을 꽝 닫고 나가 버렸다.

남자는 맥없이 고개가 자꾸 꺾였다. 바다로 뛰어든 사내에게 너무 많은 힘을 쏟은 것 같았다. 누군가 어깨를 툭, 쳤다. 양쪽 다리 사이에다 머리를 박고 그사이 졸고 있었다. 꿈에서조차 아내를 껴안고 울었던지 눈가가 축축했다. 남자의 쪽잠을 깨운 노인은 여자의 외삼촌이라고 자신을 밝혔다. 염할 시간은 아직 내일인데, 무슨 일이냐고 물었다. 남자는 지나가던 길에 잠시 들렀다고 둘러댄다. 마음은 갸륵하지만 미리 대기할 필요는 없지 않느냐며 그만 돌아가라고 했다. 그러다 미안했던지, 술이나 한잔 하고 가라며 2호실로 가서 육개장과 소주를 얻어 왔다. 워낙에 그쪽이 북적대니 상조회사에서 나온 여자들도 분간하지 못했다. 술은 할 줄 모른다고 말하려다 남자는 그만 무릎을 꿇고 말았다. 노인은 단숨에 술잔을 비우고 육개장 국물을 후루룩, 소리 나게 마셨다. 입안에 든 고기를 씹으며 남자더러 왜 염장이가 되었느냐고, 딱히 대답을 기대해서가 아니라 그냥 지나치는 말투로 물어왔다. 남자는 대꾸하지 않고 피식 웃기만 했다. 2호실 문상객들이 코를 심하게 골았다. 그 소리에 여자의 제단에 향이 사그라진 줄도 모르고 있었다.

*

승용차는 동해안 어느 바다를 향해 달려간다. 여름이면 피서객들로 넘쳐나는 어느 도시를 향하고 있었을까. 그날, 아내가 잠깐 다녀오겠다며 집을 나섰을 때처럼 이 여자 또한 그랬을까. 심하게 휘어진 산모롱이를 돌다 갑자기 나타난 어떤 물체를 만났다. 아내도 아주 가끔 저를 버린 부모가 자동차 유리창에 달라붙는다고 여겼을까. 환영과 함께 타고 달린다는 의식이 끔찍하게 싫어, 길가에 세워진 전봇대라도 들이받아 그들을 떨쳐 버리고 싶었노라고……. 이번 여자 또한 그 무언가의 형상을 향해 막연히 돌진해 버린 게 아니었을까. 그게 배신한 남자의 환상일 수도 있었다.

여자의 시신은 나흘 동안 냉동고에 갇혀 있었다. 관할 경찰서에서는 단순사고냐, 자살이냐를 두고 사실규명에 시간이 좀 걸릴 것 같아 일단 장례부터 치른다고 했다. 보나마나 황당한 논리로 무장한 약관을 내세워 실상은 늑장처리를 위한 보험회사의 끈질긴 추적 때문일 것이다. 그쪽 습성을 훤히 꿰차고 있는 남자는 쉽게 보상을 해주지 않을 거라고 짐작했다. 그 사이 담당경찰관과 보험회사 직원이 두어 번 다녀갔다.

"당신이 남편이요?"

관할서管轄署에서 나온 형사 두 명이 꼬치꼬치 캐물었다. 남자는 도리도리, 고개를 흔들었다.

"저 여자에 대해 알고 있는 대로 말해 봐요. 참고할 사항이 있는지⋯⋯."

"나 참, 어이가 없네. 이 보쇼, 도대체 이 여자의 사인死因이 나랑 무슨 상관이란 말입니까?"

"당신, 알리바이를 증명할 수 있소?"

겨끔내기로 닦아세우듯 남자를 잡도리했다.

"내가 여잘 죽이기라도 했단 말인가요?"

"나 원 참, 그럼 도대체 누구란 말이요?"

죽은 여인의 시체와 무슨 관련이 있기에 남의 빈소나 지키고 있느냐고 세세하게 캐묻는다. 그 질문에 대해서는, 무슨 적당한 말이든 해야 할 텐데⋯⋯ 남자는 선뜻 말이 나오지 않았다. 이 경우에 어울리는 타당한 말이 좀처럼 떠오르질 않았다.

"세상천지에 댁들만 있는 것도 아닌데, 뭘 숨기려 드실까?"

경찰이 비꼬듯이 깨죽거렸다. 예기치 못한 멸시에도 남자는 처음엔 개의치 않았다. 단연코 그런 사이만은 아니라고 변명하고 싶지도 않았다.

"보험회사로부터 정식 수사의뢰가 들어왔으니, 우린 절차상 확실한 걸 밝혀야 할 의무가 있단 말이오. 잘 알잖소? 허니, 솔직하게 협조 좀 하쇼. 죽은 여자와 댁이랑 정말 무슨 관계요?"

"아무 관계도 아니라고 몇 번이나 말해야 알아듣겠소?"

맺힌 한이 많은 남자는 경찰관의 목이라도 틀어쥐고 싶었다.

"허, 거 참! 끝까지 비협조적으로 나오시겠다, 그거요? 그럼, 마지막으로 묻겠소. 아무 관계도 아닌, 죽은 여자의 빈소를 지키는 분명한 이유나 말해보쇼."

"급한 환자가 들어오면 의사가 내 몰라, 하면 안 되지 않소? 시신이 들어왔으니까 직업상 응당 염은 해야 하고, 연고자가 없으니 측은해서 빈소를 좀 지킨 것을 선행善行까지는 못 봐줄망정 범죄시하는 건, 순전히 댁들 직업 탓이겠죠."

"아하! 그랬구면. 에이, 이 양반아. 진작 그리 말할 것이지. 댁이 '염장이'라는 건 이제 밝혀졌으니 이해는 한다만……. 그래도 남의 빈소를 이렇게 알뜰하게 지켜주시겠다는 건 왠지 이해가 좀 안 돼서…… 선행이라? 머, 것도 좋지."

다소 머쓱해진 형사들은 씁쓰름한 표정으로 돌아갔다. 남자는 제 입으로 끝까지 염장이라고 말하기는 싫었지만 어쩔 수 없이 밝힌 꼴이 돼버려 씁쓸하기는 마찬가지였다.

선행이라고 둘러댔지만, 그게 본심이었을까? 홀로된 사내로서의 외로움과 이따금 주체 못 할 정도로 끓어오르는, 병적일 만큼 가련한 정욕을 품어본 적이 없는 사람은 알지 못한다.

남자는 홀아비가 된 뒤 지인들의 소개로 재혼 상대를 몇 번 만나본 적이 있다. 맞선을 보러 나온 여자들은 대부분 자기 명의로 된 무언가를 요구해왔다. 아내와 공동명의로 된 연립주택이 있기는 했다. 그걸 내어주면서까지 붙잡을 만한 여자는 없었다. 줘도 미운 사람이 있고, 구걸하러 와도 고운 사람이 있는 법이다. 3호실 제단 위에 영정影幀으로 얹힌 사진 속에서 웃고 있는 저 여자야말로 주어도 아깝지 않을 것 같았다. 해거름에 남자는 집에 들러 속옷을 갈아입고 나왔다.

*

13시 30분.

이제야 비로소 남자는 여자의 실물과 만났다. 약쑥으로 여자의 몸에 양기가 돌게 해주고 싶었다. 면사포를 걷어 올리듯 천천히 흰 천을 걷어낸다. 여자는 몸에 착 달라붙는 레깅스 바지를 입고 입었다. 앞가슴에 도르르 달린 커프스단추를 풀었다. 그러고는 한동안 여자를 내려다보았다. 평소와 달리 남자의 손이 굼뜨기만 하다. 옆에서 지켜보던 최씨가 옆구리를 쿡 찔렀다. 염습은 하지 않고 무슨 감상이냐는 듯 턱을 몇 번 까불었다. 남자는 서둘러 염습을 시작한다.

여자의 몸을 더듬을 때마다 남자는 전율이 느껴졌다. 적지를 침범한 듯 심장이 두근거렸다. 외음부를 스칠 때는 이마에 맺혔던 땀방울이 여자의 얼굴 위로 떨어졌다. 시신을 되착거릴 때마다 손끝에 여자의 유방이 잡혔다. 목숨은 정지되었지만 유두만큼은 죽지 않고 빳빳하게 살아 있었다. 그게 여자의 자존심을 대변하는 듯 보였다. 남자는 튀어 오른 유두를 슬쩍 만진다. 조금 굵었다. 자위한 뒤끝처럼 황홀했다.

배꼽 아랫부분에 검은 점 하나가 보인다. 아내에게도 그와 유사한 게 있었다. 아내는 김해김씨 후손만이 가지는 특별한 징표라고 했다. 그렇다면 여자 또한 궁중 염을 해주어야 마땅하다. 염습을 참관하던 여자의 외삼촌이 조카가 사십대의 독신녀라고 했다. 수태경험이 없었으니 복부에 군살도 붙지 않았다. 남자는 바지와 속속곳, 치마, 순으로 입힌다.

떠나는 마당에도 여자는 오늘 아침조차 먹지 못했다. 간신히 벌어지는 여자의 입술을 열고 생쌀을 밀어 넣는다. 곡기를 끊은 지 나흘째, 억지로 몇 알을 물리고 흐르지 않게 턱을 떠받친다. 가방을 뒤져 루주를 찾아낸다. 샤넬 립스틱 번트레드burntered였다. 남자는 루주에서 당신의 체취가 느껴진다고 말해주고 싶었다.

피아노를 쳤을까. 손가락이 길쭉했다. 손가락이 긴 여자는 음식 솜씨가 없다고 하던데…… 가정이 없었으니 음식을 제대로 만들어보기나 했을라나. 손톱에 칠한 매니큐어가 약간 벗겨져 있었다. 여자는 선천적으로 빨간색을 좋아했던 모양이었다. 발톱 역시 마찬가지였다. 화장이 필요치 않은 건 눈썹이었다. 눈썹 문신은 끝이 약간 휘어져 있었다. 하얀 얼굴에 파란 눈썹, 빨간 입술. 삼원색을 가진 여자의 얼굴에 볼터치를 해주자, 화장은 끝이 났다.

마지막 가는 길이니 편하게 갈 수 있게 사자상使者床을 차린다. 사잣밥과 막걸리를 흩뿌리고, 적송관에다 짚신과 지전을 함께 넣는다. 일직사자, 월직사자, 부디 여자가 가는 북망산천길 재촉하지 말라고 짚신 뒤축을 잘라 놓았다.

아내가 그랬다. 화장을 할 때마다 여자들은 종종 모노드라마의 배우가 된다고. 저승에도 연극무대가 있다면 치장한 걸로 보아 아내가 조연이라면 여자는 주연급 수준이었다. 딱히 닮은 곳도 없었건만 염습하는 내내 착각마저 들었다. 여자의 얼굴에 아내가 자꾸만 오버랩이 된다. 남자는 아내의 혼령이 덧씌운 듯한 여자와 농담을 주고받다 염습시간이 길어졌다.

여자의 시신은 아내만큼 수습하기가 어렵지 않았다. 외관상 직접적인 사고의 원인이 될 만한 상처는 보이지 않았다. 여자는 발이 예뻤다. 꽃신은 꼭 맞았다. 신발이 가벼우니 어디든지 훨훨 날아다닐 수 있을 것 같았다. 손톱을 깎고 머리카락을 조금 베어 오낭에 넣는다. 마지막으로 남자는 여자의 귓불에 대고 조곤조곤 속삭였다. 일어나세요, 어서요. 지금 일어나지 않으면 당신은 영원히 일어나지 못합니다. 갑자기 아내를 보낸 남자는 여자의 손을 좀처럼 놓지 못한다. 보다 못한 최씨가 남자를 떼어냈다. 무춤하게 물러선 남자는 연꽃 종이에 싸여가는 여자를 맥없이 바라본다.

여덟 등분을 묶을 때까지 여자는 마술에 걸린 공주였다. 흔들리지 못하도록 관의 틈새로 옷들을 끼워 넣었다. 비록 이승은 떠나지만 예쁘게 하고 다니라고 화장품도 빠뜨리지 않았다. 명품백도 함께 넣었다. 여자의 외삼촌이 왜 염장이가 되었느냐고 물었던 말에 남자는 아직 대답하지 못했다.

염습은 끝이 났다. 대기한 영구차에 여자를 옮겼다. 그 사이 다른 장례식장에서 여러 차례 전화가 걸려왔다. 몸이 아프다는 핑계를 둘러대는 동안 남자는 여자의 남편이었다.

심술부리듯 영구차가 아무렇게나 달렸다. 유족이 없으니 돈 나올 데가 없다는 걸 운전사가 눈치를 채고 있었다. 고속도로에서도 자갈길을 달리는 것 같았다. 몸이 쏠리게 급브레이크를 자주 밟는다. 하는 수 없이 남자가 봉투를 찔러주었다. 죽은 누님의 외동딸인 조카에게 외삼촌은 있으나마나였다. 그러면서도 남자에게만은 일당을 얼마씩 지불하면 되느냐고 물었다. 화장터 직원이 이동침대를 끌고 오는 바람에 그와의 흥정도 깨지고 말았다. 기회를 봐서 돈은 지불하지 않아도 된다는 말을 할 참이었다.

여자는 짐짝처럼 끌려갔다. 마스크를 쓴 직원을 따라 남자도 연소실을 향해 뛰었다. 관을 밀어 넣기 전에 고인과 마지막 인사를 나누라고 했다. 남자는 얼떨결에 "잘 가세요."라고 말한다. 직원이 거듭 아내의 이름을 힘껏 부르라고 했다. 아내라?…… 그래야만이 사자死者의 영혼이 불구덩이에서 뛰어 나온다고. 남자는 여자의 이름을 알지 못했다. 머뭇대는 순간 여자의 관이 화염 속으로 미끄러지듯 들어가 버렸다.

남자는 정해진 호실로 올라왔다. 시신이 소각되는 장면을 모니터가 고스란히 비추고 있었다. 여자의 몸은 이미 불꽃으로 뒤덮였다. 인두로 지진 듯 등이 바짝 오그라들었다. 완연한 가을이었다. 단풍이 훨훨 타고 있었다. 남자는 더 이상 그 절경을 지켜볼 수가 없어 밖으로 나온다. 허기가 밀려왔다. 여자의 영안실을 지키고 있었던 내내 끼니를 몇 차례 거른 것 같다. 남자는 식당으로 올라가 여자의 육신이 산화할 때까지 육개장을 주문한다. 기름이 둥둥 뜨는 국물을 한술 뜨려니 고춧가루가 목구멍을 톡 쐈다. 밭은기침에 눈물이 났다. 식판을 들고 가 배식구에 밀어 넣었다. 국물이 출렁 쏟아졌다. 하얀 셔츠 앞자락에 단풍이 들었다.

여자는 아직도 단풍 숲에서 나오지 않았다. 지나가던 스님이 한 시간 예불을 하려느냐고 물었다. 옆방에선 〈요단강 건너가 만나리〉라는 찬송가가 울려 퍼졌다. 남자는 여자가 무슨 종교를 가졌었는지 모른다. 옆자리에 앉은 여자가 흘끗 쳐다봤다. 얼마나 울었던지 눈꺼풀이 부어 있었다.

상주들이 입은 흰색과 검정색의 상복이 생사生死의 경계선처럼 선명하게 엇갈렸다. 방송이 나올 때마다 모두 모니터를 올려다보았다. 순번에 의해 이름이 불리는 순간, 그들의 존재는 지구상에서 영원히 삭제된다. 남자는 입안이 바싹 말랐다. 여자의 육신이 새털만큼 가벼워질수록 몸은 물에 젖은 솜뭉치처럼 무거웠다. 여자의 외삼촌이 어깨를 일으켜 세우며 아래로 내려가자고 했다. 손끝으로 가리키는 이름이 맨 위로 올라와 있었다. 뒤따라 방송이 나왔다. 그제야 그게 여자의 이름이란 걸 알았다.

마스크를 쓴 직원이 유골을 어떻게 할 거냐고 퉁명스럽게 물었다. 나더러 어쩌라고? 남자가 여자의 외삼촌을 쳐다봤다. 댁에게 전적으로 일임했으니 알아서 하라는 듯 턱짓을 보낸다. 남자는 단풍나무 밑에 뿌릴 거라고 했다. 그는 뒤돌아가더니 분쇄기에 연골을 쏟아 붓고 들들, 갈았다.

남자는 나무상자를 가슴에 품었다. 따뜻했다. 단풍나무를 배경삼아 행락객들이 단체사진을 촬영하거나 독사진을 찍고 있었다. 조금 평평한 곳에 때깔고운 단풍나무가 있었다. 그러고 보니 남자는 가족들을 데리고 소풍을 가본 적이 별로 없었다. 일요일만 되면 아내는 온종일 밀린 집안일을 했다. 어쩌다 그런 날이 영 없지는 않았다. 아이들은 놀이동산을 가는 걸 더 좋아했다.

보호시설에 맡겨졌던 아내는 부모들과 소풍을 가는 아이들이 가장 부러웠다고 했다. 여자 또한 아내와 비슷한 경험을 한 적이 있을까. 윤회설이 있다면……. 남자는 보자기의 매듭을 풀고 나무상자 뚜껑을 연다. 사람들이 슬슬 자리를 피했다. 여자의 분신을 한 움큼 집어 단풍나무 아래에 솔솔 뿌렸다. 이틀이 아주 빠르게 지나갔다고 생각한다. 그 사이 남자는 오롯이 여자의 남편이 되어 있었다. 단풍이 붉게 타던 시절이었다.

킹크랩이 되는 과정

LS 460이 주유소를 향해 매끄럽게 들어왔다. 외부의 충격은 관성의 법칙을 충실히 따른다. 벌써 직업병이 들었다. 나는 자리에서 발딱 일어났다. 엉덩이가 팔랑개비처럼 가벼워졌다. 몸에 밴 습관은 자기도 모르는 사이에 즉각적인 반응을 보인다. 차량과 인격의 등식이 매치가 안 되는 고객이 더러 있으니까, 고급 세단이 들어올수록 행동은 더 민첩해지기 마련이다.

운전사가 클랙슨을 빵 하고 울렸다. 고급 세단시리즈는 뭐가 달라도 다르다니깐. 부드러운 음률은 언제 들어도 매력적이란 말씀이야. 그때 나는 자판기에서 막 뽑아낸 믹스커피를 마시고 있던 참이었다. 운전사를 향해 고개 방아를 몇 번 찍었다. 그건 곧 달려가겠다는 신호였다. 너무 급한 나머지 들고 있던 커피를 엉겁결에 왈칵 털어 넣고 말았다. 앗, 뜨거! 혀와 입천장이 화들짝 놀랐다. 뜨거운 게 내려가자 위장이 팔짝 뛰었다. 다급하게 침을 삼켜도 열기는 식지 않았다. 나는 정수기로 달려가 생수를 직방直放으로 목 안에 들입다 부었다. 너무 급하게 마신 나머지 가슴께로 물이 주르르 흘렀다. 종이컵을 와지끈 구겨

숫을 날렸다. 컵은 쓰레기통 모서리를 맞고 청개구리처럼 폴짝 튀어 올랐다. 번번이 이랬다. 지금은 실패의 연속이지만 언젠가는 이신바예바가 5미터 장대를 넘듯, 내 인생도 그런 날이 올 것을 믿어 의심치 않는다.

그 정도의 열성을 보였으면 조금만 기다리지, LS 460을 몰고 온 운전사는 망조 난 정승 집 마나님이 하인 닦달하듯 연이어 쌍나팔을 울려댄다. 제기랄! 12대 종손 양반이 문중 재산을 거덜 내셨나. 더럽게 깝치시네.

여보쇼! 자동차 식사보다 내 목구멍 화재진압이 더 급하거든요. 값비싼 외제차를 타고 다니시면 품위유지는 기본 아니샴?

나는 고시랑대며 신경질적으로 차량의 뒤 트렁크를 주먹으로 탕탕 내리쳤다. 주입구가 나팔꽃처럼 활짝 열렸다. 기름통에다 주유기 총을 콱 쑤셔 박고 조수석으로 얼굴을 디밀었다.

"얼마 넣을깝쇼?"

"날라리 쌨꺄! 만땅구다!"

LS 460 아저씨는 창문에다 팔꿈치를 턱 걸치고 껌을 짝짝 씹었다. 내가 그리 시뻐 보이시나. 뜨끈한 액체가 정수리를 치밀고 올랐다. 졸라, 재수 없다. 외제차 타고 다니시면 이렇게 사람을 무시해도 되는 건가? 더러워서 기분이 꿀꿀했다. 그 기분에도 날라리가 된 나의 별명의 출처가 궁금했다. 곰곰이 생각해도 아리까리했다. 하긴, 똥파리로 불리는 재식이 별명보다는 한결 럭셔리하다만, 따지고 보면 뭐, 그 나물에 그 밥이었다.

나는 가능한 이곳 '착한 주유소'를 찾아오는 고객들에게 최대한의 서

비스를 제공하려고 노력한다. 종종 워셔액으로 유리창을 닦고, 휴지나 재떨이를 비워드릴까요?라고 묻기도 한다. 그러나 위대한 고객님은 아르바이트생 따위는 뉘 집 똥개인 양 취급한다. 그럴 때마다 화가 나고 열이 받칠 때가 많다.

어쨌거나 지금은 해물탕집 츠키다시로 나오는 두드럭고둥 신세에 불과하지만 청춘만은 살아서 팔딱대고 있다는 걸 보여주고 싶었다. 쭈꾸미가 자라서 문어가 되고, 꽃게가 킹크랩이 되지 말라는 법은 없다. 연구자들에 의해 씨 없는 수박이 나왔듯이 노력하다보면 뭐가 되도 되지 않겠나. 청춘이 구만리 같은 놈이 그런 배짱도 없이 이 험한 세상을 어찌 살아가느냐?는 파파의 훈계는 언제나 소크라테스와 공자님 말씀이 짬뽕 메뉴로 등장했다.

사람 팔자 시간문제라고 말한 철학자가 누군지는 모르지만 내가 생각해도 딱 맞는 말씀인 것 같다. 알바를 하다 보면 정말 개떡 같은 날들이 많았다. 일일이 말 못하고 자존심이 상할 때마다 나는 도량천수를 외운다. 아직은 자비로움을 베풀 만큼 인격적인 소양은 부족해도 곧 좋아질 것이다.

전번에 일했던 편의점 사장님은 당구 치는 게 취미였다. 하루 24시간 중 절반은 그곳에서 살았다. 지난밤에는 부부싸움이라도 한판했는지, 표정이 영 밝지 않았다. 시무룩하게 카운터에 앉아 귀지를 파낸 후 후 불었다. 나는 손님들이 버리고 간 쓰레기를 치우고 있었다.

"거기 좀 깨끗하게 치울 수 없나?"

문을 열고 나가면서 불편한 심기를 그렇게 드러냈다. 나는 사장님이 두고 간 핸드폰을 전하러 2층을 올라갔다. 당구대마다 허리를 꺾은 채 엎드린 사람들이 많았다. 담배를 입에 문 채 사장님도 엎어져 있었다. 큐대로 빨간 공을 탁 쳤다. 공이 엉뚱한 데로 굴러갔다. 신경이 곤두선 듯 "거기 놓고 가!"라고 소리쳤다. 구멍에 넣지 못한 게 어디 내 탓인가. 공연히 신경질이셔. 쓰리쿠션 치는 게 그리도 어렵나. 내기당구에서 판판이 지는 것 같았다. 심심하면 가게로 내려와 돈통을 털어갔다. 얄밉기는 그 '사모님'이 더했다. 누굴 도둑놈으로 아나. 쥐 잡는 고양이처럼 살금살금 매장을 드나들었다.

똑같은 요일을 두고 금요일은 다들 '불금'이라고 불렀다. 나는 아르바이트를 하는 입장이니 밤을 즐길 만한 처지가 아니었다. 사람들의 발길이 분주해지기 시작하는 초저녁 무렵이었다. 사장님이 인상을 팍 쓰고 가게로 내려왔다. 첫눈에 딱 보아도 털린 기색이 완연했다. 아니나 다를까, 예상대로 금고 서랍을 딸깍 열었다. 나는 겁이나 말도 붙이지 못했다.

"오늘 매상이 이것뿐인 거야?"

지폐 몇 장을 손아귀에 움켜잡고서는 있는 대로 성질을 냈다. 매상 오르지 않은 게 내 탓인가 뭐. 장사라는 게 꼬챙이에 끼워둔 곶감도 아니고. 나는 잘못한 것도 없으면서 뒤통수를 긁적댔다. 평소보다 돈이 좀 부족하다고 했다.

"그럴 리가 없을 텐데요?"

"이 새꺄! 작살내기 전에……"

작살내기 전에 뭐, 뭐요? 목 안에서 그 말이 불도그처럼 왈왈댔다. 이번엔 눈앞이 캄캄해지고 빈혈까지 생겼다. 걸핏하면 나를 보리밭에

똥 싼 개처럼 취급했다. 의심을 받을 만한 행동을 삼 년 전에 하기는 했었다. 그게 내 인생에서 크나큰 오점을 남길 줄 몰랐다. 사장이 워낙에 잡도리를 해대니 진짜 삥땅이라도 친 것 같았다. 그날따라 사모님의 출근도 늦었다. 소변이 마려워 화장실을 한번 다녀오기는 했다. 그것 말고는 딱히 자리를 비운 일이 없었다.

아차, 거기에서 사단이 났을까. 기말고사를 치른 아이들이 무더기로 들어왔다. 악머구리 떼처럼 왈왈대며 정신을 쏘옥 빼고 나갔다. 매장 안은 감시카메라가 있어 손 탈 일은 없었다. 하지만 믿는 도끼에 발등 찍힌다고, 무슨 일이든 백퍼센트 완벽은 없는 법이다. 예전에 내 경험으로 보아 직감이 그렇다는 얘기다. 느낌 아니까.

지금도 시근은 없지만 그때는 소위 말하는 질풍노도의 시기였다. 이유 없이 생기는 반항심이 손버릇까지 나쁘게 만들었다. 월경하는 여자들이 도벽이 생기듯 무언가 자꾸 훔치고 싶었다. 그렇다고 월담을 하는 전문털이범은 아니었다.

그날 역시 사람들이 붐비는 시간에 마트로 갔다가 생각지도 않은 동지를 만나게 되었다. 우리는 매장 안을 돌아다니다 어깨를 약간 부딪치기도 했다. 내가 빤히 바라보면 아주머니는 야스럽게 웃었다. 나는 등에 업힌 아기를 보고 웃었지, 아주머니보고 웃은 게 아니었다. 그 웃음은 서로 모른 척 눈을 감아주자는 의미로 보였다. 굳이 서로의 행동을 눈여겨볼 필요가 없었다. 아주머니는 나름의 볼일이 있었을 테고, 나는 나대로 할 게 있었다.

카트 칼을 꺼내 초콜릿 바코드를 긁었다. 부피가 얇아 한두 개 훔쳐도 들키지 않았다. 공기압이 빵빵하게 들어간 과자봉지는 뽀스락 소리가 나서 대상에서 제외시켰다. 경험이 쌓여 이골이 날 만도 한데 가슴 은 여전히 콩닥콩닥 절구질을 해댔다.

나는 주머니에 손을 넣고 유유히 빠져나왔다. 신호등이 깜박깜박 내 몸을 찍고 있었다. 너를 보내줄까. 말까. 레드, 옐로, 그린으로 경고장 을 보냈다. 이제, 신호등만 건너면… 삐삐삐 뒤통수에서 경고음이 울 렸다. 너무 쪽팔렸다. 나는 머리카락을 마구 쥐어뜯으며 되돌아섰다.

빙고! 아주머니가 용코로 걸렸다. 간이 발등에 떨어졌다가 올라붙 었다. 아주머니는 포대기 속에다 분유를 숨기고 있었다. 제보자는 등 에 업힌 아이였다. 제 어미가 도둑질한 것도 모르고 드럼 치듯 깡통을 두들겼다. 그 바람에 산통이 깨지고 말았다. 믿은 도끼에 발등 한 번 제대로 찍혔다.

어린아이 입장에서 보면 신바람 날 만도 했다. 분유는 자기 생명의 젖줄이었으니까. 아주머니는 한 번만 봐달라고 무릎을 꿇고 앉아 통사 정을 했다. 지배인이 상습범이라며 경찰에 신고하겠다며 난리를 쳤다. 아주머니는 시멘트 바닥에 쪼그리고 앉아 손바닥을 싹싹 비볐다. 너무 불쌍하게 보여 나는 오도 가도 못하고 멍청이 서 있었다.

한참 만에 작업복을 입은 아저씨가 줄레줄레 걸어왔다. 오금에 주름 이 잔뜩 잡힌 바지를 입고 왔다. 구멍이 숭숭 뚫린 걸로 보아 쪼그리고 앉아서 용접을 하다 연락을 받고 온 것 같았다. 아저씨는 계산대로 걸 어가더니 손바닥으로 아주머니의 귀싸대기를 날렸다. 놀란 아이가 엄 청 크게 울었다.

아저씨는 불똥 맞은 바지에 손을 닦고 지배인에게 악수를 청했다. 허리를 굽실대며 천번만번 미안하다며 사과를 했다. 그 사이 아주머니는 발뒤꿈치를 들고 가 분유를 제자리로 가져다 놓았다.

우리는 한 가족처럼 나란히 매장을 나왔다. 아저씨는 아주머니의 등에서 아이를 떼어내 가슴팍에 보듬어 안았다. 나는 훔친 초콜릿을 아이 손에 쥐여주었다. 아이가 방긋 웃었다. 보기 좋아서 '까꿍!' 하고 볼을 꼬집어 주었다. 그 뒤로 깨끗하게 손을 씻었다.

그런 전과 경력도 소용없었다. 부지불식간에 학생들이 몰려올 때는 당할 재간이 없었다. 시험 기간이 끝나면 아주 절정이었다. 빈주머니를 뒤집으며 친구인데 빈대 붙어 들어오는 그런 인간들이 사람의 정신을 사납게 만들었다.

무슨 장사든 변곡점은 있기 마련이다. 잘되는 날이 있으면 파리 날릴 때도 있다. 편의점 매상도 일정하지 않았다. 매상이 오르지 않으면 알바생 잘못인 양 아주 착각을 하셨다.

편의점 사장은 주머니에 손을 푹 찔러 넣고 삐딱하게 섰다. 당구장 사장과 맞담배를 피우면서 허허허 웃었다. 듣자하니 두 분 모두 조상 잘 만나 제법 유산을 받은 게 있는 모양이었다. 그 돈이면 놀고먹어도 한 시절 잘 보낼 것 같았다. 그건 그거고. 내 시급에서 얼마의 금액을 제하겠다고 했다. 정, 그러시다면 그렇게 하시라고 했다.

알바생의 법적 기본시급조차 지불하지 않으면서 있는 대로 갑질을 했다. 그런 사장이 눈꼴사나워 편의점을 그만두었다. 솔직히, 인격적인 모독을 당하면서까지 빌붙어 있고 싶지 않았다. 이곳은 좀 어떤가? 하고 주유소로 옮겨왔건만, 여기선 주인보다 손님들에게 생으로 까일 때가 더 많았다.

나는 전립선환자 소변보듯 연료통에 기름을 찔끔찔끔 짜 넣었다. 숫자가 가파르게 넘어갔다. 만땅을 채우려면 만원 단위마다 얼마간은 거저먹는다. 사장이 알음장으로 잔소리를 늘어놓을 때마다 빠끔이가 되어갔다. 사장은 나를 무척 신임하는 눈치였다. 종종 뼈 없는 치킨도 시켜주었다. 품위 유지에 자존심을 건 LS 460 외제차를 등지고 서서 보란 듯이 엿을 먹었다.

"박 사장님, 라운딩 한 바꾸 돌고 오십니까?"

사내는 사장의 인사에 건성으로 "응, 응." 했다. 깡그리 몽땅, 밥맛이다. 요게 007작전이란 걸 죽었다 깨나도 모르실 거야. 걀걀걀. 나는 주유기 방아쇠를 몇 번 쥐락펴락했다. DMB에선 외국영화가 나왔다. 서부극인지, 총소리가 탕탕 울렸다. 총을 휘갈기는 주인공은 누구를 향한 자기방어인가. 자발적 정당방위에 의한 복수극인가.

가끔 한 번씩 아주 가끔, 따발총을 갈기고 싶을 때가 있기는 하다. 나의 이런 뒤틀린 성격을 정신분석학자들은 사춘기의 반항이거나, 심한 열등감에서 오는 피해망상증이라고 진단을 내릴지도 모른다. 아니면 트라우마라든가. 나는 조수석으로 돌아가 결재용 단말기를 내밀었다.

"사인해주세요."

볼펜을 건네받은 건 뜻밖에 '이모'였다. 이모는 입을 약간 벌린 채 나를 빤히 쳐다봤다. 몇 달 사이에 이모부가 성형수술을 한 게 아니라면, 운전석에 앉은 저 사내는 누구란 말인가. 속눈썹을 길게 붙인 이모의 눈꺼풀이 바비인형처럼 깜박댔다. 눈초리를 말아 올리며 입술까지 헤벌쭉 벌리고 있었다. 완전 겁먹은 표정이었다.

"걱정 마, 이모. 그 정도는 짐작할 나이거든."

나는 구안와사口眼喎斜증을 앓는 환자처럼 눈을 찡긋했다. 두 사람의 그렇고 그런 관계를 눈감아주겠다는 시늉이었다. 그제야 안심이 되는 듯 이모는 내 귀에다 빨간 입술을 갖다 댔다.

"어, 이모! 왜 이래?"

"그래 짜샤! 반주로 한 잔 꺾었다."

"법을 그리 만만하게 보시면 아니 되옵니다."

"야!"

이모가 갑자기 소리를 빽, 질렀다.

"왜?"

나는 주유기를 제 자리에 꽂고 종종걸음을 쳤다. 그때 등 뒤에서 이모의 고함소리가 비수처럼 날아와 꽂혔다.

"니네 맘, 머리끄덩이 쥐어뜯겼다!"

"헐~"

입심 좋기로 소문난 맘이 당했다니. 그것도 벌건 대낮에 사거리에서 완패를 당했다는 게 믿어지지 않았다.

"상대는 누구였어? 그렇게 셌어?"

사내가 차 안에서 뜨악하게 쳐다봤다.

"뭐야, 자기 아는 놈이야?"

"으응, 쬐금."

배기통에서 연기를 내뿜으며 이모는 사라졌다. 나는 또 기분이 꿀꿀해 잇몸 사이로 침을 찍, 뱉었다.

맘과 친한 경숙이 아줌마를 나는 이모라고 부른다. 세계화의 물결은 족보도 존칭도 파격적이다. 어디를 가든 피 한 방울 섞이지 않아도 삼촌과 이모가 수두룩 **빽빽**하다. 들어서 좋고, 부르기도 편하다. 맘과 이모는 입에 든 것도 서로 내어 먹을 만큼 절친한 사이다. 나에게 정말 부자인 이모가 한 명이라도 있었으면 싶었다. 그러나 젠장, 그런 이모는 없다. 작은 이모는 조선소 하청업체에 다니느라고 밤낮이 따로 없다. 공휴일은 시급이 곱절이라며 좀처럼 쉬지도 않는다. 남편과 사별한 큰이모는 며느리 집에 얹혀서 이냥저냥 지내신다.

"나이 들면 죽어야지. 왜 이래 안 죽노?"

그러면서도 홈쇼핑을 보고 몸에 좋은 것은 더 잘 챙긴다. 그러니 내게는 있으나 마나 한 이모님들이시다. 나는 아이들을 데리고 가짜 이모가 사는 곳으로 자주 갔다.

소문에 의하면 앞이나 뒤에 '사'자가 붙은 사람들만 모여 산다고 했다. 저택에 사는 사람들은 확실히 뭔가 좀 달랐다. '새콤'인지 '달콤'인지 하는 경비업체의 보완시스템 또한 철저했다. CCTV가 24시간 주야로 돌아갔다. 누구든 신분이 확실치 않으면 통과할 수 없는 곳이었다.

"여기 대저택에 우리 이모님이 계신다."

"진짜가?"

"하모"

"근데, 느그 집은 와 그리 몬 사노?"

"우리 파파가 사업하다 털어묻다 아이가"

거짓말은 할수록 층층계단을 쌓아갔다. 어차피 세상은 가짜와 진짜가 공존한다. 진짜라고 다 좋은 건 아니고, 가짜라고 형편없는 게 아니다. 강력한 부정은 긍정이라는 공식을 어디서 본 기억이 있으니 달콤한 리얼리티는 가짜가 더 재미나는 법이거든.

"야, 씨발! 좆나 좋네."

아이들이 한 번 들어가 보고 싶다고 했다. 그 담벼락 밑에 쪼그리고 앉아 우리는 처음으로 담배를 배웠다. 그럴 때마다 담벼락에 대고 오줌을 갈겼다. 세계전도가 나타났고, 피카소 그림이 그려졌다. 모두 붉은 스프레이로 그려놓은 가위로 눈이 돌아갔다. 진저리를 치며 얼른 지퍼를 올렸다.

벽화가 말라가는 동안 우리는 돌아가며 담배를 한 모금씩 빨았다. 폼들이 제법 그럴 듯했다. 경빈이 새끼가 필터에 침을 가장 많이 묻혔다. 목구멍이 연기에 가로막혀 몇 번인가 캑캑거린 녀석도 있었다. 이제 우리는 담배에 대해서는 초보단계를 벗어나 제법 숙련공이 되어갔다.

나는 보신탕을 들고 맘의 심부름을 간 적은 있었다. 거실에 들어서는 순간 내 꼴은 막 서울역에 내린 촌놈 같았다. 대기업에서 물량을 납품하는 이모부는 사업이 잘되는지 마루 바닥에 대리석이 깔려 있었다. 이모가 건네준 유기농 주스를 마시니 발바닥까지 시원했다. 여하튼 간에 이모와 맘은 별 트러블 없이 친하게 지냈다. 연식이 좀 있는 연립주택에 살면서 이모를 친구로 둔 맘의 수완은 알아 모셔야 된다니까.

정확하지 않지만 맘과 경숙 이모의 첫 미팅은 미장원에서 이루어졌다고 했다. 그날 부부모임에 참석하기 위해 이모는 올림머리를 하러 왔고, 맘은 성질이 나서 커트머리를 치러갔다. 솔직히 안 꾸며서 그렇지, 인물은 맘이 훨씬 좋았다. 두 사람은 서로 머리 모양을 내러 온 게 아니라, 인생 상담소에 온 듯 제각기 고민들을 털어놓았다. 단연 맘이 선두주자였다. 요즈음 들어 큰놈이 버쩍 속을 썩인다고 운을 뗐다.

그 마음이 오죽할까. 자식 맘대로 안 된다는 그 말 딱 맞다. 머리 굵어졌다고 퍽 하면 달려든다. 그렇다고 내버려두자니 그것도 할 짓이 아니라고 맘이 열변을 토했겠다. 그 말에 훈수 두듯 이모는 바람난 남편이 속을 뒤집었다고. 그래서 커피에다 파라티온을 한 방울 떨어뜨리고 자살소동을 피웠다. 119가 달려오고 한바탕 소란이 벌어졌단다. 이모가 요쿠샤를 한 마리 안고 다닌 것도 그 무렵이었다. 전쟁을 치르고 입막음 하려고 LS 460 시리즈에 명품가방까지 끼워주고 나서야 이모부는 간신히 그 사건을 일단락 지을 수 있었다. 그때부터 서로 절친한 사이로 꼭짓점을 찍고 있었다.

맘은 그날, 가출한 나 때문에 상심이 컸던 모양이었다. 어찌어찌 푼돈을 모아 계원들과 중국여행 갈 때 면세점에서 구입한 선글라스를 끼고 이모를 찾아갔겠다. 꽃무늬가 요란하게 프린트된 옷은 딱 봐도 난전에서 사 입은 싸구려 티가 났다. 그 옷을 입고도 몰패를 당했다니 만만찮은 상대를 만난 건 분명해 보였다.

맘의 말에 의하면, 자고로 이 시대는 스펙 쌓는 게 일등급이라고 했다. 어떤 일이 있어도 대학은 반드시 나와야만 한다. 그래야만이 정년 보장에 칼 퇴근하는 직장을 구할 수 있다고, 아주 눈만 뜨면 자식들에게 세뇌교육을 시켰다. 가방끈이 짧아 맺힌 한이 많은 맘의 지난했던 삶을 내가 모르는 바 아니다. 어렸을 적부터 구구절절 듣고 자라서 구구단처럼 달달 외우고 있었다. 맘의 지나온 히스토리는 연애담론인지, 성공사례인지 참으로 눈물겨웠다. 그 연대기 1막 2장에 등장한 나에게 맘이 거는 기대는 실로 지대하다는 걸 알고 있다. 그래서 메인 메뉴로 살아야지, 츠키다시 인생으로 살면 안 된다. 그건 불효니까. 나는 돈을 많이 벌어서 삼대가 한 지붕 아래 모여 오순도순 살고 싶었다. 누가 들어도 참, 기특한 생각이긴 한데, 이 죽일 놈의 엇나간 성격은 해가 거듭되어도 고쳐지지 않았다.

학업에 싫증이 난 결정적인 이유는 숫자놀음에 몹시 취약했던 과목 탓이었다. 딱히 잘하는 것도 없었지만, 수학만큼은 진짜 싫었다. 선생님이 수학시간에 숫자 위에다 무슨 갈고리 같은 걸 씌우라고 했다.

"야! 루트를 씌우라고. 루트!"

재식이 놈이 버럭 소리를 질렀다. 머리가 찌근거렸다. 살아가는 데 이딴 게 꼭 필요한 건지 의문스러웠다. 연필을 굴리며 혼자서 고시랑대는 사이 2교시가 끝났다. 기말 고사 문제는 내가 풀기에는 난이도가 너무 높았다.

"공부 못하면 다른 재주라도 있등가."

"그건 니 엄마 말이 맞다. 산수 계산을 잘하는 학교 출신도 대통령이 되지 않았냐. 나는 그 학교 나오면 직방으로 은행만 가는 줄 알았다. 그래서 돈에 한이 맺힌 사람들만 가는 줄 알았다. 근데, 알고 보니 그게 아니등만. 누구든지 한 가지 특기만 있으면 대학을 쉽게 들어갈 수 있고, 성공하는 데도 아무런 지장이 없다고 하더라."

귀가 번쩍 뜨였다. 나는 그 뒤로 재능을 찾으려고 부단히 노력했다. 그런데 사람들은 내 생각과 달랐다. 부모에게 달라붙은 캥거루족일지언정 대학은 필수코스라고 했다. 알바생마저도 두 분류로 나누어 평가했다. 대학등록금을 마련하려는 애들은 참 기특하다고 말하고, 나 같은 인간은 '돈 안 되는 놈'이라고 낙인찍었다.

평가절하는 화장실까지 따라왔다. 담배연기로 양파링을 만들다 갑자기 떠올랐다. 내 꼬랑지에 날라리 별명이 붙은 게 언제였을까. 한참 동안 생각해도 기억이 나지 않았다. 에잇! 그딴 거, 막살 하고……. 나는 '잘 풀리는 집'의 휴지를 뜯어 말끔하게 뒤를 닦았다. 별명도 휴지처럼 대수롭잖게 쓰레기통에 던져 버렸다. 오우! 이번에는 정확하게 골인이었다.

서양 애들은 열일곱 살만 되어도 부모로부터 독립하더라고. 어학연수를 다녀온 재식이가 그랬다. 그 새끼는 캐나다로 연수를 갔다 와서도 여전히 자랑스러운 나의 친구다. 우리 파파가 걔네 어장 막에서 일하는 게 자존심이 다소 상하기는 하다만, 운명이려니 생각한다. 파파는 심심풀이 삼아 "네놈 키우는 것보다 물고기 키우는 게 훠얼 낫겠다"며, 내 뒤통수를 쥐어박을 때가 많았다. 그건 지극히 맞는 말씀이었다.

"이노무 새끼들! 너희들마저 이, 최달식이를 무시한다 말가!"

아휴! 깜짝이야. 파파의 이런 잠꼬대는 단골 메뉴였다. 어릴 때부터 주구장창 듣고 살았지만 면역항체는 좀처럼 생기지 않았다.

어장 막 일을 한 뒤부터 파파의 줄담배가 부쩍 늘었다. 저녁은 드시지 않고 두 홉들이 소주 두어 병 마시고는 코를 골았다. 아무래도 가두리 양식장에서 무슨 일이 벌어졌던 게 틀림없다. 타령조로 늘어놓던 넋두리를 듣기 싫다며 맘이 중간에서 말을 잘라 버린 것도 마음에 걸렸다.

마누라마저 서방을 소 닭 보듯 한다고 투덜댔다. 화를 삭이느라 연이어 풀무질이다. 세상 모르게 코를 고는 파파의 모습을 내려다보며 맘이 머리를 꾹꾹 눌렀다. 편두통이 찌근댄다고 했다. 머리가 아플 만도 했다. 파파의 저런 행동은 설명이 필요 없다. 자식농사 운운하며 재식이 아버지가 심사를 뒤집은 게 분명하다. 욱하는 성질에 사장을 차마 어찌할 수는 없고, 뜰채로 애꿎은 고기만 떠내 패대기쳤을 것이다. 그 바람에 혼비백산한 갈매기들이 파파의 머리 위에다 물똥을 찍, 갈겼을 것이고, 새똥을 맞은 파파는 허공에다 삿대질을 하며 고래고래 악다구니를 퍼부었을 게 틀림없다.

"그래, 너 같은 놈은 평생 멸치 같은 잔챙이나 먹고 살아라. 민물고기 민물에 놀고, 바닷고기 바닷물에 노는 게 순리여! 까짓것, 제깟 놈이 잘나면 얼마나 잘났다고. 인생? 거기서 거기다!"

파파는 〈이것이 인생이다〉라는 텔레비전 프로의 애청자가 분명했다. 아직도 케케묵은 생각을 가지고 계신다. 옛날에나 통하던 말이지, 이제는 개천에서 용은 고사하고 미꾸라지도 잡히지 않는다. 콩 심은 데 콩 나고, 팥 심은 데 팥 나는 법. 가난은 대물림된다는 걸 여태껏 모르고 계시지는 않을 텐데.

인생무상을 외치며 잠이 든 파파를 나는 물끄러미 내려다보았다. 거칠어진 손이 복어 껍질 같았다. 마음이 짠했다. 얼마나 속이 상했으면 저러실까. 그렇지만 재식이 아버지는 능력이 있어 좋아 보였다. 나도 저런 부모를 만났더라면… 그런 부러움이 없지는 않았다. 그 생각은 파출소에 잡혀가던 날 더 간절했다.

언제였는지 정확히는 모르겠다. 우리 모임의 에이스 겸 육성회장인 재식이 녀석이 영어학원에 가버렸다. 혀만 꼰다고 미국사람이 되지 않지만 아버지 명령에 불복종은 없다고 했다. 조력자가 빠지니 담배 맛도 떨어졌다. 재식이 외에 물주가 없었다. 그게 우리 클래스의 가장 취약한 약점이었다. 허나, 하늘이 돌보사 구세주를 보내셨으니…… 으쓱한 골목이 안성맞춤이었다.

"돈 좀 있냐?"

재미삼아 영화 한 컷을 찍기로 모의했다. 귀가하던 학생이 우리를 보고 완전히 겁을 먹었다. 두말 않고 스스로 지갑을 내어 놓았다. 우리는 지폐만 빼내고 털끝 하나 손대지 않았다. 그래서 그 학생에게 감사하다는 인사까지 받았다. 그 인사가 고발장이 되어 돌아왔다.

"이 자식들, 뭘 잘한 게 있다고."

경찰이 제일 먼저 내 머리를 쥐어박았다.

"아저씨! 머리는 왜 쥐어박고 그래요?"

"최환영! 조용히 해. 네놈 부모도 어지간히 속깨나 썩겠다."

"그건 아저씨가 상관할 바 아니시고……."

그러다 조인트만 한 번 더 세게 까였다. 경찰로부터 연락을 받은 맘이 속사포처럼 달려왔다. 뭔 정신에 그것까지 생각했을까. 홍삼드링크 한 박스를 들고 헐떡거리며 들어왔다. 참, 환영받을 짓도 하고 다닌다며 또 머리를 쥐어박았다. 구겨진 머리카락보다 자존심 데미지가 더 컸다.

"네놈 낳고 손 귀한 집에 첫아들 낳았다고 수없이 환영을 받았다. 이젠 경찰서까지 어미의 방문을 환영한다고? 아나, 여깃다! 귀하기는. 때려죽여도 시원찮을 놈!"

파출소 바닥에 차마 침은 뱉지 못하고 나는 다리만 탈탈 털었다. 맘이 아무리 경찰서장에게 사정해도 손톱도 들어가지 않았다.

드디어 재식이 아버지가 헛기침을 크게하며 개선장군처럼 지구대를 방문했다. 앉아있는 사람보다 일어서는 민중의 지팡이가 더 많았다. "이 노무 자식들 행동을 보면 혼쭐을 내야 마땅하지만 아직 어리니 선처를 부탁하오." 그 말 한 마디에 만사 오케이였다. 그 덕분에 우리 클래스는 곧 훈방조치로 마무리되었다. 역시 무궁화 꽃이 피는 나라, 우리나라 좋은 나라는 인맥이 좋긴 좋았다.

맘이 막 주유소 앞을 지나간다. 다 늦은 저녁에 또 선글라스까지 끼고 있었다. 언제부터 저렇게 멋을 부렸지? 나는 재빨리 몸을 숨기고 지켜보았다. 아마 지난번에 내가 근무했던 편의점에 갔다 오는 모양이었다. 맘이 한발 앞서서 이곳을 지나치다 아들이 '새꺄!'라는 욕을 듣는 걸 보았으면 당장에 멱살을 끌고 갔을 것이다.

이제부터는 두 번 다시 맘의 손에 잡히지 않을 것이다. 자타가 공인하는 바, 나는 맘보다 백 미터 달리기를 잘한다. 다이어트에 실패한 맘은 쫓아오다가도 숨이 차서 이내 길바닥에 털썩 주저앉아 버릴 테지.

어럽쇼? 가만 보니 맘의 두 볼이 홀쭉하다. 이 날라리 때문에 상심이 깊었던 모양인가. 그러거나 말거나 집에 들어갈 생각은 추호도 없다. 누구나 꿈만 가지면 성공을 하게 되어있으니까. 당분간 이런 생활을 더 유지해볼 참이다.

이 시대. 우리들의 유일한 로망인 중고 스쿠터 한 대를 샀다. 주유소 사장에게 착실하게 근무하겠다는 선제 조건을 달고 가불을 했다. 경애가 재식이와 나를 비교하는 것도 기분이 나빴다. 계집애가 너무 까진 것 같아 지난달에 내가 먼저 절교를 선언했었다. 계집애는 차였으면서도 여전히 내 근무처인 주유소로 찾아왔다.

"야, 날씨 죽인다!"

시동을 걸자마자 경애가 날름 올라탔다.

"양다리 걸치지 마라."

나의 경고에도 불구하고 허리를 세차게 끌어안았다. 언제는 스쿠터를 '뽈뽈이'라고 놀리더니 "야호!" 소리까지 내질렀다. 나는 24시 편의점 앞에다 스쿠터를 세웠다. 계집애가 하차를 거부했다. 저녁마다 사장님이 집까지 태워주는 게 부담스럽다. 계속 외제차를 타야 할지 말아야 할지 걱정이라고 말했다. 정 그게 싫으면 롯데리아로 자리를 옮기라고 했다. 거기는 여자 사장이니 별문제가 없을 거라고.

오늘도 맘은 베란다 불을 훤하게 밝혀 놓았다. 전기세가 많이 나온다고 잔소리를 늘어놓을 때는 언제고. 날라리 아들이 들어오다 넘어질까 무척 걱정이 되시나 보다. 관리비를 낮추려면 엘이디 등으로 교체하든지 해야지.

나는 발바닥에 발통을 단 듯 계단을 두 개씩 뛰어올랐다. 열쇠를 꽂아도 문은 쉽게 열리지 않았다. 언젠가부터 고것이 나만큼 뻑뻑해 말을 잘 듣지 않았다. 기계야 새것으로 교체하면 그만이지만 바꿀 수도, 버릴 수도 없는 게 자식이라고 맘이 늘 그랬다.

"웬, 뽈뽈이냐?"

아버지가 베란다에서 내려다본 모양이었다.

"재식이 거예요."

"그딴 거 타지 마라. 위험하다."

간만에 파파의 목소리가 카푸치노 커피같이 달달했다.

"가두리 양식장에 안 나가세요?"

파파가 창문을 닫았다. 독한 담배 냄새가 훅 따라 들어왔다.

"어디 아파트경비 자리라도 알아봐야겠다."

킹크랩이 되는 과정에서 나는 우선 긴 다리 하나가 쑥 생겨나는 걸 느꼈다.

허공 건너기

차가 사장교斜張橋로 접어들었다. 바다의 양안兩岸을 잇대어 허공에 걸쳐진 다리 위를 건널 때마다 나는 배의 상갑판上甲板에 올라 바람을 쐬는 기분이었다. 오랜 세월 파도와 해풍을 가로질러 다니던 생활이 몸에 밴 탓이리라. 고르지 못한 노면路面에서 타이어가 덜컹거릴 때나, 비탈과 내리막길을 오르내릴 적에도 너울을 타는 듯한 느낌이 들었다. 선원생활을 막살하고 운전대를 잡고서도 의식은 여전히 습관처럼 물굽이를 만난 선박의 요동으로 착각하기 일쑤였다.

"손님, 이제 다리 위까지 왔으니, 다음 행선지를 알려 주셔야죠?"

나는 고개도 돌리지 않고 뒷좌석의 손님에게 말을 했다.

"에이, 참. 아저씨도……. 일단 이 사장교를 건너서 공단지역으로 꺾어 드세요. 거기서 다시 말할게요."

뒷자리에 탄 여자는 귀찮다는 듯 내뱉고는 핸드백을 되작거려 콤팩트를 꺼내 얼굴에다 토닥토닥 분칠을 해댄다. 속으론 뭐, 이런 꼴같잖은 게 다 있나 싶었다. 얼굴이라도 자세히 보려고 룸미러를 조금 올렸다. 여자의 얼굴에는 엊저녁의 취기가 오롯이 남아돌았다. 홍윤紅潤

하게 물든 볼은 요즘 꽃 버짐처럼 피어나는 아내의 홍조와는 사뭇 달랐다. 술기운만 가시고 나면 복사꽃처럼 화사할 것 같았다.

그녀의 콧날은 보기보다 매초롬했다. 싸가지없다고 생각했던 마음이 순식간에 사라졌다. 여자는 얼굴이 예쁘면 모든 것이 용서된다는 농지거리가 허투루 하는 장난이 아닌 듯싶다. 외모도 리모델링에 재건축까지 필요한 세상 아닌가. 내남없이 뜯어고치는 게 유행이니, 데퉁바리 같은 아내마저 근래에 들어 부쩍, 일에 대해 들먹거렸다. 처진 눈꺼풀은 잘라내고 잔주름제거 수술을 하고 싶다고 했다. 남자들까지도 설쳐댄다는 소리는 솔직히 귀담아 듣고 싶지 않았다. 오늘은 아침 댓바람부터 밥상머리에 토시고 앉아 생선 가시를 발라주며 치근덕댔다. 쌍꺼풀 선이 굵은 여자의 눈매를 보니 불평하던 아내의 모습이 떠올랐다. 댁도 잘라내고 보형물을 주입했소? 차마 그런 말은 물어볼 수가 없어 나는 룸미러에서 시선을 거둔다. 얼굴이 반반한 여자는 박복하다는 뭐, 그런 말을 떠올리며 혼자 속으로 실없는 생각을 해보았다.

마수걸이 손님이 여자면 재수 없다고 하던 조모의 말을 믿는 건 아니었다. 몇 시간째, 허탕을 치고 헤매고 다니다 생각해낸 게 룸살롱 〈샤인〉이었다. 사납금을 맞추려면 별수없이 직업여성이라도 태우려고 대기한 택시 행렬에 끼어든 셈이니, 누굴 탓할 바는 아니다. 직업상 술 취한 여자를 실어다 나르는 게 어제오늘 생긴 일도 아니잖은가.

짧은 스커트를 입은 여자가 문을 열고 나왔다. 그녀는 치맛자락을 탈탈 털며 사방을 휘둘러본다. 고등어 꼬랑지가 삐져나온 비닐봉지를 틀어쥔 채 비틀대는 사내 곁을 스친다. 농지거리를 해대는지 사내를 향해 뒤돌아서서 주먹감자를 먹인다. 줄지어 늘어서 있던 택시들을 일

부러 지나친 채 내 차의 유리창을 두드렸다.

여자는 조수석을 두고 뒷자리로 가 앉았다. 그녀를 태우고 구령터널을 막 진입했다. 요란한 사이렌을 울리며 앰뷸런스가 뒤쫓아 왔다. 어느 목숨 하나가 안개와 맞닥뜨려 나뒹굴었을까. 아니면 뇌일혈이나 심근경색으로 쓰러져 촉각을 다투는 환자일까. 빨간 구급차가 트렁크에 바짝 달라붙어 줄기차게 앵앵거렸다. 편도차선뿐인 터널은 이미 양방향으로 정체되어 요지부동이었다. 꽁무니를 물고 늘어선 차량들의 전진이 한없이 더뎌졌다. 나는 지루한 교통체증을 견디려 엉뚱한 상상을 해본다. 안개 때문에 터널이 폭삭 무너져버리기라도 한다면……. 아내는 내가 태운 이 여자와 영혼결혼식이라도 올려줄까? 쇼킹한 발상이었다. 아무리 생각해도 그리 너그러운 위인은 아니다. 사내들은 깻단한 단만 들 기운만 있어도 계집을 탐한다고, 시시콜콜 나불대는 여자였다. 돈을 벌겠다고 이 운해만리雲海萬里 같은 세상 속을 헤매고 다니는 줄도 모르고 바람피우다 죽었다고 고소해할 것이다. 그런 생각에 마음이 조급해지는 순간에도 잇따라 터널 속으로 달려 들어온 차량들이 길게 갇힌다. 억울한 누명을 뒤집어쓰지 않으려면 재빨리 터널 속을 빠져나가야만 한다. 하지만 생각보다 안개는 시야를 너무 가렸다. 겨우 터널을 빠져나오자 중앙선 구별이 어려웠다. 부릅뜬 두 눈이 뻑뻑하게 아렸다. 젠장, 안개등도 켜지 않았구먼. 상향등까지 밝혔더니 도로가 한결 밝아졌다. RPM의 숫자가 어느새 130을 넘어선다. 누구한테 화풀이라도 하듯 나는 점점 액셀을 마구 지질러 밟는다.

그런데 행선지를 물었을 때 여자가 "아저씨, 옛날 '사장교' 알죠? 일단 거기까지 갑시다."라고 말하던 순간 나는 이상한 느낌이 들었다. 이 항구도시에 사는 사람들은 정확한 이름인 '현수교懸垂橋'라 말하지 않고 굳이 '사장교'라고 칭했다. 아마 교량건설을 시작할 때부터 양쪽 언덕을 건너지르고 거기에 걸쳐놓은 다리 형상 때문에 누군가가 그렇게 부르기 시작한 게 시발점이 된 모양이었다. 아닌 게 아니라, 먼 발치서 보면 다리의 상판을 매단 와이어들이 활시위처럼 비스듬히 휘어진 채 펼쳐져 있다. 외관만 보아도 그렇게 일컬을 만도 하다. 사람들의 입에서 습관처럼 굳어진 명칭이야 그렇다 쳐도, 나는 그 말을 들을 때마다 이상하게 자꾸 '사장교死葬橋'가 연상되었다. 이 다리 위에서 투신자살하는 사건들이 텔레비전 따위의 방송매체를 통해 심심찮게 거론되는 걸 보았기 때문일까.

"손님, 그 길로 해서 갈려면 왕복 요금까지 내셔야 합니다. 워낙 외진 동네라서 되돌아 나올 때는 거개 허탕치고 나올 때가 많아서요."

사실, 계산만큼은 나는 분명히 해두어야 할 것 같았다.

"아저씨, 걱정하덜 마쇼. 팁? 까짓거, 달라는 대로 드릴 테니 염려 붙들어 매쇼. 아셨죠?"

"아, 알았어요."

시멘트가 부식된 다리는 차량들의 바퀴에 끊임없이 쓸려 한두 겹 벗겨진 채 속살을 드러내고 있었다. 언제부터선가 그 사장교의 '사斜'자를 죽을 '사死'자로 바꿔 부르게 된 뒤로는 그 아래 검푸르게 출렁대는 물결조차 원귀들이 제삿밥 얻어먹으러 가듯 어깨동무하고 팔랑대는 느낌으로 다가온다. 지금, 띄엄띄엄 서 있는 가로등이 축축한 달안개에 젖어 힘겹게 졸고 있다. 속세와 인연을 끊고, 또 다른 피안의 다리를 건너간다는 주검들이 떠올라 핸들 잡은 손끝이 파르르 떨렸다. 명경을 들이대며 전생의 삶을 비추어 본다는 염라대왕의 속설이 나로 하여금 소름 돋게 만들었다. 다리는 이승과 저승 사이의 매듭이자, 새롭게 영원한 삶으로 건너가는 것이라고 인식했던 까닭에설까. 다리 위에서 떨어져 죽은 시체들을 인양하던 경찰들의 모습이 떠올라 핸들 잡은 손끝에 긴장감이 느껴진다. 앞으로 나아갈수록 해무海霧는 사방에서 스멀스멀 피어오른다. 시야가 흐릿한 탓에 나도 모르게 운전대를 움켜잡은 손에 힘이 가해졌다. 죽음과 현재가 공존하는 듯한 의미를 가진 '사현死現'을 내가 늘 연상하는 것은 실은 내 나름의 사연이 있다.

*

30여 년 전 아버지는 작은 항구의 다리 난간에서 떨어졌다. 바닷물과 민물이 회오리치는 교차지점에서였다. 술 없이 사는 인생살이는 너무 따분하고 재미가 없다고 했다. 선술집을 드나들며 만취해 사는 날이 많았지만 아무 탈 없이 집을 찾아왔던 아버지의 사고는 뜻밖이었다. 설령, 집으로 돌아오던 길에 다릿목에서 바다를 향해 오줌을 누다가 몸을 가누지 못해 실족했을지도 모른다. 하지만 어부였던 아버지는 바다에 익숙했었다. 마을 앞에 떠 있던 '코섬'이라 불리던 작은 무인도까지 단숨에 헤엄쳐 갈 수 있을 만큼 수영 실력 또한 탁월하여 검은 물개라는 별명까지 붙었다. 그런 사람이 익사라니? 납득이 되지 않았다. 그러나 사인은 분명 익사였다.

시장바닥에 생선장수를 하던 어머니는 무시로 아버지의 등에 대고 악다구니를 쏟았다. 그러면 아버지는 대꾸도 없이 휑하니 집을 나가버렸고 며칠간 코빼기도 안 비쳤다. 얼굴만 맞대면 으르렁거리던 부부를 두고 사람들이 안팎으로 궁합이 맞지 않는다고 씹어댔다. 그 소리가 나는 우리 부모를 험담하는 말이란 걸 눈치채고 있었다. 아버지의 그림자조차 며칠씩 보이지 않으면 화풀이할 곳이 없어진 어머니는 이따금 자식들 앞에서 맥 빠진 푸념을 늘어놓았다. 하긴, 니 애비도 사는 게 힘들어서 저러겠지. 그러나 정도껏 해야지, 매일같이 고주망태가 되도록 병나발을 불어대니 속에서 천불이 난다. 내장까지 바짝 타들어가니 나도 모르게 잔소리를 늘어놓긴 헌다만…… 어머니 말대로 아버지는 가장으로서 가족의 생계를 옹골차게 떠맡지 않았다.― 잔소리가 듣기 싫어서 달아나듯 바다로 나가버렸다. 배가 들어올 때쯤이면 거나하게 취할 만큼 고기도 많이 잡아왔다. 죽은 뒤, 아버지는 염라대왕 앞에 가서도 마누라쟁이의 잔소리가 듣기 싫어 예까지 도망쳐왔다고 말했을지 모른다.

*

선박의 고물에서 이물까지 통하는 거리를 단걸음에 달리는 기분으로 나는 차를 몰아 현수교를 지나쳤다. 새로 조성된 공단지역은 제품을 생산하는 공장들보다 모텔이 더 많았다. 황량한 벌판 곳곳에서 색색의 네온사인이 안개 속에서 번쩍거리고 있었다. 모텔들은 하나같이 '궁전'이니 '파라다이스 모텔' 따위의 영문을 새겨 넣은 상호商號들이 주류를 이루고 있었다. 생전 처음 딴 세상에 온 것이 생게망게했다. 그 황량하고 드넓은 외곽지대에 급히 조성된 공단지역은 유령도시 같았다. 손님을 태우고 밤중에 와 본 느낌은 더 그랬다. 암흑에 짓눌린 듯, 어둠에 싸인 거리는 사람은 없고 혼령들만 날아다니는 듯 괴괴한 분위기가 감돌아 을씨년스러웠다.

수증기처럼 떠도는 박무薄霧에 사물들이 실루엣처럼 흐릿한 윤곽을 드러낸다. 길 위에 흉물스럽게 짓다 만 건물들. 잡초가 자라있는 으슥한 공터. 꽤나 으스스하다. 반딧불 같은 꼬마전구들을 나뭇가지마다 친친 옭아맨 모텔의 조경장식들……. 이런 곳을 여자가 굳이 가자고 한 이유를 몰랐다.

"기사 아저씨, 저 모텔 앞에 잠깐 세워주세요. 볼일 좀 보고 곧 돌아올 테니, 이 자리에 꼼짝 말고 대기하세요. 그냥 가시면 안 돼요."

"아무렴. 당연히 요금을 받아야 돌아가지. 뭔 일인지 모르지만 얼른 볼일이나 보고 오쇼."

"담배 한 가치 태울 동안만 기다려주시면, 왕복 요금에 팁까지 얹어 드릴게요. 아셨죠?"

여자는 차문을 열고는 스커트 뒷자락을 탈락거리며 모텔 쪽으로 다가간다. 그녀가 소위 '몸 파는' 여자란 건 진작 알아봤었다. 지금 누군가의 호출을 받아 여기까지 왔다고 생각했는데 뜻밖에 모텔의 현관문으로 들어가는 게 아니라, 으슥한 공터로 사라졌다. 소변이 급했던 모양이지, 나는 피식 웃었다. 뒷좌석에는 여자의 가방이 얌전하게 놓여있다. 할증요금이나 팁은커녕 택시비까지 떼어먹고 달아나지 않을 테니까 적이 안심이 되었다. 여자가 돌아오기를 기다리며 그녀의 말대로 차창을 반쯤 내리고 담배 한 대를 피워 물었다. 절반도 태우기도 전에 안개 속에서 여자가 불쑥 모습을 드러냈다. 이곳 지리에 아주 밝은 듯 치맛자락을 털어 바로 펴면서 헤실헤실 웃으며 걸어온다.

"어떤 미친 자식이 화장실 앞에서 부딪쳤는데 나더러 글쎄, 모텔로 올라갈 생각이 없느냐고 추파를 던지는 거 있죠? 짜식! 사람을 어떻게 보고 말이야……."

어떻게 보긴, 한눈에 척 알아보았네. 불쑥 튀어나오려는 말을 나는 애써 삼켰다. 공사에 필요한 자재들을 쌓아놓을 걸 보니 인부들이 사용하는 간이화장실을 알고 있는 눈치였다.

여자가 이번엔 앞자리에 앉아 다리를 꼬았다. 허기질 때 떡을 하나 얻어 쥔 듯 공연히 기분이 좋았다. 잠시 부스럭대더니 여자는 가방 속에서 담배와 라이터를 꺼냈다. 담배에 불을 붙이니 손톱에 바른 빨간 매니큐어가 더욱 붉게 타올랐다.

"창문 좀 내릴게요. 화장실에 다녀와선 꼭 한 대 피우는 게 습관이 돼나서……. 알고 계시죠? 애연가들이 식후에 소화제 삼아 꼭 한 대씩 피우는 것처럼……. 아저씨도 이거 한 모금 빠실래요?"

여자의 목소리가 허스키했다.

"난 조금 전에 피웠으니 차가 출발하기 전에 마저 피우도록 해요. 그건 그렇고 아까 차에서 내릴 때 핸드백을 뒷좌석에 그냥 두고 갔는데, 만약 내가 기다려주지 않고 그대로 차를 몰고 도망쳐 버렸으면 어쩔 뻔했어요?"

농지거리삼아 넌지시 속내를 떠보았다. 여자가 배꼽을 잡고 깔깔 댔다.

"에이, 아저씨도 참! 나를 뭘로 보세요? 사람 상대하는 일에 이골이 난 몸이에요. 딱 보니 아저씬 괜찮은 사람 같아서 믿은 거죠. 차 번호판을 외어둔 건 모르셨죠?"

여자가 혀를 날름 내밀었다. 거무스름한 내 입술이 괜스레 파르르 떨렸다.

"내가 택시요금 떼먹으려고 가방을 들고튀었으면 아저씨는 어쨌게?"

이젠 숫제 애교까지 피웠다.

"허긴, 그렇구먼. 나도 아가씨가 날 믿는 눈치라서 기다려준 거니까."

"피장파장이죠? 그럼 됐어요. 우린 이제 마음이 통했어요."

여자는 잘근잘근 씹어 침이 묻은 필터를 재갈 물리듯 느닷없이 내 입에 물렸다. 얼떨결에 나는 두어 모금 뻑뻑 빨아들인다. 같은 갑에서 나온 담배였음에도 조금 전에 내가 피웠던 담배 맛과는 사뭇 다른 기분이 들었다.

"자, 이제 출발하세요."

그녀는 거의 다 탄 꽁초를 창문 밖으로 내던지며 재촉했다. 나는 다시 차에 시동을 걸었다.

"아저씨!"

"이야기하세요."

나는 막 가속폐달을 밟으려다 풋브레이크를 두어 번 밟았다.

"평소 수입이 얼마쯤 되죠? 사납금 제하고 나면 말예요."

선원생활을 끝내고 육지로 올라와 시작한 운전경력 6년 만에 처음 받아본 질문이었다.

"그야 뭐 날마다 다르죠. 인생살이처럼 궂은 날도 있고 좋은 날도 있듯이."

"그거 내가 다 알아서 쳐줄 테니, 어때요? 오늘부터 제 단골기사가 되어주실래요? 수고비는 섭섭잖게 드릴게요."

"나야 뭐, 나쁠 것도 없지만서두⋯⋯."

나는 곁눈질로 여자의 표정을 살핀다.

"그렇게 해주세요. 적당히 시내를 돌다가 제가 호출하면 단박에 달려오시면 임무완수. 사납금 걱정은 이제 땡! 종치는 겁니다. 아셨죠? 어서 핸드폰번호 불러보세요."

얼떨결에 나는 그만 숨 가쁘게 번호를 불러주고 만다.

"네, 됐어요. 그럼 당장 내일부터 작업 들어갑니다. 오늘은 저어기, 저 모텔 앞에서 세워주세요. 요금은 여기 방석 밑에 두고 내릴게요. 그럼 이만, 오빠, 안녕!"

완전 일방통행이었다. 총총히 사라져버린 여자의 모습이 안개에 가려 곧 보이지 않았다. 나는 여자가 깔고 앉았던 방석을 얼른 들춰본다. 두 시간 남짓, 단번에 사납금을 채웠다. 풀썩풀썩 웃음이 나왔다. 오랜만에 갑판 위에서 고기떼를 만난 기분이었다. 여자는 쉽게 번 돈을 희떱게 써버리는 스타일인가. 목돈을 맛본 이런 심정으론 안개 낀 거리를 더 이상 헤매고 다니고 싶지 않았다.

＊

지난 시절을 돌이켜보면 배를 탄 건 순전히 나의 고집이었다. 아버지가 망망대해로 떠돌아 다녔듯이 사나이로서 오대양 육대주를 누비고 다니는 직업도 꽤 괜찮아 보였다. 딱히 배를 탈 만한 기술은 없었지만 군대에서 취사병으로 근무한 경력을 내세워 트롤선을 얻어 탔다. 몇 개월씩 바다를 떠도는 생활은 지루했지만 간주 때마다 목돈을 거머쥘 수 있어 좋았다. 그게 또 내 체질에는 맞았다.

선원들은 투망질을 하는 동안에도 술을 마셨다. 갑판에는 어구와 함께 소주 대두병짜리들이 쟁여 있었다. 얼큰하게 취기가 오르면 그물을 당겨 올리는 팔뚝이 팽팽하게 불거졌다. 작업이 끝이 날 즈음이면 어느새 술기운에 까무룩 잠이 들곤 했다. 나는 그들을 위해 회를 치거나 무쇠 칼로 생선을 토막 내어 해장국을 끓였다.

그게 습관이 되어 조업을 끝내고 귀항한 사내들은 배에서 내리자마자 술병부터 찾았다. 산더미 같은 물너울을 대적하며 살아온 그들은 취하지 않고서는 뭍을 오롯이 밟을 수가 없다고 말했다. 허옇게 소금 꽃이 핀 손으로 선창船廠에 앉아 술을 마실 때만은 얼굴에 생기가 넘쳤다. 그러다 손등에 달라붙은 생선비늘이 꾸들꾸들 마를 적엔 눈동자는 바다 저 너머를 꿈꾸듯이 개개풀어졌다. 그들에겐 육지가 도리어 잔혹한 상어 떼로 득실거리는 탐욕의 바다처럼 느껴졌다. 그만큼 뭍에서의 생활은 낯설고 생소한 것이었다. 그 대신, 운해만리를 떠도는 고단한 삶을 달래주는 유일한 낙은 술과 노래와 계집이었다. 그것이면 그만이었다. 아주 쉽고도 단출했다.

면도를 하지 않아 수염이 잡초처럼 돋았던 사내가 생각난다. 항구야, 항구야! 우리들은 마도로스다! 털보가 선창을 하면 헤이, 헤이라는 후렴구가 뒤따라 나왔다. 나도 한때는 그 일에 익숙했다. 풍랑에 배가 다른 항구로 일시 피항避港을 했던 낯선 부두에서도, 하룻밤 여인과의 거래는 달콤했다. 그때의 짜릿했던 순간들을 자랑스럽게 히죽대며 떠벌리는 사내들이랑 한데 어울렸던 일들이 내 의식 속에 던적스럽게 들러붙는다.

몇 달씩 파도와 대적하며 잡아 올린 어획량이 형편없을 땐 선주는 쇠갈고리로 사정없이 생선상자를 내리찍었다.

"이 쌍노므 새끼들! 이걸 괴기라꼬 잡아왔나! 앙?"

베트남전의 용사였던 그에게 스테인리스 갈고리 손은 명예로운 훈장이었다. 거기다 고기를 꽂고 마구잡이 흔들었다. 그러다 분이 풀리지 않으면 바닥에다 패대기쳤다. 나는 뱃사람들에게 밥을 지어주고 해장국을 끓여준 죄밖에 없었다. 지레 겁을 먹은 나는 가끔 과다한 부식비 지출로 타깃이 되기도 했다. 그는 온전하게 매달려 있는 손보다 이미 잘려나가고 없는 손으로 사내들을 후려잡았다. 아무리 그가 정부의 보호를 받는 신분이라 할지라도 사내들을 구속할 권리도, 또한 구속받을 이유도 없었다. 육지에 내리면 선원들의 임무는 실상 끝이 나는 셈이었다. 선장이 되고 싶었다던 선주는 다른 건 몰라도 술 인심은 후했다. 한 손으로 두 손 달린 사내들을 휘어잡으려면 술이 최고의 무기라는 것쯤은 익히 알고 있었다. 부식비 중에서 술이 차지하는 비중이 가장 많았지만, 그것만큼은 일체 관여하지 않았다.

언제나 한 군데 정착하지 못하고 떠돌았던 아버지의 아버지, 내게는 할아버지였던 남자. 내가 너무 어렸기에 지금은 별로 기억조차 남아있지도 않은 그 할아버지는 외항선을 타고 나가면 대개 1년 이상은 먼 바다와 타국을 예사로 떠돌았다. 가족과는 긴 생이별이었다. 그때마다 생과부로 지내야 했던 할머니가 배를 타겠다는 나를 결단코 반대했던 이유였을지도 모른다. 기다림과 외로움에 지쳐 할머니가 집을 나가버리자 할아버지는 나중에 사라져버린 아내를 찾아 안개처럼 떠돌아다녔다고 한다. 결코 원만하지 못했던 부모의 삶 때문인지 아버지는 술에 빠져 사는 날이 많았다. 부모에 대한 화풀이였을까. 아버지는 헛간에서 마구잡이로 어머니를 쓰러뜨리기도 했다. 살기殺氣를 뿜어내던 어머니의 눈매를 바라보면 어린 나는 한 발짝도 떼지 못하고 얼어붙었다. 차츰 세월이 지나면서 두 분의 처지가 어느 틈에 뒤바뀌기 시작하더니, 악다구니를 쓰며 잔소리를 늘어놓는 쪽은 어머니였고, 말없이 횅하니 도망치듯 집을 나가버리는 것은 아버지였다. 이런저런 생각의 골이 깊어지자 식욕도 성욕도 일지 않았다. 아내 역시 어머니를 닮아 가고 있었다.

*

곧 기별을 할 것처럼 말하던 여자는 항구도시에 자주 끼던 안개가 말갛게 걷혀도 전화를 해오지 않았다. 그러면 그렇지! 사내들의 마음을 잘도 주물럭대며 헛바람을 불어넣는 직업여성이 지껄인 소리를 곧이곧대로 믿은 내가 바보였지. 여자의 그림자는 떨쳐버리려 할수록 더 집요하게 따라붙었다.

저만치서 사내 하나가 손가락 낚시질을 한다. 자기 발끝까지 오라는 신호다. 저렇게 택시를 부르는 인간들이 제일 싫다. 어금니로 손가락을 깨물어버리고 싶을 때가 허다했다. 나는 마지못해 핸드브레이크를 풀고 전진기어를 넣는다. 잠깐 사이에 다른 택시 운전사가 그 '손가락 까딱'을 낚아채 가버렸다. 저 새끼는 또 뭐야? 아무래도 나를 만만하게 취급하는 인간들이 많은 것 같다. 앙갚음을 하려면 아무래도 저주의 인형인 제웅이라도 하나 사야 할 것 같다. 돗바늘로 동공을 위시하여 전신을 콕콕 찌르고 나면 한결 속이 시원해질 테니까.

"춘자가 보고 싶고 선술집이 생각난다."는 휴대폰의 벨소리가 다급하게 나를 찾았다. 샹송이나 클래식 음악을 입력해 달랬더니, "아버지는 이 노래가 딱이구마."라며 딸내미가 굳이 저장해준 컬러링이었다. 노래를 부른 남자 가수의 첫사랑은 정말 춘자였을까?

나는 아직도 아내의 이름이 '부뚜리'인지 '붙들이'인지 헷갈린다. 뱃속에서 사산되거나 낳아서는 홍역으로 자식 몇을 잃어버렸던 장모는 늦게 얻은 딸 하나만이라도 건사해 보려고 지었다던 아내의 그 소싯적 이름보다 춘자는 훨씬 클래식하다.

혼인신고를 하러 갔을 당시에 나는 한자를 써넣지 못해 쩔쩔맸다. 호적에 올린 이름은 '부둘亩乺'이었다. 담당자는, "웬만하면 사모님 이름은 개명하시는 게 좋겠네요."라며 싱글거렸다. 개명이고 뭐고 간에 여태껏 아내는 체중만 불었을 뿐 신변엔 변동사항이 전혀 없다.

연이어 휴대폰이 울린다. 액정화면에 저장된 이름이 뜨지 않는 걸로 보아 귀찮은 전화가 틀림없다. '무담보대출 즉시 삼천만원. 연체된 카드대금 대납', 혹은 '부킹 완전 백퍼센트'를 자랑한다는 호박나이트클럽 따위에서 걸려온 스팸 전화가 확실하다. 나는 신경질적으로 전화기 폴더를 세차게 닫아버린다. 횡단보도를 건너던 남자가 뭐라 뭐라 하는지 앞서가던 여자가 획 돌아다본다. 어쩜 자기를 놀리거나 희롱한 것으로 판단했던지 다시 뭐라고 맞받는다.

지하차도 한쪽에 줄지어 있던 택시들이 순번대로 빠져나가고 그 다음이 내 차례였다. 키가 훌쩍한 사내가 몸피 굵은 여자를 대동하고 지하에서 올라왔다. 택시에 오르자마자 "자기야, 바이!"라며 손을 흔든다. 다소 꼴불견인 이 시대의 순애보를 훔쳐보고 있는데, 다시금 춘자가 끼어든다. 가만 생각해보니 아까 그 사내는 순전히 내 휴대폰의 컬러링을 따라 부른 것이었다.

"씨팔, 어떤 놈이야!"

"아저씬 왜, 자꾸 전화는 끊고 그래요? 나예요. 나, 벌써 잊었어요? 구두계약까지 해놓고선 음성조차 까먹으면 어떡해욧!"

"아고고."

나는 연이어 곡소리를 낸다. 여자의 호출로 찾아간 건물은 알함브라 궁전처럼 웅장하고 화려했다. 그 외관外觀의 중압감에 짓눌려 스스럼없이 들어서기에는 숨결이 가팔랐다. 나는 잠시 호흡을 가다듬고, 최대한 느린 걸음으로 퀴퀴하게 곰팡내 나는 곳으로 들어선다. 복도엔 조도가 낮은 전구가 켜졌지만 음험한 곳엔 아가리를 벌린 상어 떼가 우글거리고 있을 듯한 분위기였다. 여차하면 어디선가 그것들이 튀어나올 것 같아 공연히 소름이 돋는다. 이건 공연히 떠올린 생각이 아니다. 트롤선을 타고 다니던 시절, 해미가 짙게 깔린 날은 선원들이 보망 작업을 끝낼 때까지 선장은 주방장인 내게 안주거리를 장만해 조타실로 오라는 지시를 내리곤 했었다. 그때 자주 드나들며 보았던 액자사진이 기억 속에 오래 남아있다.

선장은 조타실에다 〈왓슨과 상어〉라는 명화의 복사판 축소사진을 액자에 넣어 걸어두고 있었다. 물에 빠진 남자를 커다란 상어가 아가리를 벌리며 물어뜯으려는 찰나에 배에 탄 어부가 작살로 내리꽂는 광경이 묘사된 그림이었다. 선장은 그것이 존 싱글턴 코플리란 화가의 그림이라고 설명해주기까지 했다. 한두 번 본 게 아니어서 그 서양화가의 이름까지 외울 정도였다. 나는 부릅뜬 눈으로 주위를 두리번거리며 침침한 복도의 회랑을 따라 여자가 일러준 호실을 찾는다.

그때 비상구로 통하는 계단에서 사내 하나가 불쑥 튀어나왔다. 소스라치게 놀란 나머지 "지금 막 호출을 받아서……. 109호가 어디쯤이냐?"고 물었다. 사내가 모서리 쪽을 가리키며 히죽 웃었다. 방안은 오소리라도 잡을 듯 담배연기로 자부룩했다. 핏발이 선 눈동자들은 마흔여덟 장의 먹잇감을 갖고 한창 노략질을 하는 중이었다. 담배를 꼬나물고 화투패를 돌리는 사내의 수염이 잡초처럼 돋아나 있었다.

"아, 오빠 왔어? 일루 와 앉아. 사납금 걱정은 말고……."

저번처럼 유난히 살갑게 구는 여자는 앞가슴이 훤히 드러날 만큼 깊게 팬 옷을 입고 있었다. 며칠째 날밤을 지새운 듯 빨간 눈알들을 굴렸다. 나는 목 안이 따끔거려 연거푸 잔기침을 해대며 여자의 곁에 앉는다. 간간이 손에 쥐고 있던 패를 슬쩍 엿보는 척하며 젖무덤을 훔쳐본다. 연이어 흑싸리 땡을 잡은 여자는 붉은 매니큐어를 바른 긴 손톱으로 지폐를 끌어다 허벅지 아래 꾸겨 넣는다. 입안에서 침이 말랐다. 나는 목을 축이려고 밀쳐둔 술상을 끌어당긴다. 처음 본 사내가 "이봐, 형씨!"라며 손가락 총을 쏜다. 젠장, 여기서도 또 손가락질을 당하는구면. 빌어먹을 자식 같으니라고……. 내가 가장 열 받는 게 '손가락 까딱' 족속이다. 성질 같아서는 손모가지를 분질러버리고 싶었지만 여자를 봐서라도 과도한 행동은 자제하기로 한다. 손가락으로 먹고 사는 인간을 공연히 건드려 보았자 덤터기를 쓸 게 뻔하다. 속이 우구구, 끓었다.

"염병할! 이번 한판은 쉰다. 오늘 컨디션은 제로야. 이거 약발 떨어지니 끗발도 죽는구면. 한자리에서만 날린 게 벌써 몇 백이야. 이러다 씨팔, 집문서까지 말아묵것다."

손가락 총을 쏜 사내였다. 그는 절반쯤 남겨진 소주를 대접에다 부어 단번에 들이켰다.

"댁이 우리 동생 전용 운전사라며?"

"예."

나도 모르는 사이 스테인리스 강철 손에 오래 길들여진 대답이었다.

"잘 모시고 다니슈."

술상머리에 교대로 드나들며 지껄이는 놈들을 보고 있자니 속에 천불이 났다. 어차피 인생역전, 로또 복권에 당첨되지 않은 바에야 네놈이나 내 놈이나 다를 게 없다. 그딴 소리로 남 훈계하지 말고 너나 잘하세요. 그 말이 입안에서 맴돌았지만 소주잔으로 틀어막았다.

"제발, 주사기 따로 좀 사용하자! 찌른 거 가지고 또 쑤시지 말고. 이러다 모조리 도매금으로 에이즈 감염되겠다."

*

임플란트를 해박은 뒤론 질긴 고기를 뜯어먹는 게 한결 수월타고 자랑하던 쥐코조리 같은 사장의 그 '씹어대는' 잔소리와 타박도 이빨만큼 단단해졌다. 평소에 그는 터럭이 푸슬푸슬 뒤덮인 종아리를 책상 위에 올려놓고 잦바듬히 등받이의자에 기댄 채 귀지를 후비거나 코털을 쥐어뜯는 꼴사나운 습관을 갖고 있었다. 사납금을 충당하지 못하는 날은 빈정대는 빈도가 절정을 치달았다. 솔직히 라이터로 그 털을 지져버리고 싶은 충동을 나는 가까스로 참아낸다. 집구석에는 돈독이 올라있는 아내의 잔소리도 넌더리날 판인데, 사장의 잔소리까지 보태지면 자존심은 마구 꾸겨진 담뱃갑이었다.

이제 내 인생도 구조 변경이 필요하다. 송골매처럼 높이, 드높이 비상할 것이다. 흐흐흐. 웃음소리부터 바꿀 필요가 있다. 딱 한번, 이번을 마지막으로 깨끗하게 손을 씻을 것이다.

운반책들이 팔짱을 낀 채 현수교 아래서 기다리고 있었다. 남자들을 요리하는 일에 이골이 난 여자는 확실히 달랐다. 흥정하는 솜씨가 보통이 아니었다. 간혹 다리 위를 지나치던 사람들이 아래를 내려다보았다. 하지만 안개에 가려 우리의 행동을 식별하기가 쉽지 않았을 것이다. 더 이상 앰뷸런스나 소방차의 재촉도 없었다. 그들은 우리에게 조기 상자를 건네고 곧 사라졌다. 작업은 간단하게 끝이 났다. 나는 조기의 내장 속에 든 물건을 발라내고 강기슭에다 묻었다. 고기는 볼때기 쪽이 가장 맛나다며 쫄쫄 빨던 아내가 생각났다.

아수라의 궁전은 암전된 연극무대였다. 사내들은 화투장을 팽개친 채 널브러져 있었다.

"아이고, 난리 났네. 난리 났어."

여자가 핸드백에서 주사기를 꺼낸다. 좀비들처럼 다시금 되살아나 야수의 눈동자로 희번덕댔다.

"햐, 살맛난다. 화끈하게 한판 돌려……."

나는 조용히 방문을 열고 밖으로 나온다.

"오빠 어딜 가?"

엑스터시, 데메론…… 눈꺼풀이 사르르 감기고 팔다리가 나른하다. 그러나 기분만큼은 최상이었다. 무슨 일이든지 할 수 있을 듯 자신감이 충만해진다.

승용차가 비닐 가림막을 뚫고 모텔 마당으로 들이닥쳤다. 검은 선글라스를 낀 사내들이 구석진 방으로 와다닥 몰려갔다. 새끼발가락에서 발화한 불길이 명치끝을 치받고 타올랐다. 나는 여자가 있는 방을 향해 미친 듯이 달렸다. 발걸음이 공중에서 경중경중 겉놀았다. 트롤선 선장의 조타실에 걸려 있던 상어 그림이 이 순간에 불현듯 되살아났다. 어로탐지기로 조기의 이동경로를 쫓을 때마다 선장은 눈에 불을 켰다. 요동치던 상어의 등짝에 결연하게 작살을 내리꽂던 그림 속 청년의 모습이 생생하게 떠올랐다. 어획량이 적으면 강철갈고리 손으로 상자를 내리찍던 선주의 스테인 갈고리 손도 뇌리를 스쳤다.

나는 복도에 세워진 청소용 밀대를 치켜들고 사내의 등판을 발로 짓누르며 연거푸 작살처럼 막대를 내리꽂았다. 파르르 떨고 있는 여자의 손목을 틀어쥔 채, 차의 뒷좌석에다 함부로 우겨 넣었다. 막 어둠이 내리는 모텔을 나서는 차는 희뿌유스럼한 안개를 헤쳐 나오느라 탐조등을 켠 한 척의 선박과도 같았다. 나는 휘청대는 차를 몰고 허공에 아스라이 뜬 현수교 위를 간신히 건너고 있었다.

P시의 항구 주변

큰형은 동태가 되어 돌아왔다. 명태를 잡으러 갔으니 당연히 동태와 함께 실려 왔어야만 했다. 큰형을 싣고 온 선박의 이물에는 오방색 휘장이 펄럭이고 있었다. 머리를 산발한 채 어머니는 아들의 귀환을 맞았다. 어디서 흘렸는지 은비녀도 보이지 않았다. 비녀에는 지난하게 살아온 어머니의 삶을 입증이라도 하듯 흉터가 남아 있었다. 쪽진 머리를 틀어 올릴 때마다 어금니로 깨물었던 이빨 자국이 선명했었다. 비녀를 꽂지 않은 머리카락이 물미역처럼 펄럭댔다.

냉동실 어창에서 기다란 물체가 올라왔다. 여름철 농무기濃霧期도 아니었는데 해무海霧가 스멀스멀 피어올라 부두를 온통 뒤덮었다. 너무 지나치게 뿜어내 모든 건물과 사람들의 시야마저 하얗게 가려 버렸다. 햇살이 안개를 걷어가자 물체의 형상이 뚜렷하게 나타났다. 그건 큰형이 분명했다. 그럼에도 내 눈에는 한 덩어리의 고체로 보였다. 손끝으로 물체를 더듬어 보기 전에는 형이란 걸 도저히 받아들일 수가 없었다.

전신이 꽁꽁 얼어버렸으니 어디가 어디인지, 정확한 신체 부위를 가

늡하기 어려웠다. 어머니는 큰형더러 "이노므 새끼야, 일어나라"며 아무 데나 두들겨 팼다. 객실에서 사용한 이불이었을까. 벙커시유가 눌어붙어 떡이 진 담요로 멍석말이 당한 채 돌아왔다. 머리부터 발끝까지 군용모포로 전신을 휘감고 있었다. 억장이 무너진 어머니는 갑판에 뻗치고 누운 큰형을 끌어안고 자지러졌다. 혼절한 어머니를 일으켜 세우려다 나는 본의 아니게 큰형에게 헤딩을 하고 말았다. 얼마나 단단했던지 눈물이 찔끔 날 만큼 아팠다. 큰형과의 조우는 너무 가혹했다. 나는 정신을 가다듬고 손바닥으로 큰형의 몸을 더듬어 나갔다. 언 손을 녹여가며 큰형의 콧등이 이쯤 되겠다 싶은 부위에 손을 얹었다. 사자死者에 대해 내가 취할 수 있는 예의는 그것뿐이었다. 내 이마가 이렇게까지 부풀어 올랐으니 큰형도 상당한 충격을 받았을 것 같았다. 바닷바람에 콧물이 줄줄 흘렀다. 닳고 해진 내 소맷귀가 큰형만큼 빳빳하게 얼어갔다. 흘린 눈물이 황태처럼 꾸덕꾸덕 말라갔다.

6개월 만에 돌아온 큰형의 체중이 몰라보게 불어나 있었다. 장정 여럿이 달려들었으나 갑판에 눌러붙어 떨어지질 않았다. 누군가 "이래선 안 되겠다."는 말로 쇠파이프를 가져왔다. 그러고는 쇠의 한 쪽 끝을 큰형의 등짝에 슬쩍 밀어 넣었다. '찌지직' 얼음 깨지는 소리와 함께 동체가 갑판에서 분리되었다. 기중기가 번쩍 들어 올렸다 부두로 내려놓았다. 형은 두 발로 올라갔다 두 다리가 묶인 채 누워서 내려왔다.

이윽고 동태가 된 큰형 앞에 촛불이 밝혀졌다. 영정사진은 이력서를 복사해 현상한 듯 흐릿했다. 저 사진을 찍을 때만 해도 서른쯤의 나이였을 게다. 구릿빛 얼굴이 근육질로 단단하게 뭉쳐있을 때였다. 그때 큰형이 추구한 행복이란 건 지극히 단순했다. 돈을 벌어 부모님께

전답을 사드리는 게 1차 목표였다. 다음으로 양돈 사업을 하는 게 포부였다. 그런 큰형이 동태가 되어 돌아왔다. 집에 가지도 못하고 바퀴벌레가 들끓던 창고에서 조문객을 받았다. 기가 찬 주검을 보고 부두 노무자들이 하나둘 자리를 피했다.

소속회사에서 넥타이 맨 간부가 문상을 왔다. 하얀 국화꽃 한 송이를 들고 가 큰형 앞에 놓았다. 그는 허리를 약간 숙이고 두 손 모아 합장한다. 서너 발자국 겸손하게 물러났다 뒤돌아서 항해사에게 명태는 몇 궤짝 싣고 왔느냐고 캐묻는다. 큰형에게 따지는 것처럼 빳빳한 말투였다. 그 말 속에 너는 왜 죽어서 돌아와 사람들을 골치 아프고 피곤케 하느냔 의미가 담긴 소리로 들렸다. 항해사는 손바닥을 마주 비비며 무척 미안해하는 눈치였다. 나는 큰형이 벌떡 일어나 '이 개자식들!'이라며 귀싸대기라도 한방 날려주었으면 분이 풀릴 것 같았다. 그러나 그런 기대는 생기지 않았다. 큰형은 군기 꽉 잡힌 이등병처럼 차렷! 자세로 얼어붙어 있었다.

큰형이 창고 바닥에 누워있는 동안 트롤선은 제3부두에서 명태 궤짝을 하역했다. 누군가 전자계산기를 세차게 두드렸다. 노역자들은 막걸리를 마시고 소금으로 입가심했다. 이미 그들은 그런 주검에 익숙한 듯 대수롭잖게 여겼다.

드럼통을 쪼개 만든 난로에서 불이 훨훨 타고 있었다. 불길은 마른 장작을 한순간에 집어삼켰다. 큰형은 자기 인생이 설마하니, 냉동되어 돌아올 줄 꿈에도 몰랐을 것이다. 어머니는 큰형이 타고 온 선박의 이물쯤에 형의 혼이 머물고 있을 거라고 믿고 있었다. 어지간한 풍랑에는 꿈쩍도 않던 트롤선을 향해 아들의 이름을 수없이 불렀다.

큰형은 시멘트 바닥에 꼬박 이틀을 누워 있었다. 식구들이 워낙에 불러서 북망산천 길을 제대로 갈 수가 없었을 것이다. 필요하면 연락을 달라며 낯선 사내가 명함을 주고 갔다. '을'은 근로조건을 충실히 이행할 것을 서명했고, 선박회사에 소속된 로펌은 근로 계약에 대해 빠삭했다.

부두에서 뒹굴던 어머니를 누군가 앰뷸런스에 태워 보냈다. 바닷바람이 아주 매섭게 불었다. 홑바지 입은 아버지만 부두에 서서 줄담배를 피웠다. 손이 떨려 필터를 제대로 빨지 못했다. 큰형의 몸이 해동되기까지 꽤 긴 시간이 필요했다. 그사이 두 명의 주검들이 부검을 끝내고 영안실로 갔다. 회사 관계자와 부검의가 입을 쩝쩝대며 번갈아 들락거렸다. 시간이 너무 오래 걸린다고 투덜댔다.

그날 트롤선에서 무슨 일이 있었을까. 그 누구도, 큰형의 사망 원인에 대해 증명을 해줄 사람은 나서지 않았다. 이미 죽은 사람과는 의리고 뭐고 없었다. 정의正義보다 목구멍이 포도청이었다. 완벽한 증거는 사라졌다. 목에 걸어주면 목걸이, 귀에 걸어주면 귀걸이였다.

드디어 큰형의 부검이 시작되었다. 아버지 외엔 아무도 들어가지 못했다. 형은 차가운 옷을 벗고 버썩대는 삼베옷으로 갈아입었다. 커튼을 들치고 아버지는 큰형이 입었던 옷을 나에게 휙, 던졌다. 줄무늬가 새겨진 모직 남방셔츠였다. 셔츠에서 물이 줄줄 흘렀다. 나는 아까워서 쓰레기통에 버리지 못했다. 셔츠는 수술용 가위로 목울대에서 좌심방 쪽으로 잘려나갔다. 꿰매서 입을 수도 없었다. 멀쩡한 단추를 두고 생짜배기로 뜯어낸 부검의 손이 괘씸했다. 나는 비로소 큰형이 입었던 셔츠에 얼굴을 파묻고 울었다. '엉엉' 소리 내며 울었다.

큰형의 직접적인 사망원인은 두개골 파열로 결정을 내렸다. 나는 큰형이 어로탐지기로 물고기 무리를 추적한다는 말을 어렴풋이 들었던 기억이 있다. 실지로 흑백 필름을 햇살에 비춰보며 이게, 고기떼라며, 손가락으로 가리켰다. 그 일이 큰형의 머리를 가격할 만큼 큰 위력을 가진 무기였을까. 선원들은 모두가 입을 맞춘 듯 모든 걸 큰형의 자발적인 실수로 돌렸다. 뚜렷한 증거를 제시해주는 목격자도 없었고, 사실을 해명할 근거마저 없었다.

부검의의 말이 떨어지기 무섭게 회사에서 서둘러 협상을 요구했다. 집안을 통틀어 큰형의 주검을 법적으로 대응할 만한 사람도 없었다. 그들 눈에 비친 아버지는 행색이 초라한 한갓 시골노인에 불과했다. 말마디나 할 사람도 없었으니 더 이상 물고 늘어질 수도 없었다.

*

섣달에 불었던 샛바람은 진눈깨비까지 몰고 왔다. 큰형의 비보를 듣고 몇몇 사람이 달려왔다. 고만고만한 '대구릿배(예인망 어선)'를 타던 큰형의 친구들이었다. 그들은 당장에 술부터 찾았다. 부두에는 카바이드를 밝힌 포장마차가 즐비했다. 거기 들어가 말뚝 컵에다 소주를 가득 따라 마셨고, 닭똥집을 잘근잘근 씹었다. 푸른 불빛에 비친 기름기가 번들거리는 얼굴 위로 눈물이 흘렀다.

정확한 사망날짜를 알려달라며 어머니가 패악을 해댔다. 아버지는 눈에 띄는 선원마다 모가지를 비틀어 버리겠다며 설쳤다. 막상 마음은 먹었지만 손이 곱아 그 누구의 멱살도 제대로 움켜잡지 못했다. 그렇다고 머리에 쇠똥도 벗겨지지 않은 내가 어른에게 박박 대드는 건 예의가 아닌 것 같아 참기로 했다.

어설프게 멱살을 잡힌 선장이 잔기침을 콜록거리며 메모지를 건넸다. '동짓달 스무사흘'라고 적혀 있었다. 당황해서 그랬는지, 귀찮아서 그랬는지 대충 휘갈긴 듯 보였다. 큰형은 유월에 출항했고, 그해 섣달에 입항했다. 큰형이 떠나고 태어난 조카는 손을 타면서 낯가림이 심했다. 옹알이를 익히고 배밀이를 습득해가는 동안 큰형은 어창에서 명태와 함께 누워 동태가 되어 갔다는 결론이었다. 의심의 여지도 없을 만큼 분명했지만, 그걸 끈질기게 물고 늘어질 사람 또한 없었다.

아버지는 회사에서 제시한 보상금에 토를 달지 않았다. 한글도 제대로 읽지 못하는 아버지가 온통 한문투성이인 서류를 읽을 리 만무했다. 회유인지 선심성인지, 취직할 사람이 있으면 죽은 큰형을 대신에 입사시켜주겠다고 했다. 그들이 요구하는 학벌을 가진 사람은 우리 집안을 통틀어 아무도 없었다.

열일곱 살의 내 나이는 불과 한 달 남짓 유효기간을 남긴 상태였다. 새삼스럽게 중학교부터 시작해 대학교까지 마치기란 전혀 불가능한 일이었다. 그럴 바에야 차라리 보상금을 더 올려주는 게 우리 가족의 생계수단에 훨씬 도움이 될 것 같았다. 그러나 아무도 보상금을 더 이상 요구하지 않았다. 평소에 암되고 숫기가 적었던 아버지는 자식의 주검을 놓고 흥정하기 싫다며 순순히 목도장을 찍었다.

＊

예배당 종소리와 첫 닭이 동시에 울었다. 아니, 닭이 우선이었는지,

종소리가 먼저였는지 정확한 기억은 없다. 그때쯤이면 어부들은 이미 새벽잠에서 깨어 있었다. 골목마다 장화 끄는 소리가 요란하게 들렸다. 아버지는 어장漁場에 나갈 채비를 서둘렀고, 엄마는 묵은 김치를 썰어 넣고 국밥을 끓였다.

마을 어귀에는 이팝나무가 있었다. 스피커에서 날마다 새마을 노래가 울려 퍼졌다. 정각에 오포도 불었다. 들일을 나갔던 사람들이 점심을 먹으러 내려왔다. 부역을 갔다 온 큰형이 밀가루 포대를 평상에다 팽개쳤다. 흰 가루 먼지가 풀풀 났다.

"우리도 좀 잘 살았으면 좋겠다."

모두가 잘 될까? 고개를 갸우뚱하면서도 큰형의 말에 환호성을 질렀다. 아버지가 무슨 일을 해서 부자로 살겠느냐고 물었다. 까짓것, 뭐든지 하겠다고 했다. 의지가 아주 결연해 보였다. 큰형이 진즉부터 양돈사업을 벼르고 있었으니 잘 될 것 같았다. 돼지 새끼 한 마리가 열 마리로 불어나고, 그걸 내다 팔아 송아지를 사고, 곧 부자가 될 것 같아 나는 마당을 콩콩 뛰어다녔다.

큰형은 날이 밝자 돼지 우릿간을 만드는 데 필요한 나무를 구하러 청계재에 올라갔다. 해거름에 굵은 소나무를 베어 소 걸망에 싣고 왔다. 골목 어귀에서 휘파람 소리가 아주 크게 들렸다. 그때부터 우리 집안이 화목해지기 시작했다. 그나저나 부자가 되려면 당장에 씨돼지 한 마리가 간절했다. 이제, 씨돼지만 있으면…….

어찌어찌해서 돼지우릿간은 지어졌지만 그 속에 들어갈 짐승이 없었다. 빈 우릿간을 한참 들여다보던 엄마가 그 길로 이장 댁으로 달려가 서 말 닷 되의 장리쌀을 내왔다. 시겟금이 얼마였는지, 오일장에 가더니 그걸 되팔아 요크셔 한 마리를 사왔다. 사과궤짝에 넣어 머리에 이고 왔다. 갇힌 돼지가 어찌나 분답을 떨었던지, 엄마의 목이 석고를 이겨 바른 듯 뻣뻣했다. 집집마다 구정물을 걷으러 다니는 건 내 몫이었다. 가을이 후딱 지나갔고, 씨돼지는 살이 올라 통통했다.

그해 겨울은 눈이 많이 내렸다. 돼지를 사육하는 일은 호락호락하지 않았다. 더구나 쉽사리 부자로 만들어 주지도 않았다. 오밤중에 우릿간을 탈출하여 집안을 발칵 뒤집어 놓았다. 한순간에 재산이 날아갈 판국이라 어머니는 고쟁이 바람으로 설쳤다. 식구수대로 씨돼지를 찾아다니느라 한데서 덜덜 떨었다.

*

씨돼지 키우기에 실패한 큰형은 완행버스를 타고 P시로 떠나버렸다. 나는 큰형이 간간이 보내온 편지를 감나무 밑에 앉아 부모님께 읽어 드렸다. 북양 트롤선을 탄다고 했다. 육 개월에 한 번씩 입항하는 게 지루해도 돈은 좀 된다고 했다. 간주 때를 맞추어 엄마가 큰형을 만나러 나가기도 하고, 명절마다 큰형이 고향으로 내려오기도 했다. 아버지는 노가리를 안주 삼아 동네사람들을 불러 모으고 막걸리 추렴을 자주 했다. 헛기침소리가 조금 과하다 싶었다.

큰형이 보내온 돈으로 우리는 초가집을 버리고 양철집으로 이사를 갔다. 얼마나 질렸으면 개천하고 한참 떨어진 외딴곳이었다. 이사를 가던 날, 어머니는 대궐로 들어가는 마님처럼 으스댔다. 어느 날 오줌이 마려워서 깨어보니 어머니가 마당에서 춤을 추고 있었다. 달빛이 참 밝았다. 내가 멀뚱히 쳐다보면 엄마는 너무 좋아서 어깨춤이 저절로 나온다고 했다. 두레밥상엔 시래기죽이 듬하게 올라왔다. 나는 멍석에서 데굴데굴 구르며 놀았다. 유성이 쑤웅! 떨어졌다. 어른들은 어디서 동갑내기가 죽었다고 했다.

＊

내 또래 남자애들은 머리에 기계충을 앓았고, 여자애들은 서캐를 매달고 살았다. 봄날엔 머릿니가 목덜미에 미끄럼을 타고 내려왔다. 얼굴에 마른버짐이 피고 디디티 가루를 하얗게 뒤집어쓰고 다녔다. 여름밤에는 거적때기를 들고 바닷가로 나왔다. 초가집은 너무 더워서 잠을 잘 수가 없다고 투덜댔다.

달빛을 받은 바다는 은빛이었다. 백합조개가 발밑에서 매끈댔다. 어울려서 노는 게 재미있었다. 손뼉을 치며 동요도 불렀다.

"푸−른 하아늘 으은하수……."

하늘엔 별이 총총했다. 아침에 일어나면 바닷바람을 맞아 온몸이 축축했다.

가을 소풍을 다녀오던 날 나는 '가을바람'을 소재로 동시를 지었다. 가을바람이 코스모스를 놀리고 지나간다는 뭐, 그런 내용이었다. 다음 날 아침 조회시간에 단상에 올라가 상장을 받았다. 무릎 해진 바지 사이로 찬바람이 시리게 들어왔다.

하교 후 껑중대며 집으로 달려갔지만 집은 텅 비어 있었다. 허리에 동여맨 책보를 팽개치고 우선 선창으로 갔다. 멀리서부터 엄마의 목소리는 풍물패처럼 들려왔다. 아침부터 선원들과 뒤섞여 보망補網 일을 하고 있었다. 웅긋중긋 모여 앉아 새참으로 막걸리를 마신 모양이었다. 얼굴이 불콰한 채 한 곡조 뽑고 있었다. 엄마는 노래를 곧잘 불렀다.

"석탄 백탄 타는 데/ 연기가 퐁퐁 나고요/ 이내 가심 타는 데는/ 연기도 김도 안 난다아/ 이내 청춘 그물코에 걸려 허송세월 다아 간다."

엄마는 치마만 둘러서 여자였다. 술이 한잔 들어가면 더 가관이었다. 선주 영감이 나에게 막걸리 심부름을 시켰다. 엄마가 턱짓으로 어서 갔다 오라고 했다. 나는 주전자를 들고 다리를 건너갔다. 양조장 옥희 엄마는 여전히 곱게 화장을 하고 있었다. 그날은 옥희가 막걸리를 따라주었다. 그 아이를 쳐다보는 순간 나는 술에 취한 듯 얼굴이 달아올랐다. 자존심이 상해 다리를 건너다 주전자를 입에다 대고 막걸리를 마셔버렸다. 정말 목덜미까지 후끈 달아올랐다. 나는 입술을 내밀고 돌을 툭툭 차며 걸어갔다, 엄마가 재게재게 오라고 손짓을 해도 부러 천천히 걸어갔다.

"엄마!"

"와?"

"엄마는 할 일이 그래 없나?"

엄마의 눈이 가자미처럼 돌아갔다. 엄마라고 부르니 공연히 투정을 부리고 싶었다.

"와 천날만날 저, 영감탱이네 그물코만 꿰매노, 이 말이다!"

"바다도 다 주인이 있는 기라."

"바다가 무신 주인이 있단 말이고? 아무나 고기를 잡으모 되지, 누가 길을 막고 선다고 난리고 난리가?"

"야가 오늘은 와 이래 뜬금없는 말만 자꾸 해쌌노?"

콩나물죽, 시래기죽, 비지찌개. 일주일 내내 질리도록 먹었다. 작은형은 땟거리도 부족한 판에 떼를 써서 중학교에 들어가더니 한 학기도 채우지 못하고 때려치웠다. 월사금을 제때 내지 않아 날마다 교무실에 불려간다고 했다. 일주일 늦으면 손을 들고 교실 뒤에 서 있다가, 복도에 서 있다가, 한 달이 늦어지면 그땐 교무실로 불려다닌다고 했다. 회초리로 종아리를 맞아 피멍이 들어있었다.

"먹을 것도 없으면서 뭐하러 낳았느냐"며 말끝마다 어머니 말에 대거리하고 나섰다. 자존심이 상해 더 이상 다닐 수가 없다고. 장작을 패다말고 모표와 배지를 도끼로 찍어 버렸다. 내가 보아도 성격이 불칼 같았다. 그게 밥을 먹여주는지, 평소에 의리가 철철 넘쳤다. 너무 넘쳐서 입질에 자주 오르내렸다. 암탉서리, 참외서리에 동지 팥죽까지, 별의별 서리를 당했다 하면 마을사람들이 우리 집부터 찾아왔다.

어머니가 가마솥에다 콩죽을 끓였다. 콩물이 손등에 폴싹폴싹 튀어올라 혀로 핥다 입을 다물지 못했다. 작은형이 한 여자를 데리고 나란히 서서 그 모습을 보고 있었다. 이제부터 새 출발 하겠다며 제법 얌전하게 굴었다. 가뜩이나 말썽만 피워대니 쫓아낼 명분을 찾은 어머니가 그 기회를 놓칠 리 만무했다. 이제야 철이 들었다며 어깨를 다독거렸다. 작은형은 사탕발림이란 걸 모르고 제법 어른티를 냈다. 그 길로 대구릿배를 타겠다며 P시로 떠났다. 해주는 밥을 받아만 먹고 살다 손수 밥을 짓는다고 했다. 매운탕도 끓이고 시금치도 무친다고 했다.

여름이 되어 어황漁況이 나빠지면 오겠다던 작은형은 끝내 오지 못했다. 아니, 올 수가 없었다. 그 이유를 큰형이 사다 준 금성 라디오 정오 뉴스에서 들었다. 사고해역은 연평도라고 했다. 근처를 지나던 화물선이 해동 12호를 들이받아 침몰했단다. 몇 사람은 구조되고, 나머지는 실종되었는데, 해경은 서둘러 실종된 선원들을 찾고 있다며, 여자 아나운서가 속히 구조되기를 바란다 했다.

몇 사람은 살아서 돌아왔다. 조상 묘에 꽃이 피었다고 웅성댔다. 살아서 돌아온 사람이 자기는 화장火匠(배에서 밥 짓는 사람) 때문에 살았다고 했다. 이물에서 고물로 돌아간 세영이가 눈 깜박할 사이에 회오리 물살에 휩쓸려 사라졌다며 고개를 숙였다. 그 상처가 아물기도 전에 큰형마저 죽어서 돌아왔다. 우리에게 신은 더 이상 존재하지 않았다. 나는 명수사 스님이 써준 입춘대길立春大吉을 뜯어버렸다.

입에 든 것도 서로 나누어 먹었던 이웃들마저 쌩하니 돌아섰다. 찾아오는 사람도, 나가는 사람도 없었다. 어머니는 울화병이 생겨 음식을 먹지 못했다.

새끼를 꼬는 일에 일가견이 있던 아버지는 짚동가리조차 만지지 않았다. 그 대신 마구간에서 술만 마셨다. 서로 이녁 탓이라며 자주 다투었다. 먹지 못해 변비에 걸린 어머니는 이마에다 수건을 동여매고 시신처럼 널브러져 있는 날이 많았다. 장성한 아들 둘을 잃어버렸으니 미치지 않은 게 오히려 고마웠다. 나는 두통약을 사러 동해약방으로 자주 갔다. 약사 아저씨는 나를 단박에 알아봤다. 뇌선을 한 첩 먹고 나면 머리가 개운하다고 했다.

아버지는 아예 자기가 들어갈 무덤을 파듯 땅만 팠다. 어머니는 간질병 앓는 환자처럼 수시로 무시로 정신줄을 놓았다. 새벽에 바다로 나가 해거름에 돌아왔다. 바다로 나가면 북쪽에서 큰아들이, 남쪽에서 작은아들이 물새처럼 물위를 걸어오는 환상이 보인다고 했다. 그럴 때는 영락없이 실성한 사람처럼 보였다. 간혹 고무신을 벗어 놓고 백사장에서 지노귀굿판을 펼친 무당처럼 춤을 추었다. 저러다 바다로 뛰어들까 봐 나는 어머니 뒤를 졸졸 따라다녔다.

*

형들의 목숨과 맞바꾼 보상금으로 아버지는 공동묘지 아래에다 아홉 마지기의 논을 샀다. 하필이면 왜 공동묘지 부근이었는지, 나는 한 번도 그에 대해 묻지 않았다. 그곳은 땡볕이 들어도 을씨년스럽고 떠도는 영혼들이 온몸에 휘감는 듯 소름이 돋았다. 오래된 무덤들은 납작해져 가거나, 새로운 봉분들이 생겨났다. 상여꾼이 수시로 올라왔고, 조화와 음식들이 소각장에 버려졌다. 갈가마귀 떼가 수시로 몰려들었다. 무엇을 태우는 연기가 계곡을 휘감았고, 뜨겁게 달궈졌던 석곽의 돌들이 냉수 마찰한 체온처럼 식어갔다.

아버지는 마사토를 한 짐 지고 와 논바닥 한 쪽 귀퉁이에 쏟아 부었다. 삽으로 회다짐하듯 두들겨 편편하게 만들었다. 그 위에 앉아 한숨을 내쉬며 뻐끔담배를 피웠다. 가슴에 맺힌 응어리를 연기로 풀어냈다.

그해 가을, 우리 집 마당에는 뒤주가 세워졌다. 손바닥에 가래침 뱉어가며 꼰 새끼로 아버지는 친친 얽어맸다. 장리쌀은 더 이상 필요치 않았다. 어머니는 그게 무슨 소용이 있느냐며 두레밥상에 앉지도 않았다.

형들을 잃어버린 나는 외톨이가 되었다. 아버지는 아들을 둘씩이나 잃고도 하나 있는 나를 시답잖아 했다. 인물로 보나 체격으로 보나 형들을 따라갈 수가 없었다. 그렇다고 대놓고 내색하는 게 야속했다. 언제나 객식구처럼 아버지 주변을 겉돌며 눈에 들려고 무진 애를 썼다. 쟁기질은 힘에 부쳤고, 지게는 땅에 질질 끌렸다.

*

"하루에 두 번씩 다리를 들어 올렸다 카더라. 우리는 그걸 보러 간다 아이가."

졸업 여행이 P시로 정해졌다.

아이들은 신작로 길, 혹은 논둑길을 걸어서 학교를 다녔다. 완행버스는 하루에 한두 번, 흙먼지를 풀풀 날리며 지나갔다. 급식으로 나오는 옥수수 죽은 희멀건 했고, 찐 탈지분유는 차돌처럼 딱딱했다. 선생님이 우방국에서 보내오는 원조이니 맛있게 먹으라고 했다.

그 완행버스를 타고 여행을 간단다. 책에서 보았던 흑백사진 속의 그 도시는 천막을 친 피난민들이 모여 살았다고 했다. 선생님이 여행 갈 사람은 손을 들라고 했다. 손등이 새까만 손들이 죽순처럼 불쑥불쑥 올라왔다.

여행에서 돌아온 아이들이 어찌나 자랑을 하는지 심사가 뒤틀렸다. 나는 그날 집으로 가지 않았다. 수학여행도 보내주지 못하는 가난한 집구석엔 솔직히 들어가고 싶지 않았다. 그대로 어디론가 영영 사라지고 싶었다.

결국 나는 몸을 숨길 곳을 찾아 나섰다. 오며 가며 아이들이 무서워서 오금이 저렸던 동굴이 생각났다. 그곳은 거지들의 아지트였다. 동굴은 바다와 맞닿아 바다의 하루를 눈에 담을 수 있었다. 거지들은 돌담을 쌓아놓고 얻어온 깡통 밥을 데웠다.

내가 동굴 속으로 들어가자 대장 노릇하던 아저씨가 왜 왔느냐고 물었다. 정말 여기서 살 수 있겠느냐고. 밥을 얻어먹는 건 여기나 거기나 마찬가지라고 했다. 잠은 재워줄 테니 먹을 건 스스로 얻어 오라고 했다. 그건 쉽게 할 수 있다고 했다.

아저씨와 나란히 앉아 '후릿배'가 들어오기를 기다렸다. 지루하고 따분했다. 심심하던 차, 나는 아저씨의 별명에 대해 물어보았다. 굳이 알고 싶어서 물은 건 아니었다. 별명을 붙인 건 아이들이었으니까. 정작본인은 모르고 있을 것이다. 그가 골목에 나타나면 아이들은 그의 걸음걸이를 흉내 내며 장단을 맞추었다. 그러면 희한하게도 딱딱 맞아떨어졌다. 아저씨는 걸을 때마다 왜, 배를 쑥쑥 내밀고 걷느냐고, 나는 그게 늘 궁금하다고 물었다. 어쩌다보니 이렇게 되었다며 담배를 피워물었다. 눈동자가 바다처럼 깊고 푸르게 보였다.

아저씨는 후릿그물 당기는 데로 나를 데리고 갔다. 줄을 당겨주고 얻은 생선은 집에 가져다주라고 했다. 누님이 그 꼴을 보고 속에 천불이 난다며 난리를 쳤다.

엄마가 내 이름을 부르며 골목을 헤매고 다녔다. 목소리가 가까워질수록 내 몸은 점점 동굴 속으로 깊숙이 들어갔다.

"배를 안 태우고 싶으모 기술이라도 갈쳐야지."

엄마가 그 한 많은 도시에 하나 남은 것마저 데려간다며 펄떡 뛰었다. 남자는 한갓 기술이라도 있어야 먹고 산다며 누님은 강제로 나

를 완행버스에 태웠다. 형들은 실패했지만 나는 도시로 나가 성공하고
싶었다.

떠나기 하루 전날 나는 동굴 아저씨를 뵈러 갔다. 아저씨는 뭐든지
배워 기술자가 되는 건 좋은 일이라고 했다. 나는 배를 탈지, 기술을
배울지 가봐야 알 것 같다고 했다. 선장이 되려면 물밑을 볼 줄 알아야
된다고 했다. 구체적으로 밝히지도 않으면서 그 일은 예삿일이 아니라
고만 했다. 동굴 아저씨는 선물이라며 사진을 한 장 주었다. 화물선 간
판 위에는 파이프를 입에 문 멋진 사내가 폼을 잡고 서 있었다. 나는
누구냐고 물었고, 아저씨는 또 웃기만 했다.

*

첫발을 내디딘 P시의 항구 주변은 고만고만한 영세공장이 많았다.
철공소에서 일하는 선반공들은 쇠를 갈고 밀링 작업을 했다. 선임들은
망치로 머리를 몇 대 얻어맞아야만 일류기술자가 된다고 했다. 각오를
단단히 하고 들어간 내 생애 첫 직장은 전업사였다. 주로 선박의 낡은
전선을 교체하는 작업을 했다. 날마다 손톱 밑에 기름때가 끼어 새까
맸다.

선창을 돌아가면 선술집이 많았다. 후미진 골목은 지린내가 풀풀
났다. 뱃사람들은 하나같이 목소리가 높았다. 좋게 하는 말도 싸우는
것 같았다. 때로는 멱살을 잡고 정말 싸우기도 했다. 주로 젓가락을 두
드리며 유행가를 불렀다. 그러다 정말 테이블에 엎어져 울기도 했다.
그들은 "내일이면 간다."는 노래를 끝으로 라스팔마스, 사모아기지를
향해 떠나갔다.

높이 솟은 굴뚝에서 흰 연기들이 뿜어져 나왔다. 잔업을 마친 여공들이 몰려나왔다. 그들은 신발공장이나 봉제공장에 다녔다. 엄밀히 따지면 그들과 나는 대동소이한 신분이었다. 그럼에도 콧방귀를 뀌며 얕잡아 보았다.

"놀다 가세요, 자고 가세요."

부두 뒷골목에 살았던 여자들만이 신분을 따지지 않았다. 판잣집이 닥지닥지 붙은 길모퉁이에 서서 행인들의 소매를 잡아끌었다. 붉은 등이 켜진 방마다 여자들의 실루엣이 드러났다. 그들은 주로 화투를 치거나, 다리를 꼬고 앉아 담배를 피웠다. 나는 공구들을 질질 끌고 다니며 그 골목을 오고 갔다. 여자들이 천박한 웃음을 팔던 그 거리에서 나는 잔뼈가 굵어갔다.

"신양호도 출항했는데 한잔들 해야지."

공장장이 장갑을 벗어 바지를 툴툴 털었다. 풍성한 머리카락에 포마드 기름을 칠하는 걸 바라보며 스즈키를 벗었다. 기관실에서 앉아 뭉갰더니 팬티에 기름기가 진득하게 달라붙었다. 나는 팬티도 입지 않은 채 여자들이 웃음을 팔던 거리로 들어섰다. 한 번쯤 기회가 되면 가보고 싶었지만 혼자서는 용기가 나지 않았다. 실내는 좁고 어두웠고 퀴퀴한 냄새가 났다. 나는 구석진 자리에 다소곳이 가 앉았다. 여자들은 사내들의 걸쭉한 농담들을 대수롭잖게 받아넘겼다.

한 여자가 내 몸을 구석구석 더듬었다. 손끝에서 고압선 전류가 흐르는 듯 온몸이 서서히 굳어갔다. 감전은 한순간이었다. 혀가 말리고 전신이 뻣뻣해졌다. 가슴이 타들어 가고 손발이 오그라들었다. 드디어 정신이 몽환상태가 되어갔다. 그날 밤 나는 처음으로 여자의 몸을 열고 들어가 보았다.

"저, 앵무새를 사고 싶어요."

"하룻밤에 만리장성을 쌓는가베."

주인여자가 시답잖게 내꾸했다.

"저게 돈을 얼마나 잡아먹고 있는데, 저걸 사겠다고?"

알고나 그런 소리하느냐고 되물었다. 나는 얼마가 되어도 좋으니 당장 사겠다고 했다.

"총각이 몰라서 그렇지, 그 밑으로 들어간 원금만 해도 수월찮다고. 발끝부터 머리까지 치장을 시켜야 되니 아주, 골치가 아파서 색시 장사도 못해 먹겠다."며 징징댔다.

지금은 좋아서 사고 싶지만 곧 후회하게 될지도 모른다고. 여자는 팔짱을 끼고 껌을 딱딱 씹었다. 그 말을 듣다 보니 정말 앵무새를 사야 할지 말아야 할지 판단이 서지 않았다. 나는 뒷주머니에 꽂아둔 봉투를 꺼냈다, 도로 집어넣었다. 정기적금을 깨고, 한 달 일하고 받은 간조가 들어있었다. 그걸 본 여자의 얼굴색이 싹 바뀌었다. 그렇잖아도 그 앵무새만큼은 솔직히 되팔아버리고 싶다고 했다. 성가신 건 고사하고, 뻑 하면 생리일이다 뭐다, 손님을 받지 않으니 당장에 본전치기로 팔겠다고 했다. 그렇다고 밑지는 장사는 할 수 없다는 말로 못을 박았다.

한우 사골처럼 우려먹다 팔아버리겠다는 여자를 앵무새는 엄마라고 불렀다. 세상엔 널린 게 엄마라도 똑 같은 건 아니었다. 엄마도 엄마 나름이지. 내가 생각하는 엄마라는 존재는 고래심줄을 씹어 가루를 내어 자식 입에 넣어주는 사람으로 알고 있었다.

그날 이후로 내 몸은 점점 야위어갔다. 한 번 먹은 마음을 쉽게 가라앉지 않았다. 나는 앵무새가 진 빚을 대신 갚아주고 새를 데리고 집으로 왔다. 사온 뒤로는 정성을 다해 키웠다. 새장에 갇혀 살다 자유의 몸이 된 앵무새의 깃털은 날이 갈수록 화려하고 아름다웠다. 날마다 붉은 입술로 내 귀를 잘근잘근 씹었다. 좁아터진 방안에서 앵무새와 유희를 즐겼다. 그러나 유희는 오래가지 않았다. 앵무새가 이내 싫증을 냈다. 노래와 유희도 신바람이 나야 목소리가 아름답다고 했다. 나는 립스틱이 너무 붉어서 목소리가 혼탁하다고 나무랐다.

내가 앵무새를 사온 건 순전히 흉내를 잘 내는 재주를 높이 평가했기 때문이었다. 말끝마다 주인의 말을 따라하는 게 그 새의 특징이었으니까. "사랑한다." "사랑한다." 나보다 목소리가 더 컸다. "이리로 와봐." "시러." "삐치기는." 시간이 지날수록 별다른 반응을 보이지 않았다. 내 말을 귓등으로 흘려들었고, 자기 노래만 불렀다.

"놀다 가세요, 자고 가세요."

나는 소리를 버럭 질렀다. 이제는 제발 좀 그만하라고 입을 틀어막았다. 앵무새는 버릇이 돼서 고쳐지지 않는다고 했다. 그럼 언제 그게 고쳐지느냐고 따졌다. 돈이 많으면 저절로 사라진다고 했다. 나는 한동안 고민에 빠졌다. 앵무새의 입에서 더 이상 그 노래가 나오지 않게 하려면 돈이 필요했다.

"절대 뱃놈은 안 된다!"

아버지는 단박에 거절했다. 나 역시 뱃사람만큼은 되고 싶지 않았다. 부모님의 간절한 소원보다 나 자신에게 건 최면이기도 했다.

"뱃놈은 되지 마라!"

"어느 천년에 전셋집을 구할 끼고?"

나는 방문턱에 걸터앉아 손톱 밑에 낀 기름때를 브러시로 오래도록 씻어냈다. 콜타르처럼 끈적끈적하게 달라붙은 기름때는 아무리 씻어도 흔적이 남았다. 앵무새는 팔짱을 끼고 서서 날마다 내 성수리를 내려다보며 쪼아댔다. 부리에 찍혀 원형 탈모현상까지 생겼다. 어쩌다가 이 지경까지 되었는지, 해머로 내 발등을 내리찍고 싶었다. 막대한 금액을 지불하고 앵무새를 사온 게 크나큰 실수였다. 부모님의 부탁보다 깐죽대는 앵무새가 날린 펀치가 훨씬 강했다. 사람을 아주 구석으로 몰아넣고 아작냈다.

나는 삼색 슬리퍼를 끌고 집을 나와 버렸다. 마땅히 갈 곳도 없었다. 기껏 나와 보았자 선창이었다. 기름내와 바다 냄새가 뒤섞여 코끝에 와 닿았다. 나는 기름 운반선이 빼곡하게 늘어선 그 사이에 앉아 담배를 피웠다. 부모님을 배신할 것인가. 앵무새의 소원을 들어줄 것인가. 더 이상 고민하지 않았다. 마음만 먹으면 까짓것 배 타는 일은 어렵지 않았다.

오래 전부터 금명수산 김 실장이 금명 15호 전기사로 라스팔마스 현지 근무를 부탁해오던 참이었다. 근무조건은 좋았다. 전기사라면 딱히 갑판부 일은 하지 않아도 되었다. 그러니 큰형처럼 둔기로 머리를 가격당할 일도 없을 것이고, 작은 형처럼 취사당번도 하지 않을 것이다. 눈 딱 감고 삼 년만 갔다 오면 그런대로 전세방을 얻을 수 있을 것 같았다. 희망은 혼자보다 누군가와 함께할 때가 진정으로 행복한 것 같았다. 그때가 그랬다.

해진호 기관장을 빼다 박은 사내아이를 업고 한 여자가 찾아왔을 때에도, 그가 여자 몰래 서둘러 귀국해 버렸을 때에도 나는 조신하게 술만 마셨다. 사고를 당한 동료를 이국땅에 묻었을 때에도 살아서 돌아갈 곳이 있다는 것에 힘이 생겼다. 그래서 월급과 야간수당까지 앵무새에게 꼬박꼬박 송금했다. 남들이 다 가지는 가정이란 걸 나도 솔직히 가지고 싶었다. 비록 남들이 손가락질하는 앵무새가 직업여자였을지언정 그다지 개의치 않았다. 사람은 누구나 상황에 따라서 삶 또한 달라지는 법이니까. 성악설과 성선설 중에서 성선설을 믿고 싶었다.

*

귀국하여 내 물건이 보관되어 있다는 곳을 찾아갔다. 지하방은 대낮임에도 불을 켜지 않으면 아무것도 보이지 않았다. 나는 거미처럼 벽을 더듬어 나갔다. 스위치를 올렸을 때 눈앞에 펼쳐진 광경이 사람을 비참하게 만들었다. 방 한가운데에 작업복 몇 벌만 달랑 놓여있었다. 나는 앵무새를 주려고 사왔던 루주로 벽에다 낙서를 했다. 마음 같아서는 욕설을 휘갈기고 싶었지만 옛정을 생각해서 비교적 짧게 '행복해라'는 글만 썼다. 나는 비참한 심정을 가누며 무작정 밖으로 나왔다.

가슴이 기억하는 걸 발길도 기억하고 있었다. 안개가 내려앉았던 그때 그 골목을 걸었다. 초저녁부터 여자들이 골목에 진을 치고 나란히 앉아 있었다. 나는 그녀들을 뚫어지게 쳐다보았다. 그들은 여전히 단물 빠진 껌을 내뱉듯 말을 툭툭 던졌다.

"놀다 가세요. 자고 가세요."

짓궂은 사내들이 실없이 농담을 던지며 지나갔다.

"왜 이래, 이거 놔. 기름옷 입어도 임자 있는 몸이라고."

"핏, 날마다 타는 배, 멀미도 안 나나?"

"나도 왕년에는 넥타이 맨 서방이 있었던 년이라고!"

옥신각신한다. 저런 사내들처럼 잡힌 소매를 뿌리친 게 아니라, 나 스스로 선택한 길이었다. 후회는 아무리 빨라도 늦었다.

"야, 이년아! 왕년 타령하지 말고 손님이나 받아라."

아직도 그 소리가 환청인 듯 귓가에 왕왕댄다. 나는 그 길을 피해 다른 골목으로 꺾어 들었다. 역시 똑같은 여자들이 마네킹처럼 담벼락에 붙어있던 골목이었다. 45번지쯤에서 잠시 걸음을 멈추었다. 앵무새가 둥지를 틀었던 곳이기도 하다. 지금쯤 어디에서 살고 있을까. 아직도 "놀다 가세요, 자고 가세요."라는 노래를 부르고 있을까. 내가 벌어준 돈을 들고튀었으면 이제 그 노래만큼은 영영 부르지 않아야만 한다. 그게 최소한 상대편에 대한 예의일 것이다. 나는 굳이 애를 써가며 앵무새를 찾고 싶지 않았다. 돌이켜보면 그나마 그 시절이 내 인생에서 가장 행복한 시절이었기 때문이다.

✲

"막내야! 여기가 어딘지 몰라."

"누님! 차분하게 주변을 살펴보세요. 눈에 익은 건물이 있는지."

"어디서 본 것 같은데, 통 기억이 없구나."

"지나가는 사람들에게 물어봐요. 거기가 어디쯤인지."

나는 모터의 퓨즈를 교체하다 누님의 전화를 받았다. 손에 묻은 물기만 바지에 대충 문질러 닦고 차를 몰았다. 액셀을 깊게 밟을수록 신호를 무시했고 몇 차례의 속도위반도 서슴지 않았다. 내가 도착하기 전에 범칙금 딱지는 나보다 먼저 반지하방에 도착할지도 모른다.

우편함은 이미 나를 옭아맬 각종 고지서로 넘쳐나고 있었다. 난방비와 전기세는 독촉기간을 넘긴 지 일주일째다. 3개월이 미납되면 전기를 끊겠다는 통지서는 봉합된 채 뒹굴고 있었다. 도시가스 검침원은 새시 창틀에다 포스트잇을 붙이고 갔다. 고객님의 전화를 기다린다며 전화번호를 적어 놓았다. 기한 내에 미납요금을 정산하지 않을 경우에 우선 그 두 가지가 먼저 끊길 것이다. 마지막 경고장을 받고 나서도 나는 지로 용지를 찢어 버렸다.

나를 빌미로 앵무새가 해작질해 놓고 간 부채가 한두 건이 아니었다. 채무자들이 닦달하기 전에 이미 만반의 태세를 갖추고 있었다. 침낭 속에다 몸을 말아 넣고 쪽잠을 잤고, 끼니는 선박에서 해결하거나 한 달을 기준으로 단골식당에서 후불 결제를 했다. 전깃불은 굳이 켜지 않아도 사는 데 지장은 없었다. 조금 어두운 게 불편할 뿐 양초의 종류는 다양했다. 그중에서도 나는 로즈마리 향이 좋아서 그것만 골라서 사왔다.

*

우리는 간혹 생소한 것에서 기시감을 느낄 때가 있다. 여태껏 한 번도 가보지 않았던 곳이거나, 일면식이 없는 사람을 만났을 때도 그렇다. 그건 트라우마하고는 또 다른 그 무엇이었을 것이다.

나는 누님이 예전의 어느 기억에서 보았다는 곳으로 핸들을 꺾었다. 전화를 받는 순간 짚이는 곳이었다. 그건 뇌에다 낙관처럼 박아 놓은 내용과 형식의 차이일 것이다. 어느 것이 우선이라고 말하지 못한다.

부분이 전체를 통솔하거나 전체가 부분을 조정했을 수도 있다. 이미 뇌는 그 이전부터 어떤 경위였든 간에, 스스로 각인해 놓았던 기억을 분명 찾아내고 있었다. 그건 눈앞에 나타난 몸피 가늘어진 한 그루의 자작나무를 만났을 때 더욱 선명하게 나타났다.

예상했던 대로 누님은 그 바닷가 축항에 앉아 있었다. 거기는 뭍과 바다의 경계선이 뚜렷했고, 삶과 죽음이, 흑과 백이 극명하게 엇갈렸다. 그곳에서 누님의 기억은 그날에 멈추어 있었다. 잠수병으로 떠나버린 남편의 기억을 더듬고 있었다.

"아니, 누님은 여길 왜 오셨어요? 저더러 함께 가자고 하시잖고."

"나도 내가 왜 여기에 왔는지 통 모르겠구나."

누님이 지금까지도 놓지 못하는 인연은 아주 짧은 만남으로 끝나고 말았다.

매형이 그토록 캐내려고 했던 행복은 심해深海에 있었다.

"아직까지 바다에서 매형이 나오지 않아."

근래 들어 치매 증상이 심해진 누님이 그곳을 찾아간 모양이었다.

돼지 우릿간 모퉁이쯤에 아버지의 지게가 서 있다. 흙담 아래 심어 놓은 봉숭아꽃도 보인다. 혼사 날을 받아놓고 손톱에 꽃물들이던 스무 살 적 얼굴이 일흔을 넘긴 누님의 얼굴에 겹쳐진다. 오후의 햇살은 기억조차 흐릿한 반쪽 추억을 떨어뜨려 놓았다. 옛 집터 앞에서 누님의 눈자위가 가늘게 떨렸다.

누구나 한 번쯤은 생을 마감할 때나, 오늘이 내 인생에서 마지막 최후라는 생각을 할 때, 먹고 싶었던 음식이나 가고 싶었던 곳이 있다고 들 한다. 그건 돌이켜 붙잡고 싶은 과거의 한 삶의 부분이었을 게다.

바다가 우리 형제들에게 남긴 것은 무엇이었을까? 이 순간, 나는 왠지 그런 어쭙잖은 생각에 잠겨 있었다. 기쁨은 찰나였고, 고통은 영원처럼 더디게 흘러갔다. 마지막 남은 그 생의 한 조각만이라도 누님에게 되찾아 주고 싶었던 걸까. 바다 앞에서, 우리는 그 옛날의 한 때로 돌아가 있었다. 그러면서 한껏 지난날의 생각들을 열심히 건져내는 중이었다. 그 옛날 누님이 내 손을 잡고 P시의 항구 주변에 닻을 내렸듯이, 오늘은 내가 누님의 손을 잡고 그 항구의 어느 언저리에 섰다. 남겨진 상처는 어차피 세월 따라 잊힐 것이다.

나와 누님은 한참 동안 멍하니 바다 저쪽을 바라보았다. 여전하다. 바닷물은 예나 지금이나 종잡을 수 없기는. 시시각각 미묘한 빛깔로 변하며 물결이 눈앞에서 일렁이고 있었다.

바람이 분다

수망 굿을 시작할 모양이다. 아니, 굿판은 이미 벌어졌다. 오방지신五方地神을 불러 내리는 시나위 장단이 자진모리에서 휘모리장단으로 넘어간다. 공수를 내리는지, 무당이 쳐대는 징소리가 등짝을 후려친다. 물에 빠져 죽은 사람이 저리도 많나. 사흘들이 진혼제를 해댄다. 새벽잠 없는 영靈들은 잰걸음에 달려올지 몰라도 산 사람은 진드근히 늦잠 한번 잘 수가 없다. 지지재재대는 굿거리장단은 휴일에도 괭이잠을 자게 만든다.

"바다에는 해왕신, 땅에는 토왕신, 산에 가면 산신이요, 부엌에 들면 조왕신이라."

불러들이는 신神도 많았다. 나는 양쪽 귓구멍을 관통이라도 할 듯이 검지 대못을 박는다. 고음은 기억처럼 멀어졌고 귓속은 잠잠했다. 잠은 여전히 눈꼬리에 초롱처럼 매달렸다. 앓느니 죽지. 달아난 잠은 어르고 달래도 쉬이 오지 않는다.

굿거리가 잠을 깨웠고, 햇살이 훼방을 놓았다. 나는 온몸을 휘감고 있던 이불을 털어내고 양손으로 커튼을 젖힌다. 심해深海에서 태양이

솔래솔래 빠져나오고 있었다. 바다 물빛이 산모의 양수 같았다. 얼마나 붉은지, 유리창에 비친 내 얼굴마저 홍윤紅潤을 띠며 차츰 핏물처럼 배어들었다. 이곳에 세를 든 이유도 실은 거기에 있었다.

무작정 정보지를 보고 찾아간 곳이있다. 바다가 한눈에 내려다보였고 뱃고동소리가 플랫폼의 기적소리처럼 들렸다. 늙은 어부는 내 기억의 어느 한 부분을 차지하고 있었다. 그건 현실을 도피하고픈 구실에 불과했다. 한때 불과분의 관계를 맺으며 그와 함께 뒹굴었던 공간에서어서 탈출하고 싶었다. 고개를 돌리거나 들숨을 쉴 때마다 그의 체취는 곰팡이 슨 벽면처럼 남아 있었다. 나는 다시는 돌아오지 않을 주인 잃은 물건들을 종량제 봉투에 넣어 폐기처분해 버렸다.

내 의도가 무엇이든, 집주인은 침을 튀겨가며 자랑을 늘어놓았다. 어디를 가도 여기만한 일출은 볼 수 없을 거라고. 보따리 장사도 자기 물건 나쁘다고 말하는 사람은 없다. 집을 구하려 다녀보면 집주인들은 대개 그랬다. 나쁜 건 숨기고 좋은 것만 내세웠다. 그렇지만 그곳은 달랐다. 내 안태安胎를 묻은 장소 같은 기시감既視感이 들었다.

"바다에서 보는 일출은 참으로 장관이제. 거기 반해 평생을 바다로 떠돌았지."

전망이 좋은 만큼 보증금이 많았다. 돌아서던 내 발길을 돌려세운 건 노인의 그 한마디였다. 나는 발길을 되돌려 노인에게 자박자박 다가갔다.

"한평생 배를 탔다고 하셨나요?"

"하모."

노인은 날이 잘 선 회칼을 들고 있었다. 칼자루를 쥔 손가락이 갈고리 같았다. 그 손으로 노련하게 생선회를 뜨고 있었다. 솜씨가 얼마나 좋던지, 용치노래미를 뼈째 썬 도마를 통째로 내밀었다. 뭉떵뭉떵 썰어놓은 회에 선뜻 손이 가지 않았다.

"세꼬시는 이렇게 먹어야 제맛이제."

젓가락으로 되작대는 나에게 노인은 시범을 보였다. 들깻잎을 깔고 양파와 쪽마늘을 올렸다. 큼직큼직하게 썬 생선회를 쌈장에 푹 찍었다. 나는 적당히 초고추장을 묻혀 얼른 삼켜버렸다.

"본토박이인가?"

"그렇지는 않구요, 몇 년째 살고 있어요."

나는 노인 곁에 바짝 붙어 앉았다. 어깨를 나란히 하니 꼭 친정아버지 곁에 앉은 것 같았다. 너무 살갑게 느껴져 재롱이라도 부리고 싶었다.

"할아버지! 이젠 바다라면 신물이 나겠다. 그죠?"

듣기 좋으라고 한 말이 아니었다. 평생을 바다로 떠돌았다는 그 수고로움을 솔직히 위로해 드리고 싶었다. 그런 속뜻을 알 리 없었다. 노인은 내가 하는 말을 귓등으로 흘려들었다. 위안을 받기는커녕 오히려 성가신 듯 힐끔 한번 돌아보곤 묵묵히 그물더미를 뒤져 장화를 꺼내신는다.

쳇, 곧 죽어도 '요시ょし'라더니……. 의안義眼을 하면 모를까, 그 눈으로 뱃일은 어림도 없다. 월세 계약서를 작성할 때 나는 이미 노인의 안압이 지극히 높다는 걸 확인했다. 그에게 파도소리가 불면증 치료제였다면 나는 날마다 두들겨대는 사물패 소리에 도리어 불면증이 걸릴 지경이었다. 언덕 아래에 굿당이 있다는 건 예상하지 못했다. 노인 역시 그 말은 하지 않았다.

＊

"약간의 위로금과 퇴직금을 받았으니 이걸로 무슨 장사라도 해봅시다."

오줌이 마려워 꿈틀대다 나는 잠결에 아버지가 엄마를 달래는 소리를 들었다.

"소라 교육문제도 그렇고……"

엄마가 코를 풀며 울었다. 열 살짜리 계집애가 끼어들기에 분명 복잡한 문제가 얽혀 있는 것 같았다.

미안하오, 미안하오. 내 할 말이 없소."

"그러게 보증은 왜 서 가지고 집을 말아 먹어요 그래?"

나는 사태의 심각성을 깨닫고 이불 속에서 숨만 할딱댔다.

"성공하면 다시 도시로 올라옵시다."

아버지는 아주 크나큰 죄를 지은 듯 두세 번 어머니를 다독였다. 부스럭 소리로 보아 엄마를 끌어안고 어깨를 토닥토닥 두드리며 달래는 듯했다.

이튿날부터 엄마는 조심조심 이삿짐을 꾸렸다. 아버지는 트럭에다 우리 식구와 가재도구를 싣고는 야반도주하듯 그곳을 떠났다. 나는 몇 번인가 자다 깨다를 반복했다. 엄마가 흔들어 깨우는 바람에 눈을 떴다. 드넓은 갯벌이 눈앞에 펼쳐졌다. 반나절 이상을 달려 외가댁이 있던 이곳 와치도란 섬으로 들어왔다.

도회지에서 복작대며 살았던 우리 가족이 어촌에 정착하기란 쉽지 않았다. 주택들은 원수진 듯 띄엄띄엄 있었다. 내가 어울릴 만한 또래들이 별반 없었다. 엄마는 소용없는 한숨만 폭폭 내쉬었다. 며칠을 두고 외당숙과 잦은 외출을 하던 아버지가 배를 한 척 사왔다. 배는 그다지 크지 않았다. 트럭을 몰고 다니며 건설업체에 자재를 납부하던 아버지가 이번에는 배를 몰고 바다를 항해했다.

뱃일은 만만하게 볼 게 아니었다. 생판 해보지 않았던 해상 일에 적응하기엔 애로점이 많아 보였다. 찢어진 그물을 꿰매는 일도 쉽지 않았다. 아버지는 조수 간만의 물때를 이용하여 고기잡이에 매달렸다. 개발하러 나가는 아줌마들이 담 너머로 "청주댁!"을 불렀다. 와치도에 이사를 온 후 엄마는 청주댁으로 불렸다. 처음 해보는 일임에도 엉덩이를 실룩대며 잘도 따라나섰다.

바닷물이 마름질을 해버린 갯벌은 아이들의 놀이터였다. 막대에다 피라미를 묶어 바위틈으로 밀어 넣었다. 방게가 버둥대며 올라왔다. 인형만 가지고 놀았던 나는 별천지에 온 것 같았다. 엄마가 끓인 찌개에는 모래가 와작와작 씹혔다. 집안 곳곳에 쌓아둔 어구에서 비린내가 풀풀 났다.

출항하는 선박들 속에 우리 배가 단연 돋보였다. 시간이 흐를수록 뱃일에 재미를 붙인 아버지는 틈만 나면 배를 도킹하고 콜타르를 발랐다. 물이 스머들던 곳을 땜질하고 페인트칠을 했다. 선창에 계류繫留해 놓은 선박들 가운데 우리 배가 때깔이 제일 고왔다.

아버지는 주로 연근해를 맴돌며 통발로 붕장어나 문어를 잡았다. 채낚시해 온 자연산 횟감은 단골횟집에서 거둬갔다. 해거름에 배가 돌아올 때쯤이면 팔딱거리는 활어들을 옮겨 실을 수조차水槽車들이 선창에

줄을 댔다.

언젠가 투망질을 나갔던 아버지가 그물에 걸린 모자를 건져왔다. 흰색에 금테를 두른 모자에는 미역과 모자반이 친친 감겨 있었다. 닻 모양이 새겨진 배지도 꽂혀있었다. 아버지는 간물을 빼고 표백을 한 뒤 녹말가루를 이기어 풀을 썼다. 풀 먹인 모자는 모시적삼처럼 빳빳하게 일어섰다. 원래 주인에게 되돌아온 듯 아버지 머리에 마침맞았다. 고작 45톤 남짓한 저인망어선을 타고 나가면서도 사시장천 쓰고 나갔다. 선수船首에 서서 담배를 피워 문 모습은 맥아더 장군처럼 멋있게 보였다.

이제 아버지는 외양까지 거의 완전한 어부로 변신하고 있었다. 할 일이 태산 같다며 늘 바쁜 걸음을 쳤다. 나는 아버지를 따라가 주로 바닷가에서 놀았다. 나에게 선창은 놀이터나 마찬가지였다. 바위틈을 뒤져 고둥을 줍거나 따개비를 땄다. 바위마다 갯강구들이 떼를 지어 우르르 몰려다녔다. 게들은 거품을 뽀글뽀글 게워냈다.

보망 작업을 하던 아저씨들은 출출해지면 나더러 잔심부름을 시켰다. 대개가 술과 담배 따위였다. 멸치는 선창에서 꾸덕꾸덕 말라갔다. 손등에 들러붙은 생선 비늘이 햇볕에 번쩍거렸다. 아저씨들은 '키마에きまえ善心'도 좋았다. 자투리돈은 내 주전부리 몫으로 그냥 주었다.

어느 날 한 무리의 강시들이 선창에 나타났다. 검은 쾌자를 입은 사람들이 꼭 그렇게 보였다. 만신은 수건을 머리 위로 틀어 올리고 수꿩 깃털을 꽂고 있었다. 아버지가 무당 패거리라고 했다. 그들 틈에 얼굴이 해끔한 나만한 또래의 머슴애도 보였다.

다음날 등교하니 선생님이 그 아이와 나를 짝꿍 하라고 했다. 다른 애들은 무당집 아이라며 짝지 되는 걸 꺼려했다. 정말이지 귀신과 기숙寄宿하는 아이와 친구가 되는 건 나도 싫었다.

"니는 어디서 전학 왔노?"

양 갈래로 땋은 내 머리카락을 짝꿍이 만지작댔다. 옆에 앉을 때마다 몸에서 향내가 폴폴 났다. 짝꿍과 몸이 맞닿을 때마다 오소소 소름이 돋았다. 내가 꺼림칙하게 생각해도 아이는 날마다 먹을 것을 가지고 왔다. 우린 금방 친해질 수 있었다. 색색가지 과자는 굿당에서 가지고 온다고 했다.

어른들은 물때를 맞춰 바다로 나갔다. "우린 굿 구경 가자"며 그 애가 앞장서서 걸었다. 굿당 안에 들어서자마자 나는 입이 떡 벌어졌다. 음식을 그렇게 높이 쌓아올린 건 태어나서 처음 보았다. 무섭게 생긴 탱화는 몸을 움찔하게 만들었다. 줄을 치고 사방 천지에 종이꽃을 내걸었다. 바닷바람이 불 때마다 꽃들이 풀썩풀썩 춤을 췄다.

굿당에는 허리가 꼬부라진 할머니들이 많았다. 굿이 시작되기도 전에 앞자리를 차지하고 앉아 엿을 물고 단물을 쪽쪽 빨았다. 아이가 뒤꿈치를 들고 나이 많은 무당에게 다가가 귀엣말을 속삭거리더니 제단에 차려진 과자를 한 움큼 가져왔다. 우린 서로 빨개진 혀를 내밀며 마주보고 웃었다. 굿을 시작하려는지 무당들이 모둠으로 둘러앉았다. 날라리太平簫가 '삐삐' 울리고 장구와 징소리가 터져 나왔다. 고깔을 쓴 무당이 염불인지 뭔지를 외웠다.

"수망 굿을 하려고 해."

"그게 뭔데?"

"바다에 빠져 죽은 사람을 위로하는 굿이야."

"어떻게 위로해?"

사진 속의 남자는 웃고만 있었다. 우리 삼촌처럼 멋을 좀 낸 모습이었다. 사탕을 빨던 할머니들이 혀를 끌끌 찼다. 밖에서 꽥꽥대는 닭소리가 들렸다. 사람들이 천막을 들치고 밖으로 나왔다. 우리도 침을 꼴딱 삼키며 따라 나왔다.

만신이 바다를 향해 수탉을 냅다 던졌다. 닭은 두 발로 허공을 긁으며 날아올랐다가 바다 위로 내려앉았다. 한 아름의 파도가 순식간에 닭을 삼켜버렸다. 아주머니 한 분이 바다를 향해 달려갔다. 뭍으로 나오려는 수탉을 파도가 거듭거듭 끌고 나갔다. 자맥질에 지쳐 닭은 끝내 날개가 꺾이어 더 이상 날아오르지 못했다. 물 위로 둥둥 떠다니다 파도가 뒤척일 때마다 모래사장으로 조금씩 떠밀려 나왔다. 나는 이유 없이 눈물이 났다.

삼지창을 들고 경중경중 춤을 추던 만신이 몸을 부르르 떨었다.

"이제 곧 굿을 시작할 거야, 새가 되라고."

"……새?"

"응. 착한 사람이 죽으면 그렇게 태어난대. 우리 할머니가 그랬거든."

아이는 양팔을 벌리고 굿판을 한 바퀴 돌았다. 자기도 자라면 무당이 되어야 할지 말아야 할지 걱정이라고 했다. 집안 내력이라며 할머니가 워낙에 닦달을 해서 울고 싶다고 했다. 그 일만큼은 정말 하고 싶지 않다고. 남자라면 우리 아버지처럼 마도로스가 되고 싶다고 했다. 봄에 만났던 그 아이는 이듬해 별신굿을 하던 가족들을 따라 동해안 어디론가 떠나갔다.

*

   어느덧 아버지도 관록이 붙은 어부가 되었다. 레저 붐을 타고 선박을 대여해 갯바위 낚시를 즐기는 사람들이 많았다. 바다 밑을 꿰뚫어 보는 듯 계절과 조류에 따라 어종의 서식처를 빠삭하게 알았다. 낚시꾼들이 탐내는 참돔과 대물들의 입질이 왕성한 곳을 손바닥 보듯이 훤한 아버지에 대해 알음알음 입소문을 듣고 찾아오는 사람들이 제법 많았다. 조사釣士들을 태우고 출항하던 날 샛바람이 몹시 불었다.

   떡밥과 크릴새우로 채비를 갖추던 아버지가 바다 물빛을 암갈색이라고 우겼다. 20여 년 가까이 배를 탔던 양반이 물빛을 모를 리 없었을 텐데. 나는 아버지가 괜히 농담하는 줄 알았다.

   "아부지도 참! 저게, 코발트색이지 우째 갈색이냐고요?"

   "허허, 야가 씰데없는 소릴……."

   씨알 좋은 볼락과 열기들이 낚싯바늘마다 줄줄이 걸려오던 봄이었다. 사고는 그날 일어났다. 서이말등대鼠叫末燈臺 부근에다 사람들을 내려준 뒤 그 길로 사라졌다. 초들물이 차오르자 낚시꾼들은 아버지가 오기를 기다렸다. 물은 점점 '숨은여隱嶼'를 야금야금 파먹었다. 위험을 느낀 사람들이 조난신고와 실종신고를 동시에 했다.

   보름 동안 수색에 나섰던 해경이 모자와 점퍼를 건져왔다. 아버지의 유품이 맞는지 확인하라고 했다. 긴가민가한 점퍼는 모자만큼 눈에 익지 않았다. 색 바랜 군청색 점퍼는 파도에 시달려 나달나달했다. 그게 아버지의 옷인지, 누군가 입다 버린 것인지 판단이 서지 않았다. 점퍼 안주머니에서 약봉지와 함께 해기사 면허증이 나왔다. 분명 아버지 것이 틀림없었다. 약은 녹아버리고 비닐만 남아 있었다. 쪽빛을 갈색이라고 우겼던 것도 결국 그 때문이었던가. 빈 약봉지를 확인한 약사가 "그 어른, '망막색조변성증' 치료제를 장기복용하고 있었다."고 일러 줬다.

아버지가 실종된 후로 집안은 암전된 연극무대였다. 어쭙잖은 일에도 할머니와 엄마가 말끝마다 짜그락댔다. 북서풍이 불면 집안엔 너울파도가 출렁댔다. 갯내를 풍겼던 남자의 빈자리를 감당하지 못했다. 맥 놓고 지내던 엄마가 반년쯤 지나자 자리를 털고 일어났다. 밀랍인형처럼 되어가던 엄마가 콧바람을 쐬자 탱탱하게 부풀어 올랐다. 일어나 가장 먼저 손을 덴 게 아버지의 손때가 묻은 선박을 처분했다. 우리 집안에 유일한 재산목록 1호였다. 그걸 서슴지 않고 팔아 버렸다. 좀체 입지 않던 짧은 치마도 자주 입었다. 나프탈렌 냄새가 역겹다며 아버지 옷가지들을 죄다 불태워 버렸다. 엄마의 옷차림은 날로달로 목단꽃처럼 화려하게 피어났다.

"원 투, 차차차. 쓰리 포, 차차차……."

상가 이층에서 경쾌한 음악소리가 울렸다. 근래에 들어 부쩍 외출이 잦아진 엄마가 혹시 여기 있을까 하고 계단을 몰래 올라갔다. 엄마가 확실하다. 발등을 가릴락 말락 한 빨간 드레스를 입고 춤을 추고 있었다. 엄마와 손을 맞잡은 남자가 이리저리 엄마를 끌고 다녔다. 엄마의 입이 귀밑에 걸렸다. 여태껏 그런 표정을 본 일이 없었다.

드디어 엄마가 변했다. 달라져도 이만저만 달라진 게 아니다. 아버지가 없어진 석 달 열흘 동안 숟가락만 깨지락거리던 모습은 찾아볼 수 없다. "골치 아픈 것들을 털어버려야 된다."며 바깥으로 싸돌아다니기 시작했다. 여태껏 마시지 않았던 술도 제법 하는 것 같았다. 할머니와 나는 엄마의 치맛자락에 붙은 귀찮은 검불이 되어갔다.

엄마에게 막대한 활력소를 제공하던 근원지는 어디였을까. 십중팔구 춤바람으로 이어진다는 사교춤을 시작한 것일까. 충만함으로 출렁대던 허리둘레도 눈에 띄게 줄어들었다. 한물간 어느 가수의 LP판을 자주 틀었다. 그냥 귀로 듣고만 있는 게 아니라, 레코드판에서 튀어 오르는 노래를 따라 불렀다.

음정과 박자 따위는 문제될 것도 없다. 쌀을 씻어 밥을 안치거나 걸레질을 하면서 줄곧 흥얼거렸다. 나중엔 박자를 맞추듯 고갯짓으로 까딱대며 몸을 흔들었다. 나는 "엄마 목소리는 별로야."라고 새치름하게 비꼬았다. 그러거나 말거나 하늘거리는 치맛자락으로 마룻바닥을 비질했다. 파마머리를 화끈하게 귀밑까지 올려친 귓불에는 정신 사납게 금빛 귀걸이가 풍경처럼 달랑거렸다.

나는 엄마가 사람들이 흉을 보는 그딴 거 하지 말고 서예나 다도 같은 고상한 취미를 가졌으면 싶었다. 아무튼 무얼 하든지 집안엔 활기가 돌아서 좋았다. 엄마가 유난히 예쁘게 치장을 하고 나섰다.

"련아! 사푼사푼 날 때는 정말이지 얼마나 기분이 좋은지 몰라."

한동안 못 보던 실팍진 웃음소리를 내며 그 길로 집을 나간 엄마는 돌아오지 않았다.

※

나는 한동안 우울감에 빠져 산을 자주 올랐다. 말이 등산이지, 산책

삼아 언덕을 오르는 거였다. 도로공사 과장이었던 남자를 만난 것도 큰부리—개개비가 산딸기 숲에서 울던 즈음이었다.

산을 오르는 길은 외길이었다. 아카시꽃이 시들고 밤나무 꽃이 피었다. 머리에 터번처럼 수건을 두른 여자들이 밤나무 아래 앉아 콧구멍 평수를 넓혀 '흠흠' 댔다.

"비린한 게 꼭, 그 냄새 같다, 그지?"

그러고는 지들끼리 자지러지게 웃었다.

폭우가 쏟아져 산사태가 생긴 후로 공사는 더 이상 진척이 없었다. 높지거니 올라서서 내려다본 학교 운동장에는 국민체조를 하거나, 엉덩이에 살이 붙은 여자들이 트랙을 돌고 있었다. 세월이 한 천년인 듯 느릿느릿 걸었다.

아침 운동에서 안면을 튼 사람들이 꽤나 있다. 뇌출혈 후유증을 앓고 있는 강씨는 하루도 빠짐없이 나온다. 조끼를 입고 스쿠터를 타고 오는 '산불 조심' 아저씨의 레퍼토리는 이미자의 '섬마을 선생님'이다. 열아홉 살 섬 색시의 애절한 절규는 산골짜기마다 메아리쳤다.

연립주택에 사는 분이 할머니는 나올 때마다 며느리 흉을 봤다. 맞장구치는 끝순 할머니는 체머리까지 간당간당 흔들었다. 그분들은 절친한 나의 팬들이시다. 내가 추는 에어로빅에 곧잘 박수를 쳐준다. 나는 카세트테이프 볼륨을 한껏 올리고 워밍업에 들어갔다.

"뭐, 하는 거야, 지금. 내 앞에서 장난치지 마."

"노세, 노세, 젊어서 놀아……"

팬들과 나는 서로 엇박자로 놀았다.

뮤즈의 사기土氣를 깨어버린 건 빨간 스포츠카였다. 굉음을 울리며 급작스럽게 돌진해왔다. 고속도로 주행에 적합한 승용차로 위협하듯 질주해 왔다. 자갈돌이 타이어 바퀴에서 와그작대는 소리가 귓전을 때린다. 길이 끊겼다는 걸 뒤늦게 안 남자가 급브레이크를 밟았다.

'미련곰탱이 같으니라고.' 나는 그의 얼굴을 같잖게 쳐다봤다. 배기통에서 뿜어대는 매연으로 노인네들마저 잔기침을 콜록대며 자리를 털고 일어났다. 일제히 쏟아지는 주변의 눈총에 무안해진 남자가 황급히 차를 돌려 내려가 버렸다. 나는 손부채로 연신 눈앞의 먼지를 가신 뒤 차량의 꽁무니를 향해 감자주먹을 날렸다.

한 달 내내 산딸기는 무르익었다. 열매를 따먹는 재미가 쏠쏠했다. 나는 손거울을 꺼내 혀를 날름 내밀어 보았다. 뱀파이어 모노드라마를 연기하라면 자신이 있을 것 같았다. 그 사이 흰색 운동복으로 갈아입은 남자가 생경스럽게 또 나타났다. 그는 산중턱에 오르자마자 줄넘기를 시작했다. 나는 운동이고 뭐고 그 자리를 얼른 피하고 싶었다.

＊

그 어느 곳에서도 아버지의 시체가 밀려왔다는 소식은 들리지 않았다. 종종 그물에 걸린 시신들을 갈무리해 어부들이 장례를 치러준다는 소리도 들렸다. 그렇게 해서라도 아버지의 유해가 편히 모셔졌으면 하는 바람은 끝내 이루지 못했다.

오월이었고 숲속은 서늘했다. 계곡을 파고들수록 산딸기는 군락을 이루고 있었다. 무릎이 꺾여 허방에 주저앉고 말았다. 흙은 보드랍고 포근했다. 벌목을 해낸 구덩이인 줄 알았던 게 시체를 파묘한 무덤 자리였다. 망자가 누웠던 자리에 앉아 나직하게 "아버지!" 하고 불러보았다.

방파제 너머 거룻배 한 척이 한가롭게 떠 있다. 낚싯대를 드리운 노인의 머리 위로 괭이갈매기가 빙빙 돌았다. 지금쯤 살아계신다면 아버지도 'The Old Man and the Sea'의 모델이 되어 있을 것이다. 편편한 자리를 골라 산딸기를 놓고 바다를 향해 삼배를 올렸다.

산 그림자가 어둑해졌다. 이제 그만, 숲 속을 나가야겠다는 생각이 들었다. 가시덤불에 손등이 긁혀 피가 말라붙어 있었다. 온몸에 머릿니가 스멀스멀 기어 다니는 듯했다. 긁지 않고는 배겨날 재간이 없었다. 간신히 길을 찾아 나온 나는 길바닥에 주저앉아 가려운 곳을 벅벅 긁었다. 살비듬이 일어난 부위에 침을 발랐다. 서늘한 그림자가 등 뒤에 다가섰다.

"아무리 불러도 대답이 없더라고요."

내 몰골은 거울을 보지 않아도 훤하다. 입술은 산딸기로 칠갑을 했을 테고, 파마머리는 검불처럼 헝클어졌을 것이다. 외간 남자에게 그런 모습을 보였다는 게 자존심이 상했다.

"옻나무를 만졌어? 얼굴이 부풀어 오르네."

그 와중에도 토막토막 끊어대는 남자의 반말지거리가 귀에 거슬렸다.

댁이 나를 언제 봤다고? 그 말은 나오지 않고, 목 안에선 개개비 우는 소리만 맴돌았다.

남자는 조수석에다 나를 밀어 넣고 안전띠를 채웠다. 한순간 우리는 합체된 로봇으로 변신했다. 불의를 보면 어디서든 달려가는 정의의 사도, 마징가 제트 같았다. 운전을 하며 자신은 도로공사 현장에 파견 나온 토목과장이라고 소개했다. 그딴 건 가려움증과 아무런 관련이 없었고, 그리 중요하지도 않았다. 나에게 절실한 건 옻이 얼굴을 점령하지 못하게 하는 게 급선무였다.

빨간 스포츠카를 타고 가는 동안 온몸에 벼룩이 붙은 듯 톡톡 튀었다. 그는 한 손으로 운전대를 잡고 다른 손으론 머리카락을 쓸어 올렸다. 한순간 미인과 추녀의 경계선에 대해 생각했을지도 모른다. 병원을 향해 달리며 비상등을 켰고, 한 차례 신호위반을 했다. 범칙금 변제의무는 오롯이 내가 떠안아야 할 채무라는 생각마저 들었다.

종합병원 응급실은 초만원이었다. 진료를 재촉하며 호들갑을 떠는 우리를 향해 간호사가 조용히 하라며 나무랐다. 그것도 병이냐며 뇌출혈로 쓰러진 환자의 혁대를 풀고 있었다. 교통사고로 전봇대를 쓰러뜨린 청년도 뻗정다리를 하고 누웠다. CPR 방송이 계속해서 흘러나왔다. 얼굴에 퍼렇게 멍이 든 여자도 보인다. 생지황을 찧어 밀가루를 이겨 붙이면 특효약이라고 일러주고 싶었다. 생달걀 마사지도 효능이 있다고. 여자가 휘딱 돌아눕는 바람에 나는 일러주지 못했다. 거기에 비하면 옻오른 것쯤은 병도 아니었다.

간호사가 내 팔뚝에다 주사 바늘을 꽂았다. 나는 "아야!" 하고 비명을 질렀다. 그가 내 손을 꼭 쥐어 주었다. 이걸 참지 못하면 나중에 애기는 어떻게 낳을 거냐고 간호사가 쌀쌀맞게 굴었다. 아기는 내가 낳지, 너더러 낳아 달래느냐고 대거리하려다 그만뒀다.

포도당 주사액은 부풀어 올랐던 피부를 고대 가라앉혔다. 남자는 나를 보고 씩 웃었다. 아버지의 웃던 모습이 그리웠다. 상처 부위를 소독하던 간호사가 끼어들어 알레르기 체질이냐고 물었다.

병실에서의 가면놀이는 흥미진진했다. 가짜 잉꼬부부의 연기는 탁월했다. 간호사들이 핼끔핼끔 쳐다보고 다녔다. 딴에는 아니꼽다는 거였지. 깨소금을 볶고 참기름을 짠다는 게 바로 이런 것일까. 원룸 키를 건네받은 그가 팬티와 브래지어를 챙겨 왔다. 산딸기에 현혹되었던 시력은 모든 사물의 판단기준마저 흐리게 만들어 버렸다.

입덧은 산딸기가 끝물일 즈음에 말갛게 사라졌다. 그는 냉장고가 비워지기 무섭게 내가 좋아하는 것들을 푸짐하게 사다 채웠다. 나는 침대 위에서 데굴데굴 구르며 재미삼아 이종 언니 얘기를 들려주었다. 무면허 산파에게 한 중절수술이 잘못되어 요강에 앉아 피를 엄청 쏟고 죽었다고. 애를 잘못 긁어내면 평생을 석녀石女로 살아야 된다는 말까지 덧붙였다. 이모가 '망할 놈의 가시내'라며 죽은 딸의 머리카락을 쥐어뜯었다는 말에 남자는 무슨 그런 끔찍한 말을 하느냐며 화를 벌컥 냈다.

＊

산부인과는 후미진 골목에 있었다. 가방을 멘 여학생이 병원 계단에 앉아 울고 있었다. 또래들이 막대사탕을 졸졸 빨며 달래고 있었다. 아이들은 좀처럼 길을 터주지 않았다. 나는 조금 불편해도 몸을 비틀고 난간을 잡고 올라갔다. 병원은 긴 회랑을 지나 가장 구석에 있었다. 검게 선팅이 된 유리문을 열고 들어서자 피비린내와 소독약 냄새가 훅 끼쳤다. 남자는 사라지고 입덧만 다시 되살아 난 것 같았다. 나의 눈을 교란시킨 건 산딸기가 아니라, 밤나무 꽃이었다.

햇살은 다섯 살짜리의 손을 잡고 놀이동산으로 놀러가기에 딱 좋은

날씨 같다. 액자 속의 아낙은 갓난쟁이에게 젖을 물리고 있다. 이제,
막 앞니가 나오려는 듯 아이는 어미의 젖꼭지를 잘근잘근 씹는다. 아
빠로 보이는 남자는 아내 곁에 붙어 앉아 그런 아이의 볼을 살짝살짝
건드린다. 마냥 행복해 보이는 그들이 몹시 부러웠다. 저렇게 볕이 잘
드는 공원 벤치에 앉아 우리도 아이와 눈을 맞추며……

"다음 환자분, 들어오세요."

나는 넋을 잃고 사진을 바라보다 화들짝 놀란다.

"아이는 잘 놀지요?"

"……"

한 달째 생리가 건너뛰던 달부터 진료를 도와준 간호사였다. 나는
침묵한 채 신발을 벗고 침대에 올랐다. 그녀가 바지허리춤과 팬티를
싸잡아 끌어내렸다. '흠흠'대며 의사가 뒤따라 들어왔다. 봉긋하게 솟
아오른 복부에 끈적끈적한 젤을 바르고 초음파 기계를 갖다 댔다. 뱃
속은 온통 흑백과 백색이 서로 부채꼴로 교차했다.

"이 부위가 머리구요."

의사가 그랬다. 할딱대는 소리는 심장박동 소리라고. 그러고 보니
기계 속에서 정말 무슨 소리가 '콩닥콩닥' 들렸다. 의사가 배를 꽉 눌
렀다. 웅크리고 있던 물체가 술래처럼 숨어 버렸다. 내가 육안으로 판
별하기가 어렵다고 하자 양수 속에 둥둥 떠다녀서 그런 거라고 했다.
쪼그만 게 벌써부터 주먹질에 발길질이네. 의사가 배를 쓰다듬었다.
녀석은 가만히 있었다.

"건강하게 잘 자라고 있습니다."

이제 그만 일어나도 좋다고 연거푸 재촉해도 나는 침대에 누워 꼼짝

도 하지 않았다. 오늘은 기필코 떼어 내어야만 한다.

"그거, 법으로 금지된 거 모르세요?"

의사는 일언지하에 거절했다. 민낯이 숯불에 덴 듯 화끈거렸다. 진료실을 나갔던 의사가 한참 만에 돌아왔다. 그의 손끝에서 밤꽃 향기가 솔솔 묻어났다. 나는 홑치마 바람으로 수술대에 누웠다. 외음부로 바람이 술술 들어왔다. 가슴 한복판을 비수가 야멸치게 긋고 갔다. 볼을 타고 찝찌름한 게 입으로 흘러들었다.

간호사가 내 팔뚝에다 고무줄을 바짝 졸라매고 링거를 매달았다. 주사바늘로 천장을 향해 두어 번 찍찍 물총을 쐈다. 서서히 정맥이 뚫리며 팔뚝이 저릿했다.

"하나, 두울, 셋 하면 따라하세요."

"하나, 두……울…….."

이안류인가. 속이 울렁대고 머리가 어질하다. 늪인가. 빠져나오려 할수록 점점 더 깊어 빨려든다. 나락奈落의 끝은 어디쯤일까. 입안이 바짝 타들어 갔다. 물을 좀 주세요. 물을…….

미치광이 여자가 강을 건너고 있다. 물살이 거칠어 걸음걸이가 더디다. 그녀의 치맛자락이 물굽이에 자꾸만 빨려든다. 한순간 발걸음을 헛디뎌 등에 업은 아이가 물속으로 사라졌다. 어미의 손을 놓친 아이가 둥둥 떠내려간다. 여자가 미친 듯이 울부짖는다. 그 자리였다. 여울목에 걸린 아이가 나더러 엄마라고 불렀다.

"넌 누구니? 나는, 네 어미가 아니야."

"아아악!"

아이는 떨어졌고, 나는 아이를 지웠다. 비명소리에 놀라 수면에서 깨어났다. 아랫도리엔 두툼한 생리대가 채워져 있었다. 언제 입었는지 엉덩이에 팬티가 절반쯤 걸쳐졌다. 탯줄을 물었던 생명은 열 달을 채우기도 전에 사라졌다. 순간의 쾌락은 찰나처럼 스쳤고, 나는 존속살인범이 되어 있었다.

"이봐요, 아가씨 정신이 드세요? 수술, 깨끗이 끝났습니다."

살인에 동참한 공모자들은 태연하게 커피를 마시고 있었다. 나는 그들이 내놓는 요금청구서에 이의 없이 완불했다. 뒤미처 긁어내지 못한 핏덩이가 뭉클뭉클 쏟아졌다. 어쩌면 영원히 잠들어 버릴지도 모르는 빈 자궁을 끌어안은 채 비틀거리며 거리로 나왔다. 은행잎이 노랗게 물들고 있었다.

*

바람이 분다. 비릿한 갯내에 드러누웠던 마른 풀잎이 바스스 일어선다. 누구의 진혼제일까. 오늘도 여전히 굿하는 소리가 들린다. 자살바위로 내려가는 길은 몹시 가풀막졌다. 나는 카트 칼로 칡넝쿨을 잘라 새끼를 꼰다. '민간인 출입금지.' 해안경비대장의 이름으로 나붙은 경고판이 붉은 녹물을 흘리고 있었다. 인기척에 놀란 군인이 총을 겨누며 방공호에서 튀어나왔다. 나보다 더 놀란 그가 무전으로 '위급상황 발생!'임을 알린다.

굿당은 가파른 암벽 위에 있었다. 들어서자마자 바라소리가 양쪽 고막을 맞바로 두들겼다. 시끄러운 듯 군인이 철모를 끌어내렸다. 여전히 꽃은 많았다. 그는 내 손목을 잡고 안으로 들어섰다. 우리는 구석진 자리에 가 앉았다. '띠리리 띠리리……' 근무 이탈한 그를 무전기가 다급하게 찾았다. "임무완수! 곧 귀대하겠습니다." 이등병 계급장이 달린 팔뚝으로 무의식중에도 습관이 된 거수경례를 붙였다. 군인은 나에게 고개를 까딱하고는 본래의 자리로 되돌아갔다.

친정에 매달린 종이꽃들이 바람을 타고 춤을 춘다. 어릴 때 보았던 그 모습 그대로 거기 있었다. 제단 위에는 검은 뿔테안경을 쓴 청년의 사진이 올려져 있다. 한때 명문대 캠퍼스에서 젊음의 향연을 즐겼을 나이 같다. 수영 실력이 미숙하여 사고를 당했다고 했다. 이 풍진 세상의 삶이 한갓 꿈이었다는 걸 그는 주검이 되어서야 깨달았을까. 육신은 간데없는데 허기진 그를 달래주려는 듯, 한 상 그득하게 음식을 차려놓았다.

"날 데려가소. 뭍으로……."

굿은 절정으로 치달았다. 경중대던 만신이 기력이 딸리는지 털썩 주저앉았다. 망자의 저승길을 닦아주는 일에도 힘이 좋아야겠다. 몸집이 듬직한 박수무당이 등장했다. 다음 세상에 태어나면 백수를 누리다 가라며 회심곡을 읊었다. 굿 구경하면서 노인들이 코를 풀며 울었다. 머잖아 갈 날이 코앞이라 저절로 눈물이 흐르는 모양이었다.

박수무당이 휘두르는 삼지창이 햇빛을 받아 번쩍거렸다. 날을 세운 창끝에 명치끝이 찔린 듯 쓰라렸다. 어쩌면 이미 가슴 속에 깊숙이 꽂고 있는지도 모른다.

"부디 거두어주소서, 부디……."

나는 시왕탱화 앞에 꼬꾸라졌다. 쨍그랑대던 바라소리도 끊어졌다. 누군가 나를 향해 다가선다. 옷자락이 댓잎처럼 사각거린다.

"생목숨 절단 내고, 마저 남은 것도 끊으려고?"

그는 가심질을 한다며 느닷없이 해장죽으로 등을 후려쳤다.

"무슨 용빼는 재주가 있다고. 기껏해야 너와 나는……."

쥘부채를 흔들며 굿을 하던 사내가 고깔을 벗었다.

*

그 옛날, 습자지로 꽃을 만들 때마다 그 애의 손끝에선 이름 모를 꽃들이 무수히 피어났다. 봉긋한 연꽃도, 함박꽃도 활짝 폈다. 꽃을 만들다 가끔 휘파람을 불었다. 나는 그 애가 만들어준 꽃 브로치를 가슴에 달고, 머리에 꽂기도 했다. 굿판을 따라 유랑생활을 하던 가족들을 따라 떠나던 날, 남은 색종이를 내게 선물로 주고 간 아이. 나는 마을 어귀에 있던 이팝나무 아래서 손을 흔들어 주었다. 나무둥치에는 새끼줄에 오방색 색실이 촘촘히 끼워져 있었다. 그 나무를 사이에 두고 우리는 술래잡기놀이도 했다. 그때의 미소년의 얼굴엔 구레나룻이 뒤덮고 있었다. 단박에 우리는 서로를 알아봤다. 나는 한동안 벌어진 입을 다물지 못했다.

굿은 곧 끝날 모양이었다. 얼키설키 쌓은 나뭇가지에 불을 놓았다. 망자가 입었던 옷들이 그 위에 겹겹이 쌓여간다. 청바지에 티셔츠, 대학입시 면접 때 입었을까. 양복과 넥타이도 함께 던져진다.

진혼제는 그쯤에서 마무리된다. 구경꾼들이 광목천을 길게 잡고 늘어섰다. 종이배는 만장과 연꽃으로 화려하게 장식되었다.

"만경창파에 배 띄워라, 어야디어차……"

변성기를 잘 다듬은 박수무당의 목소리는 우렁찼다. 나는 멍울진 젖가슴을 안고 인파 속으로 들어가 노잣돈을 보탰다.

亡
子
神
位

"아제아제 바라아제 바라승아제 모지사바하……."

'새가 되어라, 아가야. 부디 새가 되어…….'

나는 박수무당의 뒤를 따라 탑돌이를 할 때처럼 불꽃 주위를 빙글빙
글 돌았다. 바람이 잦아들고 있었다.

철새와 갈매기

나는 더럽고 치사해서 때려치웠다. 더 이상 매달려 보았자 해결될 문제도 아니었다. 수많은 경쟁자를 물리치기에 내 머리가 너무 아둔했다. 엉덩이에 뾰두라지가 수차례 돋아났다 사라졌다. 삼 년을 죽치고 앉아 아까운 세월과 청춘을 파먹고 살았던 게 후회가 되었다. 어차피 출발선을 일직선에 놓아도 일등과 꼴찌는 나오기 마련이다. 될 놈은 어떻게 하든 될 것이고, 안 될 놈은 황소 목을 휘어도 안 된다고 했다. 이 말은 이미 작고하신 외할아버지께서 자주 사용하시던 말씀이다.

무턱대고 달려들 때는 공무원이 되겠다는 청춘들이 그렇게 많은 줄 몰랐다. 3급도 아니고 고작 9급 몇 명 뽑는 데 수만 명이 목을 매달았다. 공원에 산책 나온 이들이 던져주는 새우깡을 먹으려고 모여드는 비둘기 떼와 흡사하다면 너무 지나친 비하인가. 언중유골 말인즉슨, 내가 자발적으로 두 손 들고 나면 확률적으로 경쟁자가 한 사람 줄어들 것이다.

나는 이마를 동여맸던 머리띠를 풀어버렸다. '공무원 쉽게 되는 길'

'족집게 문제집' '명강사의 명강의 CD' 등, 가위로 죄다 난도질해 쓰레기통에 처박아 버렸다. 혹여 종이들이 좀비처럼 살아나 허공에 떠돌아다닐까 봐 침까지 뱉고 발로 꽉꽉 짓눌렀다. 쓰레기통이 무슨 죄가 있나. 더러운 것 받아먹은 죄밖에 없지만 분풀이할 데는 그것밖에 없었다. 막상 시험을 포기하고 나니 애를 먹이던 돌출성 치핵痔核까지 깨끗하게 사라졌다. 그만큼 강박관념에 가위눌려 살았다는 증거였다.

그동안 돈을 벌었으면 몇백만 원은 모았을 것이다. 그랬으면 미희에게 차이지 않았을지도 모른다. 미희는 이제나저제나 목을 놓고 기다리다 미련 없이 떠나버렸다. 여자 친구가 떠난 게 아쉬워서가 아니라 생각할수록 나 자신이 못난 것 같아 후회스러웠다. 어머니는 그동안 들인 공이 아까우니 딱 한 번만 더 시험을 쳐보라고 사정을 했다. 극구 만류에도 불구하고 나는 인터넷 강의도 끊었고, 공무원이 되는 데 도움이 된다고 여겼던 것들은 남김없이 불태워버렸다.

기왕 내친걸음이었으니 방향전환은 속전속결로 실행했다. 나름 준비과정에서 자격증을 따긴 했지만 취업에는 별반 도움이 되지 않았다. 수소문해본 바 특수용접 기술이 취업에 다소 유리하다는 정보를 입수했다. 실은, 앉아서 펜만 굴리고 살려고 했는데, 그것도 기술이라고 익히려니 솔직히 자존심이 상했다. 무엇이든 하겠다고 자신만만하게 큰소리쳤지만 대기업의 관문 통과는 철판 무게보다 뚫기 어려웠다. 솔직히 땜장이 자격증을 따는 데도 꽤나 힘이 들었다.

오뉴월에 철갑을 휘두른 듯 얼굴까지 꽁꽁 싸매고 쇠를 지졌다. 특수용접은 바닷속에 들어가 선박을 때우는 난이도 높은 작업이었다. 어렵게 취득한 자격증이니만큼 몸값이 좀 나갈 줄 알았다. 결과는 예상

밖이었다. 발목엔 예외 없이 비정규직이란 족쇄가 채워졌다. 나뿐만 아니라, 세상천지가 비정규직으로 들끓으니 불러줄 때 가는 게 좋을 것 같았다.

용접공으로 들어갔지만 실지로 그 일은 하지 않았다. 회사는 대형조선소에서 오더를 받아 납품해주는 그렇고 그런 외주업체였다. 그냥 하도급업체라고 말하는 게 알아듣기 더 쉽다. 사장은 열심히 하면 본사 직원으로 추천해주겠다고 했다. 알고 보니 나에게만 그 말을 한 게 아니었다.

취직이 되었다고 방방 뛰었을 때 어머니는 제일 먼저 남성복 할인매장으로 나를 데리고 갔다. 고가의 브랜드는 아니었지만 그런대로 모양이 잘 빠진 제품이었다. 한참을 생각한 끝에 이게 어떠냐고 물었다. 어, 그거 괜찮네, 라고 응수했다.

종업원이 옷은 겉보기와 달라 직접 입어 봐야 안다고 했다. 나는 옷을 들고 탈의실로 들어갔다. 나이에 비해 이마가 좀 훤하게 보이는 게 거슬렸지만 그런대로 무난했다. 넥타이와 구두를 갖추니 꽤 근사한 샐러리맨으로 보였다.

"우리 경보가 취직을 했다."면서 어머니가 여기저기 전화를 해댔다. 삼촌은 밥이나 한 번 먹자며 반색을 했고, 이모는 삼겹살 파티라도 해야 되는 거 아니냐며 더 적극적으로 나왔다. 에이, 엄마는 쪽팔리게 뭐 하러 그런 걸 동네방네 다 알리고 그러냐고, 나는 짜증을 냈지만, 기분은 크게 나쁘지 않았다.

복도식 연립주택의 현관문을 열고 첫 출근길에 나섰다. 부슬비가 내리고 있었다. 하필이면 비라니……. 나는 장우산 끝으로 계단을 두드리며 본새 있게 첫 출근을 했다. 막노동꾼에게 양복이 가당키나 했겠나. 딱 하루 입고 벗어 버렸다. 회사에서 지급되는 작업복은 세상에 편했다. 기름때가 묻어도 들르는 식당마다 친절했다. 외상 떼일 염려는 없으니 작업복이 보증수표인 셈이었다. 첫 달은 에너지가 넘쳐흘렀다.

그렇게 해서 얻은 직장을 5개월 만에 때려치우고 말았다. 어머니께 차마 그 말을 할 수가 없어 우선 비밀에 부치기로 했다. 사실을 폭로하는 순간 어머니의 심장이 멈출지도 모른다는 생각이 들었다. 그렇지 않아도 신부전증에 시달리며 한 달에 한 번씩 피를 뽑아내 기계로 걸러 다시 몸속으로 주입한다. 그런 중대한 절차를 거쳐야만 생존이 가능한 어머니가 충격을 받으면 피돌기와 생명이 한꺼번에 응고될까 두려웠다. 만약에 그게 현실로 나타난다면 그야말로 불효막심한 아들이 된다.

나는 한동안 거짓 출근을 했다. 고민에 고민을 거듭하다 생각해낸 게 회사에서 해외로 파견근무 나간다고 둘러댔다. 앙고라 조선소에 파견나간 사원들도 많았기에 둘러대기가 쉬웠다.

"어머머, 신입사원인데 해외파견이라니, 웬일이니?"

어머니는 고개를 갸웃대더니 정말이냐고 물었다. 나는 "아, 그럼. 정말이지."라고 대답했다. 알래스카에서 냉장고를 판매할 자신감만 있으면 한 번쯤 도전을 해보라며 격려까지 해준다. 어디서 많이 듣던 소리였다. 그 말이 막상 어머니 입을 통해서 들으니 내가 거짓말을 한다는 사실조차 잊게 만들었다.

통장에 남은 얼마간의 돈을 어머니 손에 쥐어드렸더니 눈물을 글썽

거렸다. 내가 왜 우느냐고 했더니, 흙수저 물고 나오게 해서 미안하다고. 나는 뭐, 그런 걸 가지고 그러냐며, 쇠골이 튀어나온 어머니의 어깨를 토닥토닥 두들겨 주었다. 금수저도 흙 묻으면 흙수저 되고, 흙 수저도 짚불에 기왓장 가루 묻혀 닦으면 반짝반짝 광이 난다고 했다. 문중 묘제 때마다 놋그릇을 닦아본 어머니는 그건 그렇다며 고개를 끄덕거렸다.

나에게 '헬조선'을 하게끔 동기부여를 한 사람은 순전히 『한국이 싫어서』라는 소설을 쓴 작가의 영향을 빼놓을 수 없다. 거기 나오는 주인공은 영주권까지 거머쥐고 내 나라 남의 나라를 마음대로 드나들었다. 이틀만에 정독을 했더니 상당히 구미가 당겼다.

모두 떠나는 워킹홀리데이를 나라고 가지 말라는 법은 없다. 꺾어진 환갑이지만 해볼 만한 도전이라고 생각했다. 가서 잘되면 영주권도 따고 정신적인 힐링에 도움이 될 것 같았다. 막상 결정을 하고 나니 마음이 조급했다.

호주와 뉴질랜드 사이를 저울질하다 한 곳을 선택했다. 우선 살기 좋은 나라 순위에 뽑힌 데라서 더 호감이 갔다. 워홀 체험을 하고 돌아온 네티즌들의 선호도마저 최상급이었다. 이왕이면 시급을 만 이천 원쯤 쳐주는 나라로 가고 싶었다.

갈 곳이 확실해졌으니 거주할 곳을 찾아야만 했다. 며칠 동안 인터넷을 서핑하며 자료들을 긁어모았다. 마침 마음에 드는 집은 찾아냈다. 다소 비용이 높기는 했지만 그럴 듯하게 보였다. 사진으로 보아도 꽤 호감이 가는 실내 분위기였다. 지붕은 천정의 중심을 뚫어 유리를 끼워 넣었다. 침대에 누우면 하늘이 훤히 보인다고 했다. 실제 누군가가 누워서 찍었는지, 사진 속에 담긴 하늘은 별이 총총하게 떠 있었다. 생각만 해도 환상적이었다. 망설이고 자시고 할 이유도 없었다.

나는 출국날짜가 다가올수록 주변을 하나씩 정리했다. 핸드폰에다 메모를 해가며 친구들을 만나러 다녔다. 인사치레로 몇 사람께 작별 인사를 고했다. 때가 되면 언젠가 반드시 되돌아오겠지만, 그들은 내가 다시는 안 돌아올 사람처럼 섭섭해 했다. 간혹 "야! 홀가분하게 떠날 수 있는 네놈이 부럽다."라는 공처가도 있었다. 살갑게 지낸 사람들에겐 전화를 걸었고, 그저 그만했던 사람들에겐 '그동안 고마웠습니다.'라는 문자를 보냈다. 개중에 몇 사람에겐 좋지 않은 감정이 있었지만 떠나는 마당에 야속하게 욕지거리까진 날리고 싶지 않았다. 태어나서 삼십 년 가까이 살았다면 앞으로 얼마를 더 이어갈지, 그 삶을 위해 고군분투할 생각뿐이었다.

꼬박 열두 시간의 비행이었다. 영화를 몇 편 보았고 잠을 청하려고 와인 몇 잔에 캔맥주까지 마셨다. 옆자리에 앉은 여자가 불을 켜놓고 수선을 떨었다. 보기 싫어 안대로 가렸고, 기내식을 몇 끼니 먹은 것 같다. 태어나서 처음으로 이국땅에 떨어졌다는 게 조금은 두려웠다. 탐지견까지 동원되는 까다로운 입국수속을 무탈하게 마치고 다시 국내선으로 갈아탔다.

공항을 빠져나온 나는 미리 예약해둔 집주인에게 전화를 걸었다. 그는 리카툰 144번지를 찾아오라고 했다. 암담한 심정은 나를 다소 어리바리하게 만들었다. 캐리어를 끌고 공항 픽업서비스카를 타려고 승강

장으로 갔다. 입이 떨어지지 않아 운전사에게 메모지를 건넸다. 차에는 이미 몇 명이 타고 있었다. 영어 울렁증이 가슴을 압박했다. 어학연수를 오는지 나처럼 워홀 왔는지, 커다란 캐리어를 끌고 친구처럼 보이는 두 명의 여자가 올라왔다.

목적지에 도착하니 어둠이 내리고 있었다. 드물게 서 있는 가로등은 하나같이 희미했다. 입간판과 조명등이 불야성을 이루던 밤거리. 그 휘황찬란한 불빛 아래서 부평초 같은 인생을 살았을지언정 어두운 골목은 적응이 되지 않았다.

"나이스 미추"

"쌩큐"

주인 남자는 마당에서 나를 기다리고 있었다. 입이 떨어지지 않아 기본적인 인사만 건넸다. 그가 내 캐리어를 들어 방으로 옮겨 주었다. 무슨 말을 건넸지만 의사소통은 원만할 리 없었다. '가나다라'에서 갑자기 '에이비시'를 구사하려니 될 턱이 없었다. 이럴 줄 알았으면 고시촌에 처박혀 행정법총론, 문법이론, 영어문법 이론서를 달달 외우느라 진땀 뺄 게 아니라, 진즉에 회화학원에 등록하는 게 옳았다. 주인집 남자가 몇 마디 더 물었지만 입이 딱 붙어 버렸다.

그는 웃으며 편하게 쉬라는 몸짓까지 보였다. 밤이 너무 깊어 주위를 살필 겨를이 없었다. 적당히 짐을 챙겨놓고 실내만 싹 휘둘러보았다. 화장실은 싱크대와 맞붙어있었다. 샤워 부스는 78kg의 남자가 들어가기엔 너무 비좁았다. 오줌을 누다가 가스 불을 조절하고, 변을 보다가도 라면 그릇을 씻을 수 있는 좁은 공간이었다. 막상 실물을 대하니, 인터넷에 올라온 광고는 순전히 사진발이었다.

주인 남자는 편하게 지내라고 해놓고선 편하게 놔두지 않았다. 무슨 주의사항은 그리도 많은지. 쓰레기 분리수거일은 요일별로 프린트해 냉장고에 붙여놓았다. 세탁을 하려면 반드시 주인의 허락을 받아야만 한다. 자기가 애완용 새를 키우고 있으니 그리 알고 있어라. 양해를 구하는 게 아니라 숫제 명령이었다. 고양이도, 애완견도 아닌 새라니. 명령 불복종은 허용하지 않겠다는 듯 쐐기를 박았다. 선택의 여지가 없었다. 나는 '예스'라고 말할 수밖에 없었다.

그 뒤로 그와 나는 간간이 문자만 주고받을 뿐 서로 마주치는 일은 없었다. 길을 잃은 미아가 될까 두려워, 이틀 동안은 칩거 생활을 했다. 외출에서 돌아오는 그들 부부를 문틈으로 빠끔히 내다보았다. 주인 남자의 부인은 동양계 사람으로 보였다. 어쩌면 나와 똑같은 언어를 사용할지 모른다는 생각이 들었다. 동지를 만난 것 같아 내일쯤에는 말을 한 번 걸어볼 참이었다.

며칠을 겪어본즉 주인 남자는 지독한 노랑이 같았다. 무슨 직업을 가졌는지 굳이 알 필요도 없었다. 모든 건 온라인 거래였기에 애당초 서로의 직업 따위는 밝힐 이유가 없었다. 그는 아침에 어디론가 다녀온 뒤로는 대개 집안에서 머물렀다. 외출 뒤에는 자동차 뒤꽁무니를 꼭 내 방 창문 앞에 바짝 갖다 댔다. 배기가스가 품어 나올 때마다 잔기침이 나왔다. 대명천지에 넓은 도로를 두고 꼭 좁은 마당을 고집하다니! 자동차 소리만 들렸다 하면 내 입에선 쌍욕부터 튀어나왔다. 그가 차에서 내리기 전에 내가 창문을 먼저 닫았으므로 듣지 못했을 것이다.

그는 한두 차례 차를 몰고 나갔다 돌아오곤 했는데, 보아하니 나 같은 사람들을 상대로 임대사업을 하는 것 같았다. 방세는 철저하게 주급으로 따졌다. 그와 나는 할 말이 있으면 문자로 주고받는 것 외에 달리 대면할 일이 없었다. 나야 먹든, 굶든지 간에 철저하게 사생활을 존중해 주었다. 그건 고마운 일이었다.

집들은 알파벳 A-1에서 4까지 나갔다. 많은 곳은 8번까지 나가는 곳도 있었다. 내 방은 앞집을 거쳐 A-2번지 북쪽 끝에 있었다. 기다란 골목을 지나치다 보면 창문이 반쯤 열려있는 이웃집 방안이 훤히 보였다. 자정이 넘은 시간이었음에도 굽은 어깨에 숄을 걸치고 할머니가 티브이 앞에 쪼그리고 앉아 있었다. 노인네들은 늙으면 확실히 잠이 없어 보였다.

아침에 무심코 할머니를 만나게 되었다. 할머니는 마당에 나와 볕을 쬐고 있었다. 영어로 무슨 주문을 외듯 모이를 뿌렸다. 그러자 귀신 같이 알고 새들이 모여들었다. 비둘기라고 생각했었던 게 눈여겨보니 갈매기들이었다. 쇼킹했다. 바다도 아닌 육지에 바닷새가 날아드는 게 신기했다. 할머니는 내가 골목을 들락거릴 때마다 손짓으로 "하이!"라고 했다. 나는 엉거주춤 허리를 숙이고 고개를 꺾었다.

담장이 낮아 오며가며 할머니 집을 샅샅이 볼 수 있었다. 오늘은 낯선 사람 몇 명이 마당을 서성이는 게 보였다. 저들도 나처럼 갈매기 되어 날아왔을까.

창문이 동쪽으로 난 옆집에는 주로 남자들이 기거하고 있었다. 얼굴색이 모두 달랐다. 검거나 희거나, 눈이 부리부리했다. 그들은 주말이면 모여 당구를 치거나 다트를 즐겼다. 4시만 되면 칼같이 퇴근했다. 종종 소시지를 굽는 냄새가 담벼락을 넘어왔다. 그들은 저녁이면 하늘을 향해 폭죽을 쏘아 올렸다. 그게 '저녁이 있는 삶'이었다. 나는 그들의 삶이 점점 부러워지기 시작했다.

방세가 아깝다는 것 외에 솔직히 헬조선은 잘한 것 같았다. 별이 뜬 하늘은 볼 수 있었지만 '별 헤는 밤'은 즐겁지 않았다. 딱 하나 마음에 드는 건 티브이 프로였다. 스카이 채널을 위안 삼아 스포츠 프로는 원 없이 볼 수 있었다. 나는 방세를 지불할 때마다 채널을 돌려가며 티브이를 시청했다. 다행히 암막 커튼은 외부로부터 철저하게 빛을 차단했다. 고작해야 전자게임 정도만 할 줄 알았던 나는 또 다른 것에 끌리게 되었다. 다트대회가 끝나고 윈드서핑 경기가 방영되었다. 파도타기는 정말 스릴 만점이었다. 조그만 보드에 몸을 꼿꼿하게 세운 채 밀려오는 파도 터널을 재빨리 통과했다. 겨우 개헤엄만 칠 줄 하는 나는 근육질 몸매를 가진 그들이 부러웠다. 히야! 내 입에선 거의 함성에 가까운 괴성이 터져나왔다. 거듭 밀려오는 파도더미 속을 서슴없이 뚫고 나갔다. 해설가가 윈드서핑 세계 챔피언이라고 했다.

해변에 모여든 수영복 차림의 사람들이 한가롭게 보였다. 선수들을 향해 휘파람을 불고 팔을 흔들었다. 방만한 가슴을 내밀고 여자들이 백사장을 거닐고 있었다. 거기까지는 제법 흥미 있는 게임을 보는 것 같았다. 챔피언이 파도를 타고 치올랐다 내려오는 찰나, 상어 머리가 쑥 올라왔다. 어어, 하는 사이 그의 발목을 물고 바닷속으로 들어가 버렸다. 남자가 사라졌다. 미처 카메라도 잡지 못한 상황이 순식간에 일어났다. 사람들의 비명소리가 들리고 해설가는 말을 잃었다. 나는 그의 인생이 끝장났다는 생각에 고개를 좌우로 흔들었다. 모든 건 찰나에 사라지고 한순간에 생겨났다. 남자가 불쑥 물 위로 솟아올랐다. 요행히 목숨을 건진 그는 모래바닥에 앉아 울음을 터뜨리는 듯 보였다.

그 광경을 목격한 뒤로 하늘이 보이는 방에서 나는 매일 밤 악몽에 시달렸다. 삼척팔촌쯤 되어 보이는 무사는 장검을 짧게 쥐고 있었다. 해괴한 꿈에 시달려 몇 번인가 가위눌려 잠까지 설쳤다. 급기야 그를 쫓아낼 방편으로 침대 머리맡에다 식도까지 파묻어 두었다.

나는 주인집 내외가 외출한 사이 집안을 염탐하고 다녔다. 거실은 물론 안방 창틀에까지 온통 인형들로 장식해 놓았다. 아이도 없는 집 안에 수많은 인형이라니. 언젠가 보았던 구마모토의 어느 신당神堂을 떠올리게 만들었다. 그 골목은 몇 자국만 내딛어도 그런 게 많았다. 그 기억들이 다시금 떠올라 몹시도 을씨년스러웠다.

인형들은 각양각색이었다. 주인 여자는 아이를 갖지 않는 대신 취미로 인형을 모으는 걸까. 아무리 잡신을 숭배한다고 하여도 이 정도인 줄은 몰랐다. 그 인형들이 꿈속에서 나를 괴롭히는지도 모른다. 방세는 4주치 선불을 낸 상태였으니 환불을 주장할 수도 없는 노릇이었다.

떠나온 지 열흘째, 어머니가 해주던 따뜻한 밥과 된장찌개가 먹고 싶었다. 나는 식자재를 판매하는 곳에 가 두부와 된장을 산다. 가격은 조금 비쌌지만 우리나라 제품이 거의 갖춰져 있었다. 계산을 하던 여자가 "한국에서 오셨어요?"라고 물었다. 고향 까마귀만 보아도 반가웠다. 여자도 '한국이 싫어서' 왔을까. 왠지 이곳으로 자주 오고 싶어질 것 같았다.

집으로 돌아와 부두를 토막 내 된장찌개를 끓였다. 구수한 게 정말 압권이었다. 앞으로 살아가려면 이 기회에 요리를 좀 배워두어야 할 것 같았다. 자랑삼아 부러 문을 활짝 열었다. 냄새를 맡고 달려온 건 고양이였다. 매일 같이 창틀에 올라와 방안을 기웃대던 녀석이다. 때마침 심심하던 차 녀석을 유인해 한 번 키워볼까, 그런 생각이 들었다.

"야옹아, 이리 온."

파란 눈을 가진 렝돌 고양이는 들은 척도 하지 않았다. 그럼 "헬로우"라고 불러야 하나. 사람과의 대화도 깡통이면서 고양이를 잡아 키우는 건 어려울 것 같았다. 먹이값도 수월찮고, 뒤치다꺼리도 싫었다. 손쉽게 데리고 놀 수 있는 건 사내가 기르는 애완 새였다. 그 새는 내가 변기통에 앉을 때나, 설거지를 할 때마다 쪼르르 다가왔다. 촘촘하게 엮어진 억새 발을 부리로 노크하듯 콕콕 쪼아댄다. 자기의 존재를 알리는 신호였다. 첫날은 꽥꽥대는 소리에 엄청 놀랬지만 점차 면역이 생겼다. 마침 집도 비었고, 된장찌개도 끓였겠다, 아주 좋은 기회였다. 나는 새를 잡아 주둥이를 벌리고 된장 한 스푼을 디밀었다. 고춧가루를 들이킨 새가 자지러지듯 꽥꽥댔다.

여자가 고함을 치며 뛰어나왔다. 에쿠! 깜놀! 그녀가 집안에 있는 줄 미처 몰랐다. 나는 들고 있던 숟가락을 떨어뜨리고 말았다.

"그까짓 걸로 뭘 그러시나? 댁의 나라도 미소 된장이 있지 않소?"

두 사람 사이에 약간의 언쟁이 벌어졌다. 어차피 여자가 사용하는 '하라가나가타가나'랑 세종대왕이 하사하신 '가나다라마바사'는 근본적으로 다르니까. 우린 서로 제멋대로 지껄여도 이해 불가였다. 여자 말을 내가 알아들을 수도 없었고, 여자도 내 말을 이해하기 어려웠을 것이다. 문제는 외출에서 돌아온 주인 남자의 유창한 영어 실력이었다. 두 사람은 합세하여 내 기氣를 팍팍 꺾었다. 된장은 여자보다 그가 싫어하는 음식이었다.

　이래저래 심사가 뒤틀렸다. 방에서 데굴데굴 구르는 것도 하루 이틀이었다. '헬조선'을 했으면 어떻게든 견뎌내야만 한다. 살아남으려면 일자리가 필요했다. 가는 곳마다 농장일은 아직 이르다고 퇴짜를 놓았다. 몇 군데 이력서를 돌려놓은 상태였다. 그 나라 역시 자리를 찾지 못한 자국의 갈매기들이 많았다. 여기까지 와서 고작 방구석 지켜주는 철새는 되고 싶지 않았다. 해외여행을 왔다 셈치고 어디든 다녀볼 셈이었다.

　여행객들이 올린 후기들을 뒤지다 추천해주는 곳을 찾았다. 예약을 하고 이튿날 집합장소로 나갔다. 각국에서 모여든 여행객들이 일찌감치 앞자리를 차지하고 있었다. 나는 분위기에 주눅이 들어 줄곧 창문 밖만 내다보았다. 노인들이 자꾸만 말을 걸어왔다. 입이 떨어지지 않아 궁여지책으로 웃음만 내내 헤실거렸다.

　24인승 버스는 가래 끓는 노인처럼 갈갈대며 산마루에 올라섰다. 바다가 훤히 내려다보였다. 고둥처럼 구불구불 돌아서 내려간 그곳은 이미 관광객들로 넘쳐났다. 아침을 거른 위장에서 황소개구리 소리가 났다. 오장육부에서 제각각 요구사항이 하나둘 생겨났다. 나는 배가 고프면 본능적으로 짜증이 난다. 그럴 땐 지나가던 사람이 어깨만 스쳐도 전투태세에 들어간다. 그런 증세가 나타나기 전에 얼른 뱃구레부터 채워야만 한다. 뭐든지 좀 먹어야겠다는 생각에 음식점을 찾아 골목을 헤맸다.

　한 가게 앞에 많은 사람이 길게 줄을 서 있었다. '피시&칩스'였다. 생선이라면 먹을 만하겠다는 생각이 들었다. 번호표를 받아들고 한참을 기다렸다. 사람들이 쉴 새 없이 드나들었다. 내 차례가 왔다. 튀긴 생선살 한 쪽에 감자튀김이었다. 3불을 지불하고 콜라도 하나 샀다.

해안에는 긴 의자들이 군데군데 놓여있었다. 눈에 띄는 대로 얼른 빈자리를 찾아가 앉았다. 포장지를 뜯자마자 갈매기 떼가 몰려들었다. 붉은 눈을 가진 괭이갈매기였다. 눈에서 금세 핏물이 뚝뚝 떨어질 것 같은 모양새였다. 입으로 가져가는 내 손을 물어뜯을 듯이 달려들었다.

"이것들이, 뭘 먹을 게 있다고."

동해안 갈매기만 보다가 이곳 조류 떼의 습격은 엄청 충격이었다. 혼자 먹어도 부족할 판에 새들의 식사대접까지 책임질 순 없었다. 나는 그들을 피해 도망을 가다 감자튀김을 쏟아버렸다. 새들은 기다렸다는 듯 떼거리로 몰려들었다. 부리를 무기로 서로 치열한 먹이다툼을 벌였고, 나 역시 녀석들과 한바탕 전쟁을 치렀다. 빼앗으려는 짐승과 빼앗기지 않으려는 인간과의 실랑이가 한동안 이어졌다. 나를 향한 이들의 눈빛과 표정이 조롱하듯 지나쳤다. 가만 보니 나만 몰랐지, 다른 사람들은 이미 새들과 먹이를 나눠먹고 있었다.

다른 벤치에 앉은 사내 둘이 갈매기들을 불러 모았다. 고것들은 먹이를 얻어먹으려고 한껏 애교를 부렸다. 손바닥에 몇 개 남은 것마저 결국 탈탈 털어주고 말았다. 그날은 별다른 소득 없이 먹이를 두고 갈매기들과 된통 싸우다 돌아왔다.

사나흘 뒤 나는 또 다른 해변으로 갔다. 이런 바다를 두고 망망대해라고 하는가 보다. 태평양이 끝없이 펼쳐졌다. 그 넓은 바다에 조각배 한 척 보이지 않았다. 남자 네댓 명이 다리 위에서 낚시질을 하고 있었다. 얼마만큼 잡았는지 궁금해 물통을 들여다보았다. 게 몇 마리가 서로 엉켜 씨름을 하고 있었다. 미끼로 사용하는 냉동새우에서 고린내가 폴폴 났다.

"꽥, 꽤액, 꽥—"

한 사내가 고기를 낚는다는 게 마른하늘에 날아가는 갈매기를 낚고 말았다. 기실 낚은 게 아니라, 갈매기 스스로 걸려들었다는 게 정확하다. 당황한 남자들이 자기네 말로 호들갑을 떨었다. 갈매기가 심하게 날갯짓을 할 때마다 바늘은 점점 더 깊이 파고들었다. 고것들은 울부짖는 동지를 향해 떼거리로 몰려들었다. 바늘에 낚여서 울고, 옆에선 안타까워서 울고, 지들끼리 난리를 쳤다. 나는 어쩔 줄 몰라 하는 사내들을 향해 태연하게 걸어갔다.

"내가 빼줄까?"

"아 유 오케이?"

"돈 워리"

"리얼리?"

"이까짓 것쯤이야. 문제없어, 그보다 더한 것도 하는 데, 뭘."

여기서도 바디-랭귀지body language는 그런대로 통했다. 나는 갈매기 날개를 한 손으로 꽉 잡고 바늘을 빼냈다. 입 한 번 잘못 놀렸다 낭패를 당한 새가슴이 팔딱팔딱 뛰었다. 죽다 살아난 갈매기가 바다를 가로질러 날아갔다. 내가 이곳으로 날아든 것도 한 번쯤 높이 날아오르고 싶은 '갈매기의 꿈'이었는지도 모른다. 달콤한 유혹에 빠져 낯선 항구로 날아들었으니……. 어쩌면 태어난 곳에서 그냥 사는 게 상책일지도 몰라. 막상 무엇을 그만두면 아쉽다거나 미련이 남는 것은, 가보지 않고 해보지 않았던 것에 대한 막연한 환상이었을지도…….

　말은 통하지 않았지만 그들은 나에게 상당한 호기심을 보였다. 그 중 한 명이 목각 인형을 주었다. 해괴하게 생긴 마오리족들의 인형이란다. 나는 주인 여자에게 선물로 줄 참이었다. 내일 또 만나기로 하고 돌아오니 주인집 내외가 방안을 점검하고 있었다. 어쩐지 엊그제부터 내 물건들이 제자리에 놓여 있지 않다는 생각을 했었다. 나의 일거수 일투족을 관찰할 수 있다는 것에 울화가 치밀었다. 그들이 나의 표정을 눈치챘는지 먼저 말을 걸어왔다. 싱크대 아래 물이 흐른다고 했다. 그렇다고 주인 없는 방을 마음대로 드나드는 건 매우 불쾌하다며 따지고 들었다.

　일은 예상 밖에서 터졌다. 철저한 문단속에도 불구하고 도둑이 들었다. 귀중한 나의 물건을 몽땅 훔쳐갔다. 주인집 도난 물품은 내가 알 바 아니었다. 주인집 남자가 목에 핏대를 세우고 신고를 했지만 경찰은 좀처럼 오지 않았다. 오히려 지문이 뭉개지면 증거물 확보가 어려우니 가급적 손을 대지 못하게 했다. 그럼 어떻게 하라는 건데? 화장실 사용도 못 하고, 방에도 들어가지 말라는 말인가. 당신네들 우리나라 경찰관을 본받아야 되겠구먼. 주인이 경찰과 몇 차례 옥신각신하는 것 같았다. 다음날 호출을 받고 우리는 나란히 경찰서로 출두해 조서를 받았다.

　"마이 하우스 헤즈번 브로큰 인투"

　주인 남자의 유창한 영어로 자초지종을 설명했다. 우리 물건은 가져가지 않았는데, 손님 물건을 훔쳐가 버렸어. 증거인으로 참석한 그의 부인이 "아노ぁの……"로 시작하다 영어로 바꾸어 말했다. 다음 피해자인 내 차례였다.

"수고하십니다."

나는 고개를 까딱, 하고 일단 정중하게 인사부터 올렸다.

"웨얼 유 캄 프롬?"

그 정도는 알아듣고 나는 얼른 대답했다.

"코리아. 아임 코리안."

"코리아? ……사우쓰 오얼 노쓰?"

"사우쓰 코리아."

그러자 경찰관은 다시 뭐라고 재빨리 혀를 궁굴렸다. 나는 간신히 몇 개의 단어만 알아들었다. '씨이프'(도둑)와 '스토울'(훔쳤다) 같은 말로 짐작컨대 도둑이 훔쳐간 물건들이 뭐냐고 묻는 것 같았다.

"아이엠 낫트 스피크 잉글리쉬 베리 웰."

나는 이게 문법에 맞지 않는 엉터리 영어라는 걸 당시로선 몰랐다. 얼마쯤 시간이 지나서야 "아이 캐낫 스피크 잉글리쉬……" 어쩌고 해야 뜻이 통한다는 걸 뒤늦게 깨달았다. 그렇지만 머, 어쩌랴. 어차피 한 번 내뱉은 말인데.

이놈의 영어 울렁증. 나는 도둑맞은 물건들을 행동으로 설명해 나갔다. 왼쪽 손목을 탁탁 치며 '워치 워치' 했다. 건반을 두드리듯 노트북을 설명하다 마침 책상 위에 놓인 걸 확인하고 검지로 가리켰다. 선글라스와 잡다한 소지품, 약간의 '코리아머니'와 옷가지를 끝으로 신고를 끝냈다.

경찰은 내 말을 실컷 듣고서는 뜬금없이 메모지를 내밀었다. 육하원칙에 의해서 자세하게 기록하라고 했다. 눈뜬 당달봉사 앞에 장문의 영어를 읽고 작성하라니, 이거야 원……

주인남자는 유창한 영어로, 그의 아내는 일본어로, 나는 한국말을 사용했다. 제각기 사용하는 언어가 저마다 달랐다. 조서를 꾸미던 경찰관이 이사람 말엔 고개를 이리로 돌리고 저사람 말엔 저리로 돌렸다. 내 말엔 정면으로 똑바로 응시했다. 그러다 옆에 있던 서류철을 책상 위에다 패대기쳤다. 무척 화가 난다는 무력의 시위였다. 자세하게 설명하려면 통역관을 데리고 오든지 말든지 맘대로 하라고 했다.

나는 물증은 없지만 의심이 갈만한 사람이 있으니 조사를 부탁한다고 했다. 그렇게 말한 건 추측에 불과하지만, 내가 처음 이곳으로 오던 날 나를 유심히 바라보던 옆집에 세를 든 남자들이었다. 내가 방을 나올 때마다 담 너머에서 흘끗거리던 눈길이 예사롭지 않았다고. 말은 그렇게 했지만 추측일 뿐 막상 삼자대면이라도 시키면 달리 할 말은 없을 것 같았다.

집주인이 흑기사처럼 끼어들었다. 내가 알아듣지 못하는 빠른 말로 뭐라고 연신 중얼거렸다. 사내의 말을 모두 경청한 뒤 경찰이 내린 최종판결은 나로선 어이가 없었다. 나를 달래듯이 천천히 아주 쉬운 단어를 반복해서 설명했다. 나는 대충 눈치로 때려잡았다. 당신이 용서를 해라. 우리는 그런 용의자를 잡을 만큼 인력이 많지 않다. 무엇보다 너보다 가난한 사람들이 가져갔다. 그르니 그냥 당신이 손해를 보는 게 좋을 거라고 했다.

세상천지에! 좀도둑 짓이니 그냥 선행을 베풀라고? 이게 무슨, 개풀 뜯어 먹는 소리냐고! 나는 그가 알아듣지 못하는 한국말로 중얼댔다. 화가 머리 꼭대기까지 치밀어 올랐지만 어찌 할 방도가 없었다.

한국에서라면 경찰이 즉각 달려와 지문채취를 하고 주변의 불량한 청소년들을 상대로 범인색출에 전념할 것이다. 하긴, 이 나라 같이 땅덩어리가 광대무변한 데서야 어느 한 귀퉁이에만 숨어 버려도 모래밭에서 바늘 찾는 형국일 테니. 더구나 이국인이 잃어버린 도난물품을 찾아 구만 리를 헤매고 다닐 수는 없을 것이다. 그러고 보니 며칠 전 어느 가게 앞에 세워 놓은 팻말의 문구가 떠올랐다.

—나는 네가 어제 저녁에 우리 가게에서 무엇을 훔쳐갔는지 잘 알고 있다. CCTV를 틀어 너를 추적해 경찰서에 신고할 수는 있지만, 그렇게는 하지 않겠다. 왜냐면 우리는 네가 그걸 가져가서 행복하게 잘 살았으면 좋겠다.—

그걸 본 순간, 햐! 이런 나라도 다 있구나, 하고 나는 처음엔 감탄했었다. 그런데 나와 달리 그 앞을 지나치는 현지인들의 반응은 의외로 냉소적이었다. 나중에 알고 보니 그 가게에 진열된 물건들이 몽땅 싹쓸이 당했다는 것이다. 그 뒤 금고마저 털리자 결국 가게는 문을 닫고 팻말만 저렇게 덩그러니 남아 있다는 거였다.

참 이해하기 어려울 만큼 어이없는 일도 다 있는 나라였다. 결국 공항에서 가입했던 여행자 보험사로 전화를 걸었다. 실수하지 않으려고 미리 종이에 꼼꼼히 적은 것을 또박또박 전했다. 보상금액은 잃어버린 물품의 가격에 비해 턱없이 낮았다. 변상 받는 절차도 까다롭고 서류 또한 복잡했다.

이미 잃어버린 물건은 포기하는 게 속편했다. 남의 손에 넘어간 물건을 되찾는 일은 거의 불가능했으므로 나는 깨끗하게 잊었다. 그 대신 새로운 일자리부터 찾아 나섰다. 가입한 인터넷 카페에 다양한 정보들이 올라와 있었다. 워킹홀리데이에 대한 경험담과 농장체험에 관한 내용들이 세세하게 설명되어 있었다.

마침 블루베리 농장에 일자리가 있다는 정보를 접하자 나는 어렵사리 찾아갔다.. 주로 여행객들이 많았다. 그늘 틈에 끼어 하나씩 나눠주는 들통을 건네받았다. 열매를 딴 만큼 가격을 지불하면 된다고 했다. 지켜야 될 주의사항은 따먹지 않는 거였다. 그걸 지키는 사람은 몇이나 있으려나. 먹는 거랑 들통에 담는 거랑 반반이었다. 내가 딴 걸 저울에 올리니 2kg쯤 나갔다. 나는 돈을 지불하며 주인남자에게 취직을 할 수 있느냐고 물었다.

그는 이미 알고 있었다. 일자리를 찾아 날아든 갈매기들이 많다고 했다. 곧바로 일을 하기는 했지만 그 일은 손을 재바르게 놀려야만 했다. 필리핀에서 온 여자는 열매를 가지런하게 잘 땄다. 막노동으로 굳은살이 박인 내 손은 열매를 따는 데는 적합하지 않았다. 으깨지는 열매가 많아 상품가치를 훼손했다. 주인은 내게 나무를 관리하는 일을 맡겼다. 사다리를 타고 올라가 가지치기를 하기도 했지만 그건 내 취향에 맞지 않았다. 무엇보다 블루베리 농장일은 여름 한 철이었다.

두 번째로 들어간 곳이 블레넘 탈리스 홍합공장이었다. 말로만 들었던 그 유명한 초록 홍합이었다. 회사 소개와 함께 고용인이 해야 할 일에 대해 간단한 브리핑을 듣고는 곧바로 현장에 투입되었다. 파트별로 하는 일이 달랐다. 홍합 털을 뽑고 싱싱한 것과 죽은 것, 살아도 오래 못 가 곧 상할 만한 것, 예쁜 것과 못난이 따위를 선별하는 일들이었다.

내가 배치된 곳은 홍합을 익히기 전에 분류해서 삶는 곳이었다. 알고 보니 홍합을 삶는 쿡 룸Cook Room이 가장 힘든 곳이었다. 열기를 뿜어대는 곳에서 일하니 땀이 비 오듯 쏟아졌다. 비린내가 최악이었다. 구역질을 달고 지냈다. 따개비와 깨어진 것을 제대로 가려내지 못해 욕을 엄청 얻어먹었다. 시급이 좋아 어지간했으면 근무하려 했지만 견뎌낼 재간이 없어 결국 그만두었다.

다음으로 찾아간 곳이 말을 키우는 목장이었다. 숙식을 제공하는 곳이라 방세는 들지 않았다. 첫날은 이미 숙련공이 된 여자에게 일을 배우라고 했다. 나보다 먼저 온 여자는 제법 그럴 듯하게 말을 몰았다. 아일랜드에서 왔다는 여자는 나처럼 헬조선을 한 게 아니라, 여행을 다니는 중이라고 했다. 한두 달 알바를 하고 경비를 마련하면 또 다른 나라로 떠난다고 했다. 철새같이 옮겨 다니며 나름대로 인생을 즐기고 있었다. 한 번쯤 꿈꿔볼 만한 로망이었다. 하긴 만국공통어인 영어가 유창하니 그것도 가능하겠지. 생각할수록 부럽기도 했다. 여자는 주로 말의 털을 관리했다. 우릿간의 말똥을 치우는 게 내 임무였다. 그 일이 내 적성에 딱 맞았다.

이 나라는 관광산업과 낙농업이 정부 예산을 거지반 차지했다. 세계 각국에서 말 타기 체험을 오는 사람들이 의외로 많았다. 승마타기 체험을 예약한 사람들이 오면 여자는 헬멧을 씌워주고 말 등에 태웠다. 한국 사람들도 더러 왔다. 반갑기는 서로 마찬가지였다. "한국인이세요?"라고 물어올 때마다 같은 언어를 사용한다는 게 너무 편하고 좋았다.

주인아저씨는 정말 멋있었다. 서부영화에나 나올 법한 모자를 쓰고 옆구리에 총만 차면 '황야의 무법자'에 나오는 '클린튼 이스트우드' 못지않았다. 아저씨가 앞장서면 관광객이 따르고 여자는 중간쯤에, 나는 뒤쳐져 그들을 따랐다.

　나를 제외한 두 사람은 마음껏 달렸다. 넓은 초원은 온통 여자의 놀이터 같았다. 언젠가 내 인생도 저처럼 멋지게 한 번 달려볼 날이 있으리라고 맘먹는다. 물론 생각뿐이었지 처음에 나는 완전 쫄았다. 경마라면 가상게임을 몇 번 경험한 게 고작이었다. 생전 타보지도 않은 말 등에 올라타 달린다는 게 무서웠다. 가슴이 오그라들어 말고삐를 더욱 세차게 틀어쥐었다. 여자는 자기의 뒤를 따르는 나를 계속해서 뒤돌아보았다.

　"아 유 오케이? 아 유 오케이?"를 연발했다. 난 괜찮다는 수신호를 보냈지만 언덕을 넘을 때마다 말 잔등에서 떨어지지 않으려고 안간힘을 썼다. 언덕을 오를 때는 말의 고삐를 당겨주고, 내리막길에선 풀어주어야만 했다. 잘못하여 말이 뒷발길질이라도 하는 날엔 어떤 수모를 당할 지도 모른다. 그런데 한 번은 평지에서 딴 생각에 잠긴 채 얼결에 고삐를 힘껏 잡아당기느라 나도 모르게 등자鐙子에 얹은 두 발로 말의 양 옆구리를 걷어찼다. 그 바람에 말이 잽싸게 내달리기 시작했다. 순식간의 일이었다. 당황한 나는 어쩔 바를 몰라 어, 어, 하며 몸을 한껏 뒤로 젖혔다. 다음 순간, 내 몸뚱어리가 허공을 박차고 오르는 한 마리 갈매기처럼 훨훨 나는 것 같은 느낌 외엔 더 이상 아무 생각도 나지 않았다.

그 여자의 남편

여자는 에스컬레이터를 타고 올라가 6층에서 내린다. 마네킹 앞에선 직원들이 서로 자기네 가게로 오라고 손짓을 한다. 잠깐 마른세수를 하던 여자는 유명상표가 붙은 곳으로 들어선다. 황태처럼 옷걸이에 걸려있는 양복을 만지작거리던 손길을 거두어 이번에는 납작납작하게 개켜놓은 넥타이를 뽑아든다. 여직원이 병아리처럼 쪼르르 달려와 여자 곁에 붙어 선다.

"어머머! 센스 있으시다. 남친 넥타이 고르시죠?"

"……아, 네."

신상품이라며 건네주는 걸 받아 자신의 목에다 두른다.

"이 무늬는 별로 같네요."

"어머나, 이 제품이 요즘 대세인데. 나이가 어느 정도 되세요?"

여자는 직원의 물음이 몹시 당황스럽다. 언제 누구에게 들어도 그 말은 여전히 생소하고 낯설다. 이웃들이 여태껏 남편의 직업과 나이를 묻는 말에 선뜻 대답을 하지 못했다. 왕래도 잦지 않으니 굳이 묻는 사람도 많지 않았다. 여자는 남편의 나이와 성별을 따위는 잊고 살았는지도 모른다. 생각이 거기에 닿자 지금까지 남편이란 존재를 투명인간처럼 취급하고 살았던 것 같아 죄책감마저 들었다.

면도를 끝낸 남편이 욕실 문을 나선다. 여느 때와 마찬가지로 로션을 바르고 양쪽 볼을 소리 나게 두들겼다. 오늘따라 그의 얼굴이 낯설게 보인다. 여자는 팔짱을 낀 채 남편의 움직임을 주시한다. 저 얼굴에서 수염을 더듬어 본 적이 있었던가. 그런 기억은 전혀 없다. 그럼에도 남편은 매일같이 면도를 한다. 사람들이 흔하게 가는 대중목욕탕도, 사우나 시설이 갖춰진 동네 휘트니센터도 이용하지 않는다. 여자는 그런 남편을 억지로 등을 떠밀지도 않는다. 서로에게 그런 생활은 너무나 익숙해져 있었다.

여자는 들깨를 갈아 넣고 쑥국을 끓인다. 집안 곳곳에 봄 냄새가 스며든다. 남편이 주방 쪽을 향해 코를 흠흠 대며 다가온다. 습자지에 홍화 씨앗 물이 밴 듯 얼굴이 볼그스름하다. 희고 얇은 피부는 실핏줄을 드러냈다. 가만히 등 뒤로 돌아간 남편은 여자를 살며시 껴안는다. 깍지 낀 두 손이 여자의 아랫배에 얹힌다.

"친정엘 다녀와야겠어요."

냉이무침을 조몰락대며 여자는 그의 의중을 묻는다. 밥상을 마주한 남편은 수저만 분주하게 놀릴 뿐 가타부타 말이 없다. 두 사람은 밥그릇을 절반씩 비워가면서도 그 어떤 말도 서로 나누지 않는다. 삼겹살을 구워 서로의 입에다 재갈을 물렸던 묵은 정은 온데간데없다. 여자는 절반이나 너머 남은 밥을 남긴다. 오늘따라 아이의 태동이 부쩍 심하다. 임신복 앞자락이 바람든 듯 풀석인다.

여자는 붙박이장을 열고 넥타이를 골라낸다. 묵언으로 침묵하던 아침 식사 때와는 달리 남편은 살갑게 얼굴을 내밀었다. 여자는 넥타이를 두어 번 감아 돌리고 반듯하게 매듭을 매어준다. 손수건을 바지 뒷주머니에 찔러 넣으며 남편이 마당으로 내려선다. 일 미터 육십오 센티에 불과한 그의 키가 오늘따라 껑충해 보인다. 키 높이 구두를 구입한 게 잘했다는 생각이 들었다.

"먹고 싶은 것 있으면 전화해요. 딸기가 한창이던데……"

"…… 하우스 재배겠지요?"

"과일이든 채소든 어디 변종 아닌 게 있어야 말이지."

그때까지도 남편은 친정을 운운하던 여자의 말에 노코멘트였다. 대신 먹고 싶은 게 무어냐며 계속해서 그 말에 확답만 바랐다. 입덧이 사라졌음에도 여자는 도무지 먹고 싶은 게 없다. 남편이 몇 번인가 되물어도 대답을 못하다 정작 시야에서 사라질 무렵이 되어서야 "오렌지 있으면 좀 사다 주세요."라고 외친다. 그 말을 듣고 고개를 끄덕였는지 아니었는지 알 수 없었다. 남편의 모습은 이내 골목 안으로 사라지고 말았다.

현관을 들어서다 여자는 누렁이 앞에 바투 앉는다. 녀석은 엎드린 채 꼬리를 흔들다 일어났다. 긴 혀를 빼물고 여자의 다리를 핥고, 손등을 핥고, 턱을 향해 날름댔다. 여자는 턱을 한껏 치켜들고 고개를 가로저었다.

여자는 세제를 풀어 타일 벽을 빡빡 문지른다. 방으로 들어와 청소기 버튼을 발로 누른다. 방바닥에는 머리카락들이 어지럽게 널려 있었다. 굵게 웨이브 진 여자의 파마 머리카락과 매끈하게 곧게 뻗은 남편의 머리카락이 서로 엉킨 채 빨려 들어갔다. 첫눈에 반한 것도 남편의 갸름한 얼굴보다 어깨에 찰랑대던 머리카락이었다. 긴 머리카락은 타인의 시선을 끌기에 충분했다. 시내로 나가면 많은 사람이 그들을 쳐다보았다. 그럴 때마다 여자는 보란 듯이 그의 팔에 매달렸다. 오른쪽 팔뚝엔 흉터가 도드라져도 무슨 상처냐고 묻지도 않았다. 그는 늘 삼복더위에도 긴팔 셔츠를 고수했다.

✳

봄이 오면 여자아이는 들녘으로 쑥을 캐러 다녔다. 쑥은 밭둑에 제일 많이 돋아 있었다. 쑥을 캐다 말고 하늘을 올려다보았다. 쌕쌕이 비행기가 하얀 줄을 긋고 순식간에 사라졌다. 한쪽 다리가 절단된 아버지는 목발에다 담뱃불을 비벼 껐다. 재떨이를 찾느니 그게 훨씬 편한 도구였다. 그런 아버지가 걸치고 다녔던 야전 잠바에선 화약 냄새가 풍기는 것 같았다.

직업군인이었던 아버지는 월남전에서 한쪽 다리를 잃어버렸다고 했다. 잃어버린 걸 찾으려는 듯 갈수록 성격이 포악해졌다.

"살아남으려 밤낮없이 적과 대치를 했지. 적은 나를 향해, 나는 베트콩를 향해, 서로 심장을 겨눌 수밖에. 하긴 살 수 있는 게 그 길뿐이었으니까."

아버지는 몸에 밴 습관을 버리지 못하고 늘 누군가를 향해 총부리를 겨누었다.

"엎드려!"

여자아이는 인형놀이보다 전쟁놀이에 매달렸다. 아버지는 각목을 잇대어 총을 만들었다. 대못을 휘어 방아쇠를 만들고 고무줄로 친친 얽어맸다. 화약을 비벼 넣고 방아쇠를 당기면 쇠붙이끼리 맞부딪치면서 불꽃이 일었다. '탕탕!' 아이들이 편을 나누어 골목길을 누비고 다녔다.

"자! 전진이다. 이제, 고지가 얼마 남지 않았다. 적을 향해 돌진!"

아버지는 야전 사령관처럼 진두지휘를 했다. 여자아이는 그 놀이가 정말 싫었다. 아들도 아닌 딸내미에게 그런 놀이를 가르친다는 게 이해할 수 없었다. 더구나 누군가의 가슴을 겨누고 총을 쏜다는 게 끔찍했다. 그렇다고 대놓고 싫은 기색도 할 수 없었다. 성격이 괴팍한 아버지 비위를 거슬렀다간 벼락이 떨어질 게 뻔했다. 그렇게 하지 않으면 내가 죽는다고 아버지는 닦달했다. 넌더리가 났던 전쟁놀이는 중학교에 진학하고 나서야 비로소 종식되었다. 아버지와 삼팔선을 긋고 나니 속이 다 후련했다.

엄마는 절구질로 쑥을 콩콩 찧었다. 외할아버지 초상 때 얻어 입은 삼베치마를 쪼개 몇 개의 보자기를 만들었다. 먹다말고 아무렇게나 윗목에 밀쳐둔 두레 밥상보로 사용했고 쑥을 짜는 데 썼다. 막대기를 빗장질러 한약을 쥐어틀 듯 쑥물을 짰다. 파르스름한 쑥물을 아버지는 단숨에 들이켰다. 인상을 팍 쓰며 아주 쓰다고 했다. 엄마가 건네는 사카린을 몇 알 털어 넣고 트림까지 했다. 쑥은 궤양을 앓고 있던 아버지의 위장병 치료제였다. 쓰디쓴 쑥물을 마신 아버지의 몸에 파란 물감이 배어 들었을지도 모른다는 생각이 들었다.

엄마는 다림질을 할 때마다 어린 딸을 불렀다. 아이는 고무줄놀이를 하다가도 얼른 뛰어와야만 했다. 조금만 늦어도 "이 망할 놈의 가시나!"라고 소리쳤다. 엄마의 거친 성격은 불구자인 아버지 영향을 받은 것 같기도 했다. 간간이 무기로 사용하던 막대로 두들겨 맞으면서도 아버지께 꼬박꼬박 쑥물을 갖다 바쳤다.

무간지옥이 따로 없었다. 여자는 하루속히 취직자리를 구해 집에서 탈출하고 싶었다. 시골에선 농사일밖에 할 게 없었다. 명절을 쇠러 오는 숙자 언니에게 부탁해서 봉제공장이나 신발공장에 취직하는 게 유일한 탈출구였다. 그렇지 않으면 미용기술이거나 양재기술을 배우는 게 전부였다. 가난한 살림살이에 그 비용을 지불할 형편이 아니었다. 공짜 기술이라도 익혀야만 했던 여자는 순식이 어머니가 다리를 놓아주어 이발소에 일자리를 얻었다. 여자가 무슨 이발소에 들어가느냐며, 끝까지 싫다고 해도 아버지의 명령이라 거절할 수 없었다.

우여곡절 끝에 들어간 첫 직장이 부흥이발관이었다. 비린내가 풍기던 어시장골목 끝에 자리한 이발소는 어두침침했다. 머리 깎는 기술이 없는 주인은 이발사만 고용하고 있었다. 여자는 창문 아래서 서성이다 문을 열고 들어섰다. 내기장기를 두던 남자들이 일제히 쳐다봤다. 거의 눈동자가 희멀건한 중늙은이들이었다.

"여자가 무슨 이발소에 머리를 깎으러 오노?"

하나같이 생소한 표정을 지으며 미간을 찡그렸다. 주인이 기술 배우러 온 아이라며 대변하고 나섰다. 그제야 막걸리 심부름시킬 애가 생겼다며 객꾼들이 입을 벌리고 웃었다. 앞이빨이 누랬다. 담배는 아버지가 피우는 궐련초와 비슷하든가, 아니면 조금은 고급일 거란 생각이 들었다. 왠지 그곳에선 이발 기술보다 담배를 먼저 배울 것만 같았다. 실험 삼아 여자는 매일같이 아버지 잎담배를 조금씩 훔쳐 나왔다.

이발사로 고용된 남자는 적은 말 수에 비해 가위질만큼은 노련했다. 가위가 손안에 착착 감기는 걸로 보아 경력이 꽤 있어 보였다. 얼굴도 곱상하게 생겨 꼭 여자처럼 보였다. 생김새의 이미지와 직업이 딱 맞는 것 같았다. 미처 익히기도 전에 여자 면도사가 왔다는 소문이 시장 바닥에 파다하게 돌았다.

남자가 손님들의 머리를 깎고 나면 여자가 넘겨받아 머리를 감기고 면도를 했다. 매일같이 가죽혁대에다 면도칼을 갈았고, 쉐이빙 폼을 바르고 무수히 많은 얼굴에서 수염을 밀었다. 사포처럼 거친 수염은 단번에 밀리지 않았다. 손길이 서툴러 손님의 얼굴에 상처를 내기도 했다. 피를 본 손님이 따지고 들면 남자는 바리캉을 거머쥔 채 여자를 대신해 정중하게 사과했다.

선창에는 어업이 금지된 포경선이 녹슨 채 묶여 있었다. 선술집의 노랫가락도 뜸하게 들렸다. 그에 반해 공업도시는 날로달로 발전했다. 둥지를 틀려고 들어온 사람들이 중성이 되어갔다. 남자 새끼들이 모조리 미용실로 몰려간다고 주인이 투덜댔다. 이발관은 천식 앓는 노인들만 모여들었다. 막걸리 추렴으로 장기를 두거나 민화투를 쳤다. 남자는 노인들 곁에 앉아 "이거 내세요, 저거 드세요." 하며 훈수를 두었다. 주인은 마른세수를 하고 입을 쩝쩝댔다. 여자는 입안에 보리 가시랭이가 걸린 듯 깔끄러웠다.

마지막 손님이 거울을 보며 머리카락을 털었다. 여자는 잘라낸 머리카락을 쓰레기통에 쓸어 담았다. 더는 못 참겠다는 듯 주인이 기어코 두 사람을 싸잡아 옭아맸다.

"요즈음은 경쟁시대라서 이발보다 서비스가 좋아야 된다. 우리 이발소도 절실한 개혁이 필요하다. 저 구석에다 커튼을 몇 개치고. 전신마사진가 뭔가 해주면 손님이 개미떼같이 끓는다고 하더라."

남자는 듣고만 있었다. 그가 군입도 떼지 않으니 여자 혼자 뭐라고 나설 일은 아니었다. 급기야 기술까지 들먹거리며 자존심을 팍팍 긁었다. 명절이 다가오면 늦은 시간까지 사람들의 머리를 감기고 면도를 했었다. 명절이 없었다면 저 머리들을 다 어떻게 했을까. 진종일 이발소에 시달리다 집에 가면 여자는 곯아떨어졌다.

큰 이불 하나에 네 자매가 발을 모으고 잤다. 방에는 브래지어와 팬티가 아무렇게나 흩어져 있었다. 서로 섞바꿔가며 생리를 하는 통에 방안에 비릿한 냄새가 떠다녔다. 먼저 일어나는 사람이 예쁜 옷을 골라 입었다. 마지막 떨이로 남는 게 언제나 여자의 몫이었다. 바구니를 뒤져 짝짝이 양말을 맞추어 신었다. 소맷자락에 보풀 인 스웨터를 걸치고 빛바랜 청바지를 입고 다녔다.

집 앞에 다다른 여자는 대문을 선뜻 넘지 못했다. 그 문턱을 넘는 순간 무간지옥으로 추락할 게 뻔하다. 여자는 한참을 망설이며 우두커니 서 있었다. 언제 따라왔는지 남자가 등 뒤에 붙어 섰다. 타인에게 얻어맞은 것도 아닌데, 그를 보자 여자는 눈물이 왈칵 쏟아졌다. 마치 자신을 위해 나타난 구세주 같았다. 남자는 여자의 손을 잡고 무작정 길을 걸었다.

식당에 들어간 남자는 말없이 메뉴판을 뒤적였다. 여자에게 묻지도 않고 소고기 전골을 시켰다. 고기가 입안에서 살살 녹았다. 남자가 쳐다보며 슬쩍 웃었다. 가지런한 치아 위에 덧니 하나가 붙어 있었다. 처음 먹어봐? 여자는 고기를 입에 문 채 고개만 끄덕댔다. 무간지옥에 갇힌 듯한 생활에서 외식이란 꿈도 꾸지 못했다. 어쩌다 술에 취하면 아버지가 자장면을 사주었다. 그것도 반공교육을 다녀오는 날만 잔칫집 같았다.

남자의 하숙방은 깔끔했다. 여자는 지옥에서 천국으로 탈주한 것 같아 무작정 뒹굴고 싶었다. 너무 좋아서 오래도록 눌러앉고 싶었다. 그가 따라준 맥주마저 단숨에 마셔버렸다. 아버지가 그렇게 좋아하던 술이었다. 그토록 저주했던 술을 홀짝대며 여자는 서서히 취해갔다.

창문이 훤하게 밝은 뒤에야 비로소 여자는 지난밤 일이 떠올랐다. 남자가 싱크대에 붙어 서서 북어를 찢고 있었다. 참기름을 두르고 달달 볶았다. 그러다 흘끗 뒤돌아다보며 웃었다. 놀란 여자는 앞섶부터 확인했다. 브래지어의 코크는 변함없이 채워져 있었다. 거리를 빗질하고 다녔던 청바지 지퍼도 자물쇠처럼 단단하게 닫혀있었다. 그 누구의 손길도 닿은 적이 없는, 어제 입고 나온 그대로였다. 아무것도 변한 건 없었다. 오직 마음만 연줄처럼 남자에게 술술 풀려나갔다.

그 길로 여자는 남자와 함께 야반도주했다. 달이 훤하게 밝았다. 급하게 나오느라 횃대에 걸려있던 아버지의 야전잠바만 걷어왔다. 여자는 얼굴을 감추려고 그걸 머리끝까지 뒤집어썼다. 대문간에 매여 있던 누렁이가 발딱 일어났다. 무슨 낌새라도 챈 듯 꼬리를 내리깔았다. 여자는 뒷심이 당겨 차마 누렁이를 두고 갈 수 없었다. 묶여 있었던 목줄을 풀고 데리고 나섰다. 아무도 모르는 곳으로 멀리멀리 달아나고 싶었다. 그곳이 깊은 산 속일지언정 남자와 함께라면 어디든 갈 수 있을 것 같았다.

여자의 생리일은 징그러울 만치 규칙적이었다. 그때마다 산부인과 의사는 임신에 너무 집착하지 말라고 했다. 보통 결혼 일 년 뒤에부터 임신이 되지 않은 부부들을 불임부부로 간주하지만, 몇 년이 지난 다음에도 아이를 갖는 부부도 흔하다고 했다. 진료를 끝낸 의사가 문을 나서는 여자를 다시 불러 세웠다.

다음에는 꼭 부부가 함께 오라고 했다. 남편의 몸속에서 가장 활발한 녀석을 골라내야 한다고 했다. 그 말을 들을 때마다 여자는 머리가 지끈댔다. 단 한 번도 여자는 의사의 말을 남편에게 전하지 않았다. 아무리 동행을 요구한들 남편이 병원에 가는 일은 없을 것이다. 그걸 너무나 잘 알고 있기에 굳이 그런 말을 할 필요가 없었다.

"꼭 그렇게 해야겠어요?"

남편의 반문에도 불구하고 여자는 아이를 꼭 갖고 싶었다. 은근히 걱정이 되기는 했다. 아이가 자라면서 누구를 아버지라고 불러야 될지. 장차 어른이 되어 자신의 출생이 밝혀지기라도 한다면 생부生父에 대해 끈질기게 캐물으면 또 어떻게 해야 될지. 그 문제에 대해서는 겁이 나기는 했다.

그달 역시 28일을 기준으로 여자는 주기적인 달거리 행사를 치렀다.

머리맡에 둔 체크기가 배란기를 나타내고 있었다. 병원에서 연락이 온 건 대학마다 가을학기 등록이 시작되던 팔월 중순쯤이었다. 상대가 나타났으니 만나서 상의를 해보라고 했다.

서둘러 집을 나선 여자는 카페에서 남자를 기다렸다. 수족관 아래 무심히 앉아 유리관 속의 열대어들을 들여다본다. 갓 태어난 열대어들이 꼼지락대고 있었다. 고기들이 간지럼을 태우는 듯해 여자는 손목을 간간이 털었다. 가게 문이 소리 나게 열릴 때마다 시선을 한쪽으로 두었다. 가게 유리는 검게 선팅이 되어 외부에서는 실내를 전혀 볼 수 없었다. 거기다 대고 한 남자가 코가 짓눌린 채 안을 들여다본다. 저, 남자인가. 키가 훤칠해 보인다. 실내로 들어선 남자가 주변을 두리번거린다. 나무랄 데가 없는 인물이었다. 내심 걱정을 했던 터라 여자는 남자를 보는 순간 마음에 쏘옥 들었다

흥정이 시작되자 남자는 의외로 순진했다. 얼굴이 빨갛게 달아올랐다. 그건 여자도 마찬가지였다.

"유전적 결함은 없으시겠죠?"

당돌하게 보일지라도 분명하게 짚어야 할 부분이었다.

"물론입니다. 그것만큼은 걱정하지 않으셔도 될 거예요."

'아이큐가 얼마라고 했죠?'

외모가 출중하니 이왕이면 명석한 두뇌를 가졌으면 더 좋을 것 같았다.

"여기 계약서…… 분명한 게 좋을 것 같아서요."

"아, 네네, 그러셔야죠. 계약이 성사되면 그것으로 우리 사이는 완전 남이 되는 거니까요."

공여자는 결격사유가 전혀 없다고 장담을 했다. 열 손가락에 인주를 묻혀 핸드페인팅을 한 뒤 계약은 성사되었다.

여자는 그가 요구한 금액에 웃돈을 더 얹어주었다. 후환이 따를까봐 두려워 약간의 입막음을 할 요량이었다. 그가 마음이 바뀌어 계약을 파기하거나, 추후에 생부라는 걸 내세워 부양의 권리를 행사할 가능성에 대해 미리 연막을 치자는 의도였다.

"사거리에서 우측으로 몇 발자국 가면 병원 간판이 보이실 거예요. 내일 거기서 만나요, 우리."

그는 바지를 탈탈 털며 기분 좋게 걸어갔다. 여자는 어깨에 걸친 숄을 끌어당겨 얼굴을 감쌌다. 그가 계약을 파기하자며 뒤따라올 것 같아 발걸음을 재바르게 놀렸다.

약속한 날짜에 만났을 때 남자의 얼굴이 수척해 보였다. 생면부지의, 그것도 사랑이 없는 여자에게 생명체를 제공한다는 죄책감에 밤잠을 설쳤을까. 여자는 내심 그가 안쓰럽고 애처로웠다. 생각 같아서는 그에게 다가가 어깨라도 포근히 감싸주고 싶었다.

그는 한참을 망설이다 마지못해 들어갔다. 창문이 반쯤 열린 사이로 여자는 남자의 뒷모습을 물끄러미 바라보았다. 곧 문이 닫히고 암막 커튼이 쳐졌다. 여자는 두 손을 복부에 올리고 따뜻한 체온을 유지하며 그를 기다리고 있었다. 그는 한 시간 이상을 지체하다 비디오방에서 나왔다. 얼굴이 상기된 채 모자를 푹 눌러 쓰고 있었다.

"아주 건강합니다."

여자의 난자는 4개가 추출되었다. 시험관에서 옮겨온 정자는 여자의 나팔관을 통해 완벽하게 자궁에 착상되었다. 그러면서도 여전히 불안감을 감추지 못하자 의사가 안심을 해도 좋다며 여자를 다독였다. 그 사이 여자는 이사를 했고, 주기적으로 산부인과를 드나들었다. 입덧은 그다지 심하지 않았다.

"윗배가 부르는 걸 보니, 새댁, 아들 낳겠다."며 이웃들이 미리 점을 쳤다.

요즈음 들어 이상한 전화가 자주 걸려온다고 남편이 투덜댔다. 몇 번의 전화에 남편이 신경질적으로 "여보세욧!" 하고 고함을 쳤다.

"나 원 참, 별 미친놈도 다 있군."

고개를 갸우뚱했다. 다음날, 그 다음날도 전화는 계속해서 걸려왔다. 남편이 전화기 코드를 아예 뽑아버렸다. 갤럽기관에서 종종 시답잖은 전화가 걸려온다고 여자는 대수롭잖게 받아 넘겼다.

임신 28주째였다. 아이의 태동은 활발했다. 시장을 다녀오던 길에 여자는 단골 미장원에 들른다. 순산을 하기 전에 파마머리를 커트로 칠 생각이었다. 차례를 기다리며 여자는 잡지를 뒤적였다.

Q.「선생님, 사내아이가 늘 앉아서 소변을 봐요. 그렇게 하면 안 된다고 나무라며 사타구니를 자꾸 쥐어뜯으며 고추 달린 게 싫다고 해요. 어떻게 해야 할지 걱정입니다.」

A.「간혹 어렸을 때는 성에 대한 자기의 정체성에 혼란을 겪을 수도 있습니다. 가령 여자가 남자 흉내를 낸다든가. 아니면 남자가……」

목소리가 걸걸한 여자 셋이 들어왔다. 여자는 읽고 있던 책을 후딱 덮어버렸다. 주인이 무척 반가워하는 걸로 보아 단골손님이 분명했다. 그들은 작대기 같은 다리를 꼬고 앉아 담배를 피웠다. 여자의 눈길이 오래도록 그들에게 머물렀다. 굵게 웨이브진 파마머리를 흔들며 "언니, 수고했어."라며 미용실을 나갔다. 견습생이 밤무대를 뛰는 트렌스젠더transgender라고 귀띔을 했다.

아기가 태어나면 가장 먼저 비씨지 예방접종한다. 백일이 지나면 옹알이를 시작하고, 육 개월쯤이면 배밀이를 할 것이다. 돌이 지나면 걸음마를 시작한다. 남편과 함께 아이의 손을 잡고 외출을 하면 지나가던 사람들이 아빠와 엄마를 반반 닮아 귀엽다고 말할 것이다.

허리를 구부린 채 여자는 가만가만 아이의 뒤를 따른다. 뒤뚱대던 아이가 넘어져 울음을 터뜨린다. 남편이 얼른 뛰어가 아이를 번쩍 들어 올린다. 목마를 태우고 멜빵에 두 다리를 끼우고 딱정벌레처럼 가슴에 붙인다. 여자는 뒤로 돌아서서 사진을 찍는다. 발이 꼬여 몇 번인가 휘청 넘어질 뻔했다. 아이는 무럭무럭 자랐다. 휴일이면 놀이동산을 가자고 졸랐으며, 동물원에선 코끼리에게 비스킷을 던져줄 나이가 되었다. 이제는 엄마 아빠의 손을 놓고 제멋대로 다닌다. 여자는 아이가 눈앞에서 보이지 않으면 목소리를 높여 아이를 부른다. 아이는 저만큼 '달고나 뽑기' 놀이에 빠져있다. 여자는 아이가 자라는 그 과정을 무수히 카메라에 담는다. 매일 같이 머릿속은 온통 즐거운 일들로 가득 채워졌다.

의자를 딛고 올라서서 여자는 모빌을 단다. 천정엔 무수한 별이 쏟아져 내린다. 방안 가득 나비가 붕붕 날아다닌다. 아기방 커튼은 당신이 달아야겠어요. 여자가 전화기를 내려놓는다. 그가 그렇게 하겠다고 말했다.

청소를 막 끝낸 여자가 과일접시를 들고 식탁에 앉는다. 다시 전화 벨이 울린다. 여자는 숨이 차서 헐떡거린다. 녀석의 발길질이 오늘따라 유별나다.

"여보세욧!"

전선줄을 타고 들려오는 소리는 거의 괴성에 가깝다.

"돈을 더 달라고 해! 그렇지 않으면 확, 까발린다고 엄포를 놓으라고!"

거대한 파도가 바위에 철썩, 부딪치는 소리처럼 들린다.

"그래, 죽이라고. 죽여!"

여자가 바락바락 악다구니를 해댄다. 여자는 염탐하듯 전화기를 귀에 바짝 갖다 댔다.

그 다음 날 전화를 받았을 땐 흐느끼는 소리가 들렸다.

"여보세요!"라는 여자의 부름에, "보고 싶어요. 딱 한 번만."이라는 응답이 돌아온다. 음성은 가늘게 떨리고 있었다. 여자는 다리가 후들거리고 가슴이 쉴 새 없이 다듬이질을 해대는 걸 느낀다. 여자는 말소리조차 나오지 않았다.

"우린 이미 계약이 끝났잖아요!"

전화상으로는 곤란할 것 같아 여자는 약속 장소로 나간다. 남자는 점퍼 깃을 세우고 공원 벤치에 앉아 있었다. 몇 달 전보다 더 야위어 보였다. 그동안 잘 지내셨느냐고, 여자는 어정쩡하게 인사를 한다. 여자가 앉고 나서야 남자가 곁으로 다가와 앉는다.

"잘 지내셨어요?"

공원엔 바람을 쐬러 나온 사람이 많았다. 그들 곁으로 다정하게 유

모차를 끌고 가는 부부가 스쳐 갔다. 솜사탕을 뜯어 먹으며 어깨동무를 하고 가는 연인들도 보였다.

"뭐가 제일 먹고 싶어요?"

그의 첫 마디는 의외였다. 여자는 족발이 먹고 싶다고 했다. 여태껏 먹어 본 일도 없었고, 남편에게조차도 보챈 적이 없었던 족발이 왜 갑자기 먹고 싶었는지 알 수 없었다. 그런 여자와는 달리 정말 맛있는 집이 있다며 그가 손을 잡아끌었다.

……저자거리 어디쯤이었던가.

아버지를 찾아 시장바닥을 헤매고 다닐 때였다. 아버지는 대폿집에 앉아서도 여전히 전쟁드라마를 상영할 때가 많았다.

그 추억의 길로 남자가 성큼성큼 앞장서서 걸었다. 자꾸만 뒤처지는 여자를 뒤돌아보며 가다 서다를 반복했다. 가게 문 앞에 기다리고 섰다가 여자의 등을 감싸며 들어선다. 무쇠 가마솥에서 족발이 설설 끓고 있었다. 들척지근한 간장 냄새가 진동을 했다.

"먹고 싶다는 것 다 사먹여요. 그렇지 않으면 아이의 눈이 짝짝이로 태어 난다우. 거 왜, 여자가 아이를 가지면 천성도 변한다고 하지 않아요?"

발톱만 세운 족발을 건져내며 주인 여자가 그에게 말을 건넸다. 뒷머리를 긁적대며 그가 머쓱하게 웃는다.

"족발을 폭 고아 먹으면 산모가 젖이 많이 나와요."

새까맣게 삶긴 껍데기와 뼈를 발라내며 주인이 쟁반 가득 족발을 내왔다. 여자가 소매를 걷어 올리고 족발을 뜯기 시작한다. 그가 물끄러미 바라본다. 혼자 먹기 무엇하니 댁도 드시라고 여자가 턱짓을 한다. 어서 많이 먹으라며 남자는 아버지 같은 눈으로 여자를 바라본다. 어지간히 족발을 뜯어 먹은 여자는 이제 실컷 먹었다며 냅킨을 뽑아 입술을 닦는다.

앞서가던 그가 걸음을 멈춘 곳은 베이비 용품을 파는 가게 앞이었다. 유리문을 열고 들어서다 여자를 향해 손짓을 한다. 그가 신기한 듯 눈을 동그랗게 떴다. 쪼그마한 신발에 손가락 마디를 맞추며 여자를 향해 웃는다. 여자는 뱃속에서 녀석이 워낙 나부대는 바람에 힘에 겨워 의자에 푹 몸을 파묻는다. 배내옷을 사고 땀띠에 바를 분도 샀다. 밤낮이 바뀌면 고생할 거라며 공갈젖꼭지도 산다. 여자에게 아기 용품을 한 아름 안겨주고 그는 막차가 끊긴다며 정류소를 향해 뛰어갔다.

부두에는 하역 작업이 한창이었다. 골목은 후미지고 좁았다. 그 골목의 오르막길은 두 사람 중 한 사람이 모로 틀어야만 통행이 가능했다. 산복도로에 있는 단칸방에 이르자면 그런 난코스를 거쳐야만 했다. 남편은 그 근처에 조그만 가게를 빌려 이발소를 차렸다. 손님 역시 골목에 어울리게 다리가 후들거려 언덕을 내려가지 못하는 노인들이 많았다. 가게가 달린 단칸방은 좁디좁았다.

여자의 친정집 식구들이 들이닥친 건 저녁식사를 차릴 무렵이었다. 전혀 예상치 못한 일이었다. 어떻게 변명할 틈도 없었다. 남편이 손을 씻고 나오던 참이었다. 여자의 오빠는 신발을 신은 채 방으로 뛰어들어와 남편의 멱살을 움켜잡았다. 억센 주먹에 짓눌려 구석으로 내몰린 남편은 곧 숨이 넘어갈 듯 캑캑댔다.

166

"이게 어디, 사내 녀석이라고……"

"형님, 이거 좀 놓고 차근차근하게 말씀하시죠."

"이 새끼야, 내가 어째서 네놈 형님이냐? 지금까지 살아도 너 같은 미스마 새끼는 본 일이 없다. 수퇘지 불을 깐 것도 아니고, 사기를 쳐도 유분수지, 오빠가 남편의 뺨을 여러 차례 갈겼다. 어머니까지 가세해 갖은 패악을 해댔다.

"아이고, 세상천지에 무슨 일이고?"

사글세방마다 얼굴들이 나타났다. 기가 막힌다. 어찌, 그래 감쪽같누. 무수히 날아오는 돌팔매를 받아내듯 여자는 묵묵히 듣고만 있다.

산갈치의 길이는 2m가 넘는다고 했다. 보름은 산에서, 보름은 바다에서 산다고 했다. 여자는 자신을 쥐어뜯으면서 어머니가 웬 산 갈치 타령을 해대는지 영문을 몰랐다. 여자의 남편은 중학교 2학년 때부터 브레지어를 착용하였고, 생리를 시작했다.

덫과 틈 사이

반지하방 천장 높이에 아스팔트 도로가 있었다. 사내는 진창인 물웅덩이에 자신이 주검처럼 누운 것만 같았다. 차르륵, 차르륵. 타이어의 마찰음 속에 차들이 물살을 밀고 나갈 때마다 몸은 점점 진흙 속으로 깊숙이 파묻히는 느낌이다. 차량의 무리가 거듭거듭 다져놓으면 미라처럼 뼈만 앙상하게 눌어붙은 화석이 될지도 모른다는 생각까지 들었다. 찰나를 지나 억겁의 세월이 흐르면 한 때 인간으로 추정된 퇴적물이 발견된다. 그게 호모사피엔스의 진화였다고 단정을 내린 고고학자들은 그의 뼈를 조각조각 이어가며 키와 몸무게를 추정하고 연구 분석에 몰입할 것이다. 상상과 공상의 틈에서 사내는 맥이 탁 풀린다. 입아귀는 곤약을 씹을 만한 힘조차 없다. 마침내 덤프트럭 타이어가 몸통을 쿨렁, 깔아뭉개듯 지나쳤다. 늑골이 부서져 비장을 찌르는 듯 찌릿한 통증이 전해진다.

 "이러다 모조리 빈대떡 되는 거 아냐?"

 누군가 창문을 거칠게 열었다 닫는다. 비는 여전히 추적대고 있다. 비에 갇혀 사내는 며칠째 팔려나가지 못했다. 막노동꾼에게 비는 원수에 가깝다. '어쩌면 이대로 영원히 묻혀버릴지도 몰라.' 사내는 내려앉은 지붕이 자신의 무덤이 될지도 모른다는 불안감에 사로잡힌다. 밤낮으로 거듭되는 현상임에도 좀처럼 면역항체는 생기지 않는다. 만약의 사태에 대비해 들고튈 가방은 항시 머리맡에 두고 있었다.

반지하방은 철마다 찾아드는 철새들의 보금자리 같다. 황새, 뱁새 딱따구리까지 온갖 잡새가 찾아들었다. 잠깐 머물다 가기도 하고 더러는 눌러살기도 했다. 목단꽃무늬가 수놓아진 벽지는 색이 바랜 채 찢겨져 나갔다. 그나마 남은 쪽은 음담패설과 외상 술값이 일수쟁이 치부책처럼 난삽하게 적혀있다.

짱깨醬櫃집, 치킨가게 따위의 전화번호는 눈감고도 외운다. 저 번호로 몇 번쯤 배달음식을 시켜먹었을까. 선잠을 깨어나 몸을 뒤척일 때마다 눌눌한 이불자락에서 파스 냄새가 났다. 구석 잠을 자던 사내는 화닥닥 일어나 러닝셔츠를 까뒤집어 벗는다. 갈비뼈가 앙상하게 드러났다. 등줄기를 타고 Y자 형태의 멜빵 자국이 문신처럼 새겨져 있다. 서툰 지게질하다 생겨난 흉터였다. 몇 번인가 물집이 잡히고 허물이 벗겨진 피부는 물 빠진 옷감처럼 얼룩덜룩했다. 아직 떨어지지 않은 딱지가 풋감 꼭지처럼 드물게 붙어있다.

사내는 바느질 실에 침을 묻혀 바늘귀를 꿴다. 반지하방에 입소한 후로 혁대구멍이 생짜로 두 개나 더 늘었다. 골무를 끼고 뚫어도 젖소 가죽으로 만든 혁대는 질기디질겼다. 손끝이 아려 며칠째 미뤄둔 것을 오늘은 기어이 마저 뚫을 작정이다. 양미간을 찌푸리고 눈꺼풀을 비벼도 초점 맞추기는 쉽지 않았다.

재활용박스를 뒤져 아무렇게나 버려진 브래지어를 주워왔다. 어깨심을 박는 데 그것만큼 좋은 게 없다. 브래지어 안쪽을 튀어나온 어깨 뼈에 맞추면 짝짓기하는 암수마냥 딱 들어맞았다. 폭신한 스펀지를 작업복 어깻부들기에 덧대어 시침질을 한다. 큰 캡 안에 작은 걸 넣으면 등짐을 메도 어깨가 폭신폭신했다. 바느질한 데가 쭈글쭈글해도 흉잡을 사람도 없었다.

밤낮없이 내달리는 과적차량의 압력으로 반지하방 벽면은 틈이 지기 시작했다. 사내는 혁대의 구멍을 뚫으면서 사시斜視 눈으로 간간이 그곳을 흘끔댄다. 벌어진 틈 사이로 무언가 설핏 빠르게 스쳐 갔다. 담배 연기 속에서도 대번 그게 시궁쥐라는 걸 직감했다.

"저어, 쥐덫을 하나 살까 하구요."

칸칸마다 진열된 볼트나 나사못, 개 목줄을 짜르륵대며 사내가 철물점 안을 빙빙 돌아다녔다.

"요새 쥐덫을 놓는 사람이 어딧누? 60년대도 아니고…….."

"꼬리를 잘라야 해서요."

매부리코 위에 걸친 돋보기를 들어 올리며 인중이 긴 노인이 사내의 위아래를 훑는다. 속으로는 이런 미친놈이 다 있냐는 듯 표정이 그렇게 보였다.

시궁쥐처럼 반지하방으로 파고들던 날, 사내는 지나온 과거의 삶을 모조리 지우고 싶었다. 학벌에 직장까지 빵빵하다 보니 스스로 나르시시즘에 빠져 보증수표처럼 내밀었던 명함이었다. 그것마저도 넥타이에 돌돌 말아 바닷속으로 던져버렸다. 새로 출발하는 인생살이 1막 2장에 그다지 도움이 되지 않을뿐더러 거치적댈 것만 같았다. 그것을 볼 때마다 지구상에 존재하는 모든 은행과 그 직원들을 향해 폭탄이라도 들고 뛰어들고 싶었다.

"이거 싹 밀어줘요."

이발사가 하품하다 눈물을 찔끔 짜냈다.

"삭발하시게요? 머릿결이 찰랑찰랑하니 아주 좋은데……."

그는 아쉬운 듯 손가락 다섯 개를 집어넣고 볍씨 훑듯 머리칼을 쑤석댔다.

사내는 장좌불와長坐不臥하듯 벽을 향해 어깨를 꼿꼿이 세우고 앉는다. '이딴 게 무슨 필요하다고…….' 바리캉이 머릿골을 하얗게 타고 나간다. 사내는 거울 속에 비친 자신의 모습에 어금니를 꽉 깨물었다. 아직은 아이엔지. 호모사피엔스의 피사체가 또 다른 모습으로 환생되었다.

변장을 하려다 변신을 해버린 사내는 동사무소를 찾아간다. 문을 열고 들어가도 눈길을 건네는 사람은 없다. 필요한 용지를 골라서 사용하라는 친절한 안내 문구를 확인하고 주민등록증 재발급 신청서를 작성한다. 머뭇대는 사내에게 직원이 분실 이유를 묻는다. 사내는 지갑을 몽땅 소매치기당했다고 둘러댄다. 담당자가 손가락에 스탬프잉크를 진득이 묻혀 지문인식기에 갖다 댔다. 양손을 잡혔다 풀려난 사내는 휴지를 뽑아 손끝을 말끔하게 닦는다. 챙 있는 모자를 다시 깊숙이 눌러쓴다. 복제인간으로 거듭 태어나고 있다.

"저기요!"

문을 열고 막 나서려는 찰나, 직원이 사내를 다시 돌려세웠다. 뒤에 나 앉은 동장이 무슨 문제가 있나? 하는 표정으로 두 사람을 멀뚱히 바라보았다.

"부러, 지문을 갈아버린 건 아니지요? 워낙에 희미해서 말입니다!"

고압적인 말투에 사내는 모골이 송연해졌다. 사진과 실물을 번갈아 가며 대조하는 바람에 나가지도 못하고 붙박인 듯 섰다. 사내는 자기와 하등 관계없는 일에도 고함소리만 들렸다 하면 습관처럼 그 증상이 확연히 드러나곤 했었다.

한때, 사내가 앉았던 책상다리도 아교풀을 붙인 듯 단단했었다. 묘제墓祭 때 고향에 내려가면 가문을 빛낸 인물로 대우했다. 친구들은 촌놈 출세했다고 한턱거리 내라며 양복 깃을 붙잡았다. 은행원은 제멋대로 돈을 사용하는 줄 착각했다. 개중에는 시샘부리는 동창생도 있었지만 술맛 떨어질까 그냥 받아넘겼다.

*

사내는 부임한 지 일주일 만에 여자와 첫 대면을 했다. 새로 부임한 과장님께 인사차 들렸다며 홍삼절편을 잘근잘근 씹고 있었다. 몸매에 비해 가슴이 풍만한 여자에게 지레 짓눌리는 듯한 기분이 들었다. 사내 혼자만 초면이었지, 저축은행 남영지점에선 브이아이피로 통하는 고객이었다.

그날 저녁, 늦게까지 남아 잔무 처리를 하던 사내는 문득 여자의 신상이 궁금했다. 도대체…… 대출이 너무 많았다. 남편의 직업은 의사라고 했다. 그래도 그렇지.

다음날 사내는 여자에게 전화를 걸었다.

"어머, 과장님이 웬일이세요?"

저녁을 함께하자는 말을 덜컥 해버렸다. 여자는 마치 기다렸다는 듯 흔쾌히 허락했다. 삼계탕을 반주 삼아 소주 두 병을 나눠 마셨다. 술이 부족한지 여자는 빈병을 거꾸로 털며 깔깔댄다.

"저녁을 대접받았으니 이차는 제가 한턱 쏠게요."

사내는 여자의 강력한 의지를 차마 꺾지 못했다. 일어서려는데 다리가 꼬여 휘청했다. 이럴 땐 술에 좀 강했으면 싶었다. 사내는 무안한 듯 탁자를 짚고 일어섰다. 앞서 걸으며 보도블록을 톡톡 찍는 여자의 구두 굽 소리가 경쾌하게 들렸다. 가로등은 조등弔燈처럼 희미했다. 너무 어두워 분간이 가지 않았다. 발밑에 무언가 물큰 밟혔다. 깡충, 피해서 뛴다는 게 하필이면 웅덩이였다.

룸에 들어온 아가씨들이 여자를 언니라고 불렀다. 사채놀이가 본업이고 포주는 부업이라고, 여자가 자랑삼아 떠들었다. 사내는 그녀가 술김에 객기부리는 줄만 알았다. 어쩜 취중진담이었을지도. 여자는 배짱도 좋아 보였다. 사내는 상호 보존적 가치가 충분하다고 생각했다.

그 만남을 시작으로 사내는 여자와 친하게 지냈다. 영업이 끝나갈 즈음 비상구를 두드리는 소리가 들렸다. 주로 여자가 들락거렸기에 거리낌 없이 문을 열었다. 문 앞에 버티고 선 사람은 독사였다. 간혹 여자의 심부름을 전달하러 왔기에 서로 안면을 트고 지내는 사이였다. 그날따라 독사의 눈길이 예사롭지 않았다. 그는 사내의 새가슴을 밀치며 들어섰다. 사내는 엉거주춤 뒤로 밀려난 채 독이 잔뜩 오른 독사를 바라보기만 했다.

"삼키고 튄 게 자그마치 10억이외다."

들고 있던 신문을 탁자 위에 펼쳐 놓고 탁탁 두들겼다. 지방지 일면에 실린 여자는 웃고 있었다. 인구 20만이 넘는 해양도시에서 그 사건은 엄청난 특종이었다. 사내는 해머로 뒤통수를 얻어맞은 듯 머리가 어찔했다.

"의사 부인, 억대 사기극"

레이아웃 타이틀이 그랬다.

아들 장가보낼 밑천, 아파트 중도금, 노후 자금으로 비축해두었던 퇴직금. 모두가 높은 이자를 준다는 말에 여럿이 속았다. 그러고 보니 한동안 사내는 여자를 통 만나지 못했다.

"니네들, 한 통속이었지?"

대놓고 반말지거리를 해댔다. 녀석은 탁자에 걸터앉아 담배연기로 허공에 도넛을 만들며 숫제 장난질로 능청을 떨었다.

"허허 이 사람! 그럴 리가 있나. 이리 와 앉아서 자세하게 말을 해보시게나."

언제 보았다고, 그렇게 막 대할 처지가 아니었다. 나이로 보나 뭐로 보나 한참 손아래뻘이었다. 사내는 나잇값을 한답시고 점잖게 타일렀다.

"고마 때려치우소! 사기꾼 주제에 누구더러 가르치려 드시나?"

씨알도 먹히지 않았다. 이무기로 돌변한 독사는 무엇이든지 집어 삼키려들었다. 그의 행동을 제지하려 했지만 사내는 힘이 달려 씰기죽대기만 했다. 여사장이 보냈던 행운목이 단칼에 잘려나갔다. 변명의 여지가 없었다. 사내는 여자가 운영하는 술집에 드나들었고, 함께 모텔도 몇 번 드나들었다. 계원들끼리 매달 돌아가면서 천만 원씩 지급하는 제비뽑기 계주를 한다는 것도 몰랐다. 하도 권하기에 고객을 확보

하는 차원에서 한 구좌 들기는 했지만 여자에게 결코 사주使嗾는 하지 않았다. 아무리 해명을 하려 해도 도리가 없었다. 여자가 놓은 덫에 꼴 사납게 걸려들고 말았다. 목이 꺾인 사내에게 선임변호사는 일 년은 그야말로 약과라고 했다.

구치소에서조차도 구석으로 내몰린 사내는 음지에서 자라는 식물처럼 시들어갔다. 사회적인 신분과 인격 따위는 그 안에서는 아무짝에도 쓸모없었다. 그 굴욕을 참고 견딜 수 있었던 건 오직 그를 기다리고 있을 가족 때문이었다. 날마다 달력에 동그라미를 쳤던 말년병장 때처럼 하루하루가 더디게 흘렀다. 사내는 대팻밥을 울분처럼 토해내며 목공 기술까지 익혔다. 그 사이 채권자들이 아내를 어떻게 할까 감방에 들앉아 있어도 걱정이 되었다.

출소자들 틈에 떠밀려 사내 역시 교도소 문을 나섰다. 움푹 팬 눈꺼풀에 가을 햇빛이 오목하게 들어왔다. 그 사이 가늘어진 다리가 회똑거렸다. 플라타너스 가로수가 카드섹션을 하듯 넓은 잎을 나풀댔다. 두부를 우적우적 씹어 먹던 사람들이 나온 곳을 되돌아서서 가래침을 뱉었다. 먹다 만 두부 쪼가리가 도로에 눌러붙어 쉰내가 풀풀 났다.

택시가 사람들을 부려 놓고 태워 가곤 했다. 그 일이 쉼 없이 반복되는 동안에도 아내는 나타나지 않았다. 근력을 보강하라며 몇 차례 사식까지 넣어주며 아내는 사내를 위로했다. 새로운 일자리를 구했으니 당분간은 오지 못할 거라고 했다.

"그래, 그래 나는 괜찮아. 당신이 고생이 많아. 여보, 미안해."

사내는 아내의 위로에 눈물까지 쏟았다. 그때만 해도 그런 아내가 고마웠다. 설마하니 그 말이 최후의 통첩일 줄 몰랐다.

사내는 몇 발짝 못 가 풀썩 주저앉는다. 들어갈 때 공사 중이었던 신축건물들이 완공을 하고 점포마다 가게들이 입주했다. 고개를 뒤로 꺾어 건물 꼭대기를 올려다본다. 이자율 13%! 공기압이 빵빵하게 들어간 애드벌룬이 조롱하듯 까불댔다. 약해진 다리만큼 눈물 또한 쉽게 나왔다. 주머니에 손을 찌르고 꼬깃꼬깃 구겨진 지폐를 꺼내본다. 아이들과 외식하려고 모아둔 영치금이 손수건과 함께 딸려 나왔다.

사내는 달리는 택시를 향해 가늘어진 팔을 흔들었다. 지나치려던 택시가 뒤로 후진했다. 오르자마자 팡파르가 울렸다. 그러고 보니 택시 안은 오색 풍선이 매달려 있었다.

"오늘 제가 귀빠진 날입니다. 우리 두 사람 오늘만이라도 축하를 받고 삽시다."

운전사는 창틀에다 팔을 얹고 허허허 웃었다. 사내도 따라 웃으며 정말 오늘에야말로 새로 태어나는 인생이 되고 싶었다. 택시에서 내리는 사내를 보고 아파트 경비가 입을 다물지 못했다. '그동안 잘 지냈어요?'라는 인사 대신 사내는 고개만 까딱하고 경비실을 지나쳤다. 등 뒤에서 경비의 헛기침 소리가 들렸다.

한시가 급했다. 꼭대기 층까지 올라간 엘리베이터가 더디게 내려왔다. 계단을 두 개씩 겅중겅중 건너뛰어 올라갔다. 꿈에서조차도 매일 같이 달려왔던 집이었다. 사내는 헐떡거림을 짓누르고 날숨을 한 번 크게 내쉬고 숫자의 버튼을 누른다. 이사를 오던 날 아내의 생일과 본인의 생일을 조합해 현관문 비번을 만들었다. 그 사이 번호를 바꿨나? 두세 번 눌러도 문은 열리지 않았다. 그렇지, 아이들은 학원에 갔을 테고. 집사람은 아직 직장에서 돌아오지 않았을 거야. 사내는 경비실에 가 아내를 기다릴 참이었다. 엘리베이터가 올라오고 있었다. 돌아서는 사내의 등 뒤에서 현관문이 열렸다. 여기 살던 사람들 어디로 이사를 갔느냐고 물어볼 겨를도 없었다.

"집들이한 지가 언젠데?……"

낯선 남자가 파자마 바람으로 빠끔히 얼굴을 내밀었다. 선잠을 깬 듯 눈곱을 뜯어내며 힐끔 한 번 쳐다보곤 이내 신경질적으로 세차게 문을 닫는다.

사내는 경비실을 에둘러 아이들이 다닌 학원이 있던 상가 건물로 올라간다. 그 사이 간판 몇 개가 바뀌었다. 창문마다 내부를 들여다볼 수 없게 선팅이 되어 있었다. '필리핀 어학연수' '캐나다 이민자 환영.' 색바랜 금박 글씨가 붙어있었다. 사내는 운동화 지문이 수없이 찍혔을 층계참에 앉아 줄담배를 피웠다. 큰애는 어디쯤에다 발 도장을 찍어놓았을까. 신발 사이즈가 이만큼은 늘어났겠지. 흙이 묻어 있는 운동화 자국에 손 뼘을 재어본다. 가장 큼직한 지문이 찍힌 발자국에 자신의 발을 맞춰본다. 그게 꼭 큰애의 신발 자국처럼 보였다.

신호음은 울렸지만 장모님까지 전화를 받지 않았다. 한참을 기다려도 하굣길에 뭉쳐서 올라오는 아이들도 없었다. 한동안 죽치고 앉아있던 사내는 작심한 듯 엉덩이를 털고 일어났다.

그 길로 내처 남부터미널로 가 심야버스를 탔다. 가는 내내 늘어지게 잠만 잤다. 운전사가 종착역이라며 흔들어 깨웠다. 버스에서 풀쩍 뛰어내리니 비린내가 코끝에 확 풍겼다. 집어등이 선창을 훤히 밝히고 있었다. 조선소에서 야간작업을 마친 근로자들이 힘없이 걸어 나왔다.

이참에 배를 타고 멀리 떠나버릴까. 원양선이면 더 좋을 것 같다. 잠시 그러고 섰던 사내의 눈에 '개미 인력소' 간판이 보였다. 사내는 그곳을 향해 무딘 걸음을 옮겼다. 자신의 처지를 얘기하면 하룻밤 기숙을 할 수 있을지 사정을 해볼 참이었다.

이젠, 지난 과거의 이력 따위는 그 누구도 알아주지 않는다. 필요 없는 건 단번에 끊는 게 상책이었다. 하지만 아직 막노동꾼은 아냐. 사내는 문고리를 움켜잡고 한동안 망설였다. 교도소를 나서던 순간부터 버렸다고 생각한 얄팍한 자존심이 여전히 꼬리뼈에 매달려 있었다.

반지하방에서 코를 고는 소리가 심하게 새어 나온다. 이를 갈거나 풍구질하는 소리도 들린다. 어지럽게 벗어놓은 신발은 누군가의 고단한 삶을 담고 있었다. 사내는 휘딱 벗어놓은 신발을 뒤집어 가지런히 놓는다. 뱃속에서 식용개구리가 껄때청 울음을 울었다. 출소한 동료에게 얻어먹은 두부 한 모로 하루를 버틴 셈이었다. 사내는 조용히 구석 자리를 차지하고 가방을 베고 모로 눕는다. 어슷비슷한 자세로 얽히듯 누웠던 발길들에 가로잡이로 걷어차인다. 찍소리도 못하고 죽은 생쥐마냥 납작 엎드려 있었다. 날이 밝을 때까지 아무도 사내의 무단출입을 트집 잡는 사람은 없었다. 당분간 일자리를 구할 때까지 거처해도 무난할 것 같았다.

"어쭈! 밤새 개미새끼 한 마리가 또 기어들었구먼."

그 한마디로 사내의 입소는 무사통과였다. 간과 쓸개까지 모조리 빼놓고 살아야만 했던 곳과는 달리, 반지하방은 텃세가 없어 지내기가 한결 수월했다. 굳은살이 박이지 않은 어깨가 약점으로 작용했지만,

매초롬한 상판을 두고 씹는 사람은 없었다. 머리 쓰는 일보다 노가다 일이 그나마 속은 편했다.

쥐덫을 놓아야겠다고 생각한, 틈새로 이따금씩 생쥐와 개미들이 겨끔내기로 들락거렸다. 사내는 에어로졸을 분사하려다 고놈들도 살아 있는 목숨이다, 싶어 그만둔다. 만성위염 증세가 위벽을 긁었다. 냉장고에 넣어두었던 우유는 누군가 이미 선수 쳐버렸다. 빈우유곽 속에 개미떼가 오글오글 끓었다.

막노동을 한 후로 사내의 입이 거칠어졌다. 욕을 내뱉을 만큼 짬밥도 먹었다. 사내는 재떨이를 되작거려 꽁초를 집어 들었다. 담뱃진에 손톱 끝이 노랗게 물들었다. 뼈끔담배를 피우다 사내는 조갈증이 나 생수를 벌컥벌컥 들이켰다.

비가 그치겠다는 일기예보는 여전히 없다. 사내는 무료함을 견디려 비디오 덱에 테이프를 넣는다. 누군가 구형기계라고 버리고 갔지만 아직은 그런대로 쓸 만했다. 찌지직대던 화면이 세정제로 닦은 유리처럼 선명해졌다. 혓바닥이 녹녹해졌다. 길손다방 미스 김과 함께 보면 좋을 만한 프로 같아 커피 배달을 시킨다. 제법 군침을 흘릴 만한 장면이 지나가도 스쿠터 소리는 아직 들리지 않는다. 오늘따라 미스 김이 왜 이리 늦나.

"나, 지금 바빠, 거래처라고."

테이프 속의 사내가 신경질적으로 핸드폰 폴더를 세차게 닫는다. 여자가 침대에서 발딱 일어난다. 순간 필름이 끊긴다. 좋다 말았다. 미스 김이 봐야 하는 데 아쉬웠다. 그게 덫이라는 걸 사내는 경험으로 알고 있었다. 사람이든 물건이든 어디서나 등급은 있기 마련이었다. 단순노무자들은 더 그랬다.

건설업자들은 새벽마다 '개미 인력소'에서 막노동꾼들을 차출해 갔다. 넥타이로 목을 조르고 살았던 사내는 노동에 이력이 난 사람들 틈에서는 늘 열외였다. 그들이 팔려나갈 때마다 사내는 입시생이 데생만 해놓은 석고상처럼 구석으로 내몰렸다. 어쩌다 손이 달려 팔려간들 온전히 대우를 받지 못했다. 타일을 붙이면 줄이 삐뚤빼뚤했고, 미장일을 하면 표면이 고르지 않았다. 그러니 그가 할 수 있는 일은 등짐으로 블록이나 모래를 져 나르는 단순노동이었다. 짬짬이 비계다리에 걸터앉아 오가는 사람들을 내려다본다. 점심시간인지 소매 깃을 걷어 올린 직원들이 빌딩에서 쏟아져 나온다.

모든 것이 발 아래로 보이던 시절, 자신도 그 무리 속에 있었다. 살아남기 위해 부단히 노력했다. 승진도 하고 삶이 탄탄대로를 달린다는 생각도 했었다. 매사에 안전수칙을 지키지 않으면 덫에 걸려 즉사한다는 걸 몰랐다.

'이자율 13%!'

신축건물 1층에 저축은행이 들어서 있었다. 눈앞에서 알짱대는 애드벌룬을 더 이상 두고 볼 수가 없었다. 사내는 카트 칼을 주머니에 넣고 옥상으로 올라갔다. 로프를 끌어당겨 방만하게 부풀어 오른 풍선을 마구잡이 휘둘렀다. 바람이 들어가는 곳이 목구멍이었다. 으으으. 숨을 쉴 사이도 없이 그렇게 풍선목이 잘렸다. 여긴 오목가슴께. 납작해질 때까지 자근자근 밟았다. 그리고 나서 호주머니를 뒤져 마지막 기념으로 남겨두었던 명함 한 장을 꺼낸다.

'무슨 미련이 있다고…….'

카트 칼로 명함에 박힌 금도금된 이름을 오려낸다. 모든 혐의가 풀러나고 다시 복직되면 사용하려고 남겨 두었던 명함이었다. 갈가리 찢긴 종이쪼가리를 허공에 풀풀 날린다. 어깨에 걸머멘 한 짐 모래를 쏟아버린 듯 기뻤다. 언제 이곳까지 올라왔을까. 비계다리에 앉아 새참으로 올라온 단팥빵을 먹는 사내의 주변으로 개미들이 모여들었다. 사내는 빵조각을 뭉텅뭉텅 떼어, 점점이 놓아둔다. 개중에는 덩어리째 물고 가다가 더러 그 아래 깔리고 만다. '먹이가 있다고 해서 무턱대고 물어버리면 곤란해. 나도 그랬거든.'

이달 들어 사내는 고작 열흘 정도 팔려나갔다. 장마 탓에 보름은 넘어 쉬었다. 간주를 대봐야 함바집에 식대를 치르고 나면 적금 넣을 돈도 빠듯했다. 누군가 보신탕집을 나서면서 소리쳤다. 여자를 품을 순 없어도 냄새라도 맡으면 엔도르핀이 팍팍 돌 것 같다고. 막노동꾼들은 붉은 카펫을 밟고 지하계단을 내려간다.

"빌어먹을 ……오나가나 그놈의 지하, 지하."

모두 이구동성으로 죽어서만큼은 불구덩이에 들어가 몸을 바짝 말리고 싶다고 했다.

정육점 유리관 불빛처럼 붉은 클럽 안에서 이미 쇼가 시작되고 있었다. 사이키 조명이 원탁 회전판 위로 번개 치듯 쏟아졌다. 스테이지엔 무희들이 빙글빙글 돌아가고 있었다. 유연하면서도 관능적인 몸매를 사내들이 올려다보았다. 매출에 직결되는 일이라 여자들의 미소가 억지스럽다. 두툼한 브래지어는 돋보였고 팬티 밑단에는 스팽글이 불빛을 받아 찰랑댄다. 한 팀이 내려가고, 남녀 한 쌍이 올라온다. 테이블마다 휘파람소리와 우레와 같은 박수소리가 터져 나왔다.

자국에서 대학물까지 먹었다는 인텔리 여자들은 한국말을 곧잘 했다. 알게 모르게 곳곳에 놓인 덫은 그래서 무섭다. 거기에 걸려들면 쥐는 배슬배슬 말라 죽는다. 호되게 그걸 경험을 한 사내는 무희들의 발목을 찬찬히 들여다본다. 가늘어진 발목에 찬 발찌가 불빛을 받아 반짝댔다.

아직은 어리게 보이는 녀석이 겁 없이 다가와, "아재요, 담뱃불 좀 빌립시다."라며 호로자식처럼 대놓고 깝친다. 출입금지구역을 쥐새끼처럼 잘도 기어들어왔다. 주자니 속이 뒤틀리고 안 주자니 뒤가 켕겨 께름칙했다. 연거푸 두 개비의 담배를 피워 문 사내는 일찌감치 조로증이 와버린 것 같았다. 꼼짝도 않고 테이블에 붙박인 사내를 향해 여자가 걸어왔다. 이미 만취한 듯 보였다. 지금 시간이면 자율학습을 마치고 귀가한 아이들을 위해 고등어를 굽거나, 퇴근이 늦어지는 남편을 기다려야 할 판에 클럽에서 노닥대는 여자가 마뜩찮았다. 다리가 꼬인 여자가 사내의 목덜미를 덥석 끌어안았다. 술냄새가 물큰 나 사내는 고개를 돌려버렸다.

"뭐야, 이 오빤. 여기까지 와서 점잔을 빼셔!"

사뭇 시비조로 나왔다.

기상청 일기예보대로 비는 그치지 않았다. 산행을 서두르자는 쪽과 그냥 포기하자는 의견들이 엇갈렸다. 빗줄기는 홑겹점퍼를 적실만큼 흩뿌렸다. 그 정도라면 굳이 날짜를 연기할 필요가 없다는 쪽으로 의견이 모아졌다. 총무 일을 맡고 있는 태경이 부킹으로 만난 여자들과 부지런히 전화질을 해댔다. 산행을 빌미로 한 속내는 실은 다른 곳에 있다는 걸 모르는 바 아니다. 오입질이든 건강을 챙기든 사내는 딱히 관심 없었다.

"어디라고요? 예, 예. 비가와도 갑니다. 오거리에서 직진하시다 카브 틀면 코너마리에 옥금당이 있습니다. 그 앞에서 기다리소."

혼자서 신바람이 났다.

"몇 명이냐구요? 한 놈은 마누라 배 아파 빠지고, 한 녀석은 제주도로 출장 가고, 총 6명입니다."

썩어도 준치라더니…… 새벽 댓바람부터 인력시장에 팔려나가는 주제에 출장은 무슨. 도대체 수컷들이란… 틈만 나면 용두질할 생각부터 해대니, 나 원……. 사내는 코웃음을 친다.

25인승 미니버스는 곤봉을 휘두르는 경찰을 따돌리고 불법 유턴을 했다. 여자들이 두 명씩 짝을 지어 황금잉어빵을 구워 팔던 길자 아주머니의 리어카 옆에 우산을 받치고 서 있었다. 앙꼬를 듬뿍 넣고 빵틀을 휘딱휘딱 뒤집던 그녀의 모습이 눈에 선하다. 사내는 배가 허출해지면 천원으로 끼니를 때웠다. 남자가 그걸 먹고 무슨 힘이 생기느냐고, 마누라쟁이처럼 잔소리를 했다. 이것저것 손만 대던 발록구니 남편을 만나 고생고생만 하다 이제는 좀 살만해졌다 싶은 차에 덜컥 자궁암 진단을 받았단다.

누군가를 기다린다는 것은 참으로 지루하고 때론 고통스럽기도 하다. 내키지 않은 걸음을 했는지 한 여자가 일행들과 저만치 떨어져 있다. 여자들은 클럽에서 보았던 그날 밤과 별반 달라진 게 없었다. 밝을 때보아도 그저 고만고만했다. 노래방에서 쉽게 볼 수 있는 도우미 아줌마들 같았다. 시간당 이 삼만 원은 거뜬하게 벌 수 있다고 밖에서 주워들은 말을 아내가 전했을 때, 사내는 조서를 받으러 한창 경찰서를 들락거릴 무렵이었다. 무슨 그딴 소리를 하느냐고 고함을 내질렀었다. 곧 감방 갈 주제에 자존심만 살아서 광어처럼 펄쩍댔었다. 할인매장 알바보다 수입이 훨씬 좋다며 아이들 학원비 운운하며 아내가 되받았다. 여자들을 바라보며 사내는 그때의 아내를 떠올려본다.

"불편하지 않겠어요? 그러다 발목이라도 부러지면 어쩌려고?"

사내는 짧은 치마에 굽 높은 신발을 신은 여자의 걸음걸이가 위태위태해 보여 한마디 보탠다.

"그 짝들 눈을 즐겁게 해줄라꼬 이래 입었다 아입니꺼."

외모와는 달리 사투리가 심했다. 외따로 떨어져 서 있던 여자도 사내를 향해 알은체한다. 청바지에 체크남방을 걸친 모습이 수더분해 보인다. 사내는 돌아앉아 몰래 지갑을 확인했다. 오늘은 또 얼마를 갹출하려나.

버스에 오른 여자들은 제집 안방인 양 윗옷을 훌훌 벗어젖힌다. 외간 남자들의 시선 따윈 개의치 않았다. 민소매 셔츠 바람에 가슴골이 훤하게 드러난다. 사내는 시선을 어디로 둬야 할지 난감했다. 뒷좌석으로 몰려간 여자들은 간밤의 숙취를 풀겠다며 술병부터 찾았다. 그들의 수다는 톨게이트를 빠져나갈 무렵쯤 무르익었다. 엊그제 밤에는 얼마를 벌었다느니, 어느 방은 쉰내가 나더라는 둥. 주로 돈과 연결되는 대화였다. 사내는 두 귀를 틀어막았다.

"자, 자! 지금부터 여러분은 제 명령에 절대복종입니다."

마이크를 잡은 사회자가 절대 권력을 휘둘렀다.

"일단 제비뽑기부터 하시고, 숫자가 일치하는 분은 커플이 되는 겁

니다. 점찍어 놓아도 소용없습니다. 축, 당첨은 당연히 선녀와 나무꾼
이겠죠. 모두 번호를 확인하세요!"

애당초 그런 일에는 관심이 없었다. 사내의 눈은 획획 지나가는 가
을 들녘과 함께 달린다. 경지정리를 마친 논은 이미 가을걷이가 끝
났다. 감나무 우듬지엔 호롱불처럼 까치밥이 대롱대롱 매달려 있다.
닭이 홰를 치고 개가 컹컹 짖었던 마당에는 잡초들만이 막돼먹은 후레
자식처럼 거칠게 웃자라 있었다. 산모롱이를 돌면 을씨년스런 상여집
이 있었지. 그 앞을 지날 때마다 귀신이 튀어나올 것 같아 잰걸음 쳤
었다. 그때는 그랬지. 부모님을 대신한 형의 무덤에 근간에 조카들이
다녀갔을까. 사내는 거스러미가 인 입술을 혀로 얇으며 눈을 감는다.
타관살이에 지칠 때마다 고향이 한없이 그리웠다.

"뭘, 그리 골똘하게 생각 하세요? 질투 나게."

체크남방을 입었던 여자가 소주잔을 들고 왔다.

"언제 우리가 삼각관계로 묶였소? 질투는 무슨……"

사내는 고개를 돌려 눈을 껌벅인다.

"어머나, 이 오빠. 울고 계시네."

사내는 손등으로 눈을 비벼 바지에 닦는다.

"다들 짝을 찾았는데 여태 저만 못 찾았지 뭐예요. 어디 손바닥 한
번 펴 봐요. 번호가 맞는지."

여자가 쥐어뜯을수록 사내는 손아귀에 힘을 더 준다. 여자가 애써
뜯어내려 했지만 그럴수록 손아귀는 입을 꽉 다문 백합조개처럼 단단
하게 굳어갔다. 그건 최소한 자신을 지키는 방어수단이었다. 사내는
본래부터 의심이 많았던 그런 성격은 아니었다. 덫에 걸린 뒤부터 자

연스레 그리 되었다. 주먹 힘만이라도 키우고 싶었다.

"아니, 무슨 힘이 이렇게 세요? 도대체가 열리지 않네. 우리 나이쯤 되면 봉숭아꽃 아닌가요? 손만 스쳐도 탁! 터져버리는 봉숭아 꽃씨 말예요. 안 그래요, 사장님?"

여자는 보기와는 달리 영 딴판으로 놀았다. 자기가 말하고서도 무안스러워했다.

"나더러 사장님이라고 했소?"

그렇지. 지위와 재산은 그 사람이 가지고 있는 인품과는 하등 관계가 없으니까. 대학물도 먹었겠다, 그래, 나라고 뭐, 못할 게 없지. 결단코 열리지 않을 것 같았던 사내의 주먹이 사장님이란 말에 넘어가 고장 난 지퍼처럼 스르르 열렸다. 플러스 펜이 퍼져 손금을 지우고 있었다.

"환상의 커플이 탄생되었습니다!"

게임이라면 사내는 자신 있었다. 직장 체육대회 때 마지막 릴레이 주자로 뛰었던 경험도 풍부하다. 지금도 눈을 감으면 그때의 함성소리가 여전히 우렁차게 들린다.

"생판 모르는 남녀를 합방하라니. 무슨 이런 우랑 불알 같은 법이 다 있소?"

사내는 자신이 또다시 덫에 걸렸다는 생각이 들었다. 당장에 주먹다짐이라도 할 것처럼 씩씩댄다.

"왜 말이 왜 안 돼요? 이 양반 장사 처음 하시나."

버쩍 선 사내를 여자가 끌어당겨 자리에 앉혔다. 일행들은 저마다 짝짝이 앉아 쳐다보지도 않았다. 그 사이 봉고차는 예약한 모텔에 들어서고 있었다. 차에서 내린 짝패들은 손을 맞잡고 뿔뿔이 흩어졌다. 호실을 배정받은 여자는 중지에 열쇠를 걸고 뱅글뱅글 돌리며 앞장 섰다.

"생각 있으면 따라오시고 싫으면 말고……"

완전히 배짱이었다. 사내는 어린아이처럼 여자의 뒤꽁무니를 줄레 줄레 따라갔다. 숙맥이 상팔자라던가. 사내는 낯선 여자와의 독대가 참으로 머쓱했다. 자신감을 살려주는 건 술만 한 게 없다. 알코올 힘을 빌리면 무슨 말이든지 주저리주저리 나올 것 같았다. 사내는 냉장고 문을 열어 캔맥주를 꺼내들고 침대 모서리에 걸터앉는다. 엉덩이 밑이 물컹했다. 놀란 사내가 용수철처럼 튀어 오른다.

"물침대예요."

여자는 뭘 그렇게 호들갑을 떠느냐는 듯 대수롭잖게 말한다.

"……?"

"저도 처음에는 몰랐어요. 전업주부였거든요. 남편이 회사에서 잘렸 어요. 자기가 뭐, 부르주아와 프롤레타리아 사람들을 위해 중재인 역 할에 나섰다나, 어쨌다나. 별 소득 없이 살림만 쪽 났죠. 내일은 또 어 디로 지원하러 희망버스를 타러 간다고 하대요. 이젠 뭐, 이 짓도 익숙 해졌어요."

단숨에 술을 들이켠 여자가 깡통을 와지끈 우그러뜨렸다. 그 나이 쯤에는 복숭아 꽃씨가 된다는 여자는 옷을 벗어들고 욕실로 들어갔다. 실루엣이 드러나는 등짝이 배곯아 죽은 생쥐처럼 말라있었다. 눈물이 많아진 사내는 여자가 좀 안쓰럽기는 해도 사소한 인정에는 끌리고 싶 지 않았다. 매스컴에서 꽃뱀이니 뭐니 떠들어대는 세상이다 보니 어쩐지 지금의 이 상황이 의뭉스러웠다. 어수룩한 남자들에게 접근하여 돈을 우려내는 사기수법도 있잖은가. 암튼, 조심해서 나쁠 거 없지. 먼저 든 사람이 몰카를 설치해놓고 협박을 해올지도 모른다. 덫은 어느 곳이든 간단하게 설치할 수 있다. 무인 시스템으로 운영되는 모텔에서 주인은 프런트에서 손님들의 들고남을 세세하게 체크한다. 작품이 나올 만한 커플이 걸려들면 빈방이 남아돌아도 수지타산이 맞는다는 소리도 들었다. 당하고 나면 아무리 결백을 주장해도 소용없다. 어디서든 허점은 있기 마련이니까.

여자가 샤워를 하는 동안 사내는 의심이 갈 만한 곳을 샅샅이 뒤진다. 우선 침대 머릿장에 놓인 귀두처럼 말린 콘돔을 쓰레기통에 버린다. 스프링클러, 침대 밑, 전등갓. 심지어 야식 메뉴판까지 뒤집어본다. 이제 여자가 나오면 욕실만 점검하면 어느 정도 안심해도 좋다. 경험한 바에 의하면 세상 사람들이 모두 내 마음 같지 않다는 걸 뼈져리게 느꼈다. 의심증이 많아진 것도 그때부터였다. 언제 어디서 쥐가 튀어나와 덥석 물어버릴지 모른다.

사내는 혁대를 단단히 조이고 벽을 향해 돌아눕는다. 샤워를 끝낸 여자가 화장대 앞에 앉는다. 민낯의 여자 얼굴을 상상하며 잠든 시늉을 한다. 한 번 속지 두 번은 속지 않는다. 사내는 몸을 뒤척이는 척 힘주어 셔츠 깃을 움켜잡는다. 지금까지 무인 카메라를 통해 들여다보고 있던 주인이 다른 객실로 채널을 돌릴 때까지 비루먹은 개처럼 비실댈 참이었다. 새롭게 시작한 인생살이에 두 번 다시 덫이나 틈새 같은 곳엔 빠지고 싶지 않았다.

"안 잡아먹을 테니 넥타이 좀 풀어요."

여자의 몸에서 로즈마리 향이 풍겼다. 사내의 입에선 단내가 풀풀
났다.

"밤낮없이 이마에 빨간 머리띠 두르고 다니는 사내도 진저리가 날
판인데……"

그러고 보니 사내는 소맷부리에 땟물이 반질반질한 셔츠에다 습관
처럼 넥타이를 매고 있었다.

"우리 묵, 찌, 빠 놀이해요."

여자가 사내의 손을 잡고 일으켜 세웠다.

"거 참."

사내는 놀아달라고 보채던 막내에게 이끌려 억지로 권총놀이를 하
는 것 같아 썩 내키지 않았지만 무릎맞춤을 하고 보니 여자는 선하심
후하심先何心後何心하진 않을 것 같았다.

"빠!"

엉겁결에 사내는 묵을 냈다. 졌다. 약속대로 먼저 넥타이를 풀었다.
숨통이 트였다. 이렇게 홀가분한 걸 왜 죽기 살기로 매듭을 묶고 살았
을까. 마지못해 응했던 묵, 찌, 빠 게임은 즐거웠다. 지금까지 살아오
면서 이렇게 웃어보긴 처음이었다.

"전직이 은행원이었나 보죠? 숫자 계산도 철두철미하시고……. 저
더러 글쎄, 엄포까지 놓더라구요. 자기에게 재테크할 생각은 꿈도 꾸
지 말라며."

여자는 담배를 피워 문 채 물침대 위에서 가볍게 엉덩방아를 찧으며
쿨렁쿨렁 몸을 까불린다.

"……내가 그랬소?"

여자가 느닷없이 배꼽을 잡고 웃었다.

사내는 돌아앉아 노인의 뱃가죽처럼 들러붙은 지갑을 연다.

"그래도 일당은 받아 가야 되잖소?"

25인승 버스가 시동을 걸어놓고 사내와 여자를 기다리고 있었다.

때늦은 저녁 성찬

병원 문을 나선 노파는 한동안 나무 아래 섰다. 바람이 가로수를 외곬으로 흔들자 노란 이파리들이 도로 위로 데굴데굴 굴러다닌다. 열매들이 투두둑, 툭, 툭 행인들의 어깨를 스치며 바닥으로 떨어진다. 짓밟힌 열매들이 보도블록에 질퍽했다. 먼저 떨어진 건 발길에 으깨져 부스럼 딱지처럼 눌러붙었다. 잎사귀에 비해 열매는 역하게 인분냄새를 풍긴다. 비루먹은 개 코 아니랄까 봐, 유기견遺棄犬 한 마리가 땅에다 코를 박고 지나간다. 굴뚝에 처박혔다 나온 듯 터럭엔 온통 구정물이 쫄쫄 흘렀다.

'너나 나나 꼬락서니하고는⋯⋯. 키우다 싫증나면 내다 버리는 심보라니⋯⋯.'

입속 말로 웅얼거리는 노파의 신세한탄은 절망에 가깝다.

"아휴, 이게 무슨 냄새야."

걸핏하면 며느리의 콧구멍이 유기견처럼 벌렁댄다.

"무슨⋯⋯ 냄새가 난다고⋯⋯ 그러냐?"

노파는 그럴 때마다 주눅이 들어 가슴이 죄어오고 심장이 절구질을 해댄다.

"어머니! 속옷이나 제대로 좀 갈아입고 다니세요."

차에 오르자마자 며느리가 기함을 한다. 기침을 하니 자발없는 여편네처럼 자꾸 오줌이 흘렀다. 근래에 들어 그 증상이 부쩍 심해졌다. 기저귀를 자주 갈아 채워도 지린내가 부채負債처럼 끈덕지게 달라붙었다. 그래도 그렇지. 설사 오줌냄새가 조금난다고 치자. 아무리 미워도 그렇지. 넘을 게 있고, 넘지 말아야 될 선이 있다. 곧 북망산천 갈 노인네는 뭐 배알도 없고 자존심이 없는 줄 아나. 싸가지없게 시어미 면전에다 대고 꼭 그렇게까지 표시를 내야 하느냐 말이다. 며느리 비위 건드려 보았자 이득 될 게 없다고 생각했던 노파는 기어이 한마디를 하고 만다.

"얘야! 네, 코가 꼭 검역 탐지견 같구나."

정말 점잖고 고상한 언어로 말을 건넸다. 이만하면 시어미로서 꽤 우아하게 에두른 표현이라고 생각했다. 그러나 그건 어디까지나 늙은이 혼자만의 생각이었다. 며느리는 분풀이하듯 우격다짐으로 기어의 변속을 넣는다. 노파는 안경 너머로 멀거니 바라보았다. 대꾸를 하지 않는 대신에 무언의 시위라는 걸 알고 있다.

가을이면 노란 단풍이 그리도 고왔다. 감각이 무뎌지는 늙은이들조차도 센티멘털하게 만들었다. 볶으면 술안주로 나가는 열매에서 곰삭은 젓갈냄새가 난다는 걸 몰랐다. 한 번 속지, 두 번 속으랴. 그런 속셈인 듯 며느리는 시어미의 옷자락을 끌어다 숫제 코를 벌렁대며 냄새까지 맡았다. 노파는 며느리에게 당한 수모를 곱씹으며 땅바닥에 떨어진

은행 알갱이를 밟지 않으려고 무진 애를 썼다.

제단엔 아무리 깔끔스럽게 씻어도 냄새가 나네 마네, 손자들마저 울타리를 쳤다. 노파는 그 낌새를 진즉에 알아차렸다. 녀석들이 싫다는 데 굳이 끌어안아 보려고 안달하지도 않는다. 서운한 건 어디 손자들뿐이랴. 노인네가 설쳐봐야 집안에 분란만 일으키고 눈총 맞기 딱 좋다. 뒷방에서 그저 주는 대로 먹고 입술에 후크를 꼭 채운다.

✳

노파는 가로수 길을 따라 내처 터미널로 향한다. 가늘어진 푸석살 다리가 매가리 없이 자주 꺾였다. 지하도를 내려가다 중간 계단쯤에서 기어이 주저앉는다. 근육이 딴딴한 종아리들이 계단을 텅텅 울리며 뛰어 내려간다. 노인은 속 빈 껍질처럼 물컹대는 다리를 애써 주물러본다. 살아있는 동안만이라도…… 남에게 귀찮은 존재는 결코 되고 싶지 않았다.

여자는 늙어도 천생 여자이고 싶었다. 치부를 드러낸다는 건 정말 치욕스러웠다. 간호사가 요도에 호수를 밀어 넣고 소변을 뽑아낼 때는 정말이지, 그냥 그 줄에다 목이라도 콱, 매달고 죽고 싶었다.

대문 밖이 저승이요, 노친네 건강은 가을 날씨라고. 오늘 살다 내일 어찌될지. 눈뜨고 있었다고 해서 살았다고 말할 수 없다. 원수야, 대수야 해도 죽은 지 3일이면 깨끗하게 끝날 것이다. 한줌으로 남겨진 가루는 강이든 바다든, 훌훌 날려버리면 가는 사람 가벼워서 좋고, 있는 사람 짐 덜어서 좋으련만. 목숨도 제 가는 날이 정해져 있는 모양이다. 싫든 좋든 목숨이 붙어 있는 한 썩은 동아줄일지언정 차마 본인 스스로 끊기는 어렵다. 때론 독한 맘먹고 베란다 밑 아득한 땅바닥을 내려다보기도 했다.

살아 있을 때까지 자식 손에 재산을 넘겨주지 말라던 덕순 할매 말대로라면 물려줄 땅뙈기라도 있었으면 좋겠다. 가진 게 없으니 죽은 홍어 뭣같이 취급당해도 가자미처럼 납작 엎드려 있을 수밖에. 요양원으로 떠밀지 않은 것만도 감지덕지해야 할 판이다.

노인은 한숨을 폭폭 내쉰다. 어깨에 빗장 지른 가방을 열어 박하사탕 한 알을 까먹는다. 그 사이 지하철 전동차가 바람을 일으키며 두 차례 지나갔다.

*

간호사가 한숨 폭 주무시라며 얼굴에다 코를 갖다 대고 속삭였다. 그 말을 듣고 자다 깨어났더니 직장直腸에 문제가 생겨 수술을 했단다. 남의 일같이 여겼던 병이 자신에게 들이닥칠 줄 몰랐다. 꿈에서조차 생각해본 적 없었던 중병이 생기고 보니 하늘이 다 노랗게 보였다. 가족병력도 없고, 육식을 즐기는 편도 아니었다. 마른 밥에 물을 말아 먹거나 푸성귀에 된장찌개를 즐겨먹었다. 당하고 보니 꼭 식성만도 아닌 모양이었다.

마취가 풀리고 정신이 맑아졌다. 입안이 마르고 입술이 조여 왔다.

"목이 타는구나. 물 좀 다오."

"무슨 말씀이세요? 수술 직후에 물 마시는 건 금물이래요."

좋게 말해도 될 걸 며느리 말 속엔 가시가 박혔다. 꼽재기 물이든 하다못해 물 묻은 거즈라도 입에 물려주면 좋으련만, 매몰차게 거절한다. 사시장철 흐르던 고향의 개울물이 노파의 눈앞에 선하게 떠올랐다. 생각 같아서는 팔뚝에 꽂아놓은 링거로크액이라도 마시고 싶었다.

항암제 효과는 금식을 해도 살이 통통 올랐다. 면회 온 사람마다 얼굴 좋다는 말로 위로를 했다. 그 말마저도 염장 지르는 소리로 들렸다. "이게 부종이지, 푸둥푸둥 오른 살이냐?"고, 노파는 공연히 애먼 이들에게 오금까지 박는다. 뭐, 그런 거 가지고 화를 내느냐, 환자가 좀 느긋하라고 샐쭉 곁눈질들을 했다. 여태껏 없었던 심술보 하나가 무소의 뿔처럼 툭, 튀어나온 것 같았다.

모진 병이 들었으면 눈은 십 리만큼 들어가고, 다리는 실거머리 모양 하느작대야 환자 맛이 날 텐데. 타고난 게 강력본드 체질이라, 금식을 해도 표가 나지 않았다. 제대로 먹지 못해 식음을 전폐해도 배설물은 또 어디서 그렇게 나오는지. 인력대로 되지 않았다.

며느리는 기저귀를 갈아 채울 때마다 두건과 마스크를 쓰고 들어왔다. 마치 복면을 두른 듯 눈만 빠끔히 내놓은 게 보기만 해도 끔찍했다. 텔레비전 화면에서 IS는 또 누군가를 꿇어앉혀 놓고 참수를 하겠다며 으름장을 놓는다. 곧 생목숨이 결판날 운명에 놓인 사람을 보는 그 순간 노인은 차라리 지독한 변비라도 걸리고 싶었다.

"손목이 결리니?"

노인은 파스를 붙인 며느리의 손을 슬머시 잡는다. 며느리는 맞대꾸조차 않는다. 밍밍한 표정으로 배변주머니만 갈아 채운다. 며칠 사이에 병실 안은 측간 냄새가 진동했다. 옆자리 환자는 코를 막고 휴게실로 나가버린다. 가끔, 아주 많이 미안했다. 너무 미안해서 머리맡에 놓인 과일이라도 건네려 하면 팔을 홰홰 내저었다. 혹 손에 똥이라도 묻었을까, 찝찝해하는 눈치였다. 비누로 뽀독뽀독 손을 씻고 온 며느리가 더는 못 참겠다는 듯 창문을 활짝 열었다.

*

아들은 또 철야작업을 하고 왔다. 얼굴이 잘 익은 홍시 같다. 작업복에서 불내가 풀풀 났다. 분명 밤새도록 쪼그리고 앉아 쇠를 지지다 온 모습이다. 오금에 주름이 잔뜩 잡힌 바지는 용접불똥을 맞아 말끔한 데가 없다.

"공정이 촉박해서……."

목소리에 매가리가 하나도 없다. 소금에 배추 절인 듯 숨이 팍 죽어 있다. 사흘 피죽도 못 얻어먹은 듯한, 저 얼굴만 대하면…… 노파는 대역 죄인이 된다. 제대로 먹이지 못하고, 가르쳐 주지 못한 죄. 그 자책감이 우물만큼 깊고 터널만큼 어두웠다. 부모 잘 만나 펜대 굴리며 살도록 만들어주지 못한 게 가슴엔 철천지한이 맺힌다.

"간병인 비용이 만만찮게 들어요."

며느리가 제 남편에게 말하면서 가재미눈으로 조준하고 있다. 대놓고 들으라고 하는 소리 같아 노파는 가슴을 움찔한다. 간병인은 일수쟁이나 마찬가지니 없는 살림살이에 그럴 만도 하겠다. 노파는 이불자락을 끌어올려 얼굴을 푹 가려 버린다. 능지처참할 대역죄인이라 얼굴을 똑바로 들면 화근을 불러올 것만 같았다.

'그래, 돈 벌기가 얼마나 힘이 들겠니?'

노파는 자는 척, 돌아누워서 아들 내외가 나누는 소리를 듣는다.

"형제들끼리 돌아가면서 분빠이分配해야지, 우리만 자식인가."

며느리의 음성이 잘 벼른 낫날처럼 깔끄럽다.

'형제라니……. 니들은 남매뿐이잖아? 니 손아래 누이 말고 또 누가 있다니?'

노파는 벌떡 일어나 따지려다 그마저 오금 박힐 것 같아 입을 닫는다. 차라리 자청해서 딸의 손으로 넘어가는 게 속편할 것 같았다. 딸은 어미를 구완해줄 손은 있어도 병원비 댈 돈은 없었다. 이 사람 저 사람 손을 타면서 노파는 살아있다는 자체가 고통이었다. 몸이 성해 움직거릴 때는 천 냥쯤 나간다고 생각했던 육신이 병이 드니 서푼어치 가치도 없는 천덕꾸러기가 되었다. 구차한 삶을 사느니…… 어느 날 조용히 소리소문없이 갔으면 싶었다.

해마다 해남배추를 이태 먹을 요량으로 주문하여 곰소항 천일염으로 숨을 죽인 뒤 남해 죽방렴 멸치젓갈로 김장을 했다. 태양초를 사다 양념을 하고, 포기 사이사이에 청각도 총총 썰어 버무려 넣었다. 사나흘에 걸쳐 끝내고 나면 허리가 뻣뻣하게 굳었다. 힘들어도 자식 입에 들어가는 게 재미나고 좋았다. 그 시절에는.

"엄마 오래 살아, 어머니 오래오래 사세요."

지들이 바빠서 내려오지 못하면 택배로 보내주었다. 가만 앉아 납죽납죽 받아먹을 때 하던 그 말이 진심인 줄 알았다. 매듭 없고 자발없이 살아온 게 후회가 막심했다.

노파는 다시 우황청심환 한 알을 꺼내 우적우적 씹는다. 곧 열차가 들어선다는 안내방송을 듣고 황급히 엉덩이를 툴툴 털고 일어선다. 반대편 객차는 몇 명을 태우고 몇 명을 내려준 채 바람을 일으키며 사라진다. 그녀는 차량의 꽁무니를 멍하니 바라본다. 어느 한순간 세월 또한 그렇게 눈 깜짝할 사이에 지나가 버렸다.

스크린도어가 열리고, 칸마다 승객들이 쏟아져 나온다. 오르내리며 부대끼는 사람들이 시누대海藏竹처럼 와삭댄다. 경로석이 비어 있다. 누가 뭐라고 해도 그 자리만큼은 국가가 공인해준 노인들을 위한 공간이다. 늙어서 유세를 부릴 곳 또한 거기뿐이다. 자리에 앉자마자 눈꺼풀이 자동문처럼 스르르 감겼다. 어디든 엉덩이만 갖다 대면 잠이 쏟아졌다. 지하철을 타고 가는 내내 자다 깨다를 반복했다.

시외버스터미널에 도착한 노파는 마스크를 벗고 '양포리'라고 말한다.

"20분마다 있어요."

오랜만에 끊어본 차표였다.

"할매! 안전벨트!"

'매세요.' 하면 좀 좋을까. 좌석에 앉자마자 운전사가 이등병 군기 잡듯 재촉한다. '이 나이 돼봐라, 싸라기 같은 말도 가슴에 대못으로 박힌다.' 기분이 몹시 언짢았지만 노인은 오르내리기 좋아서 앞좌석에 앉는다는 말을 굳이 하고 싶지 않았다.

신생아 출산은 줄어들고 노령인구는 늘어나는 추세란다. 노인 역시 그중 한 사람에 속한다. 늘어난 수명 탓에 젊은이들에게 크나큰 빚을 지고 산다. 오죽하면 '지공거사'라는 신조어까지 나왔겠나. 송구스럽고 서럽다. 철도공사에 미안하고, 보험공단에도 미안하다. 매달 나오는 기초연금도 저 운전사의 월급에서 꼬박꼬박 차압당해 들어올 것이다.

하루에 몇 차례씩 장거리운행을 해가며 번 돈으로 복지기금을 낸다. 그 크나큰 은혜를 입었으니 스스로 입에다 재갈을 물려야 마땅하다. 옆 사람이 말을 걸어도 노인은 군입도 떼지 않는다.

버스는 요금소를 통과하면서부터 가속이 붙기 시작했다. 한 시간 반 남짓, 노인은 자다 깨다를 반복한다. '저기 어디쯤이었을 텐데……' 버스는 곡선이 진 산모롱이를 돌고 있었다. 개울은 바짝 말라있었지만 분명 낯익은 풍경이었다. 저기, 저 산 아래…… 생각대로라면 지금쯤은 사과가 빨갛게 익었을 것이다. 가지가 부러지지 않게 주인은 일일이 지지대를 받쳐 놓았겠지. 간혹 새들이 쪼아 먹은 흠집 난 사과도 다문다문 있을 거야. 노인은 홍옥을 한 입 베어문 듯 입안 가득 신맛이 고였다.

*

큰어머니는 아기를 낳다 죽었다. 가위로 자른 탯줄을 발뒤꿈치로 꼭 눌러야 된다는 걸 몰랐다. 아기는 낳았지만 탯줄을 미처 낳지 못했다. 사촌언니는 삿자리 위에 떨어지자마자 엄마의 품에 건네졌다. 엄마는 자신이 낳은 딸과 형님이 낳은 딸에게 겨끔내기로 젖을 물렸다. 엄마의 젖은 늘 짝짝이였다.

"오동추야 달이 밝아, 오동동이야……."

시누이들은 감나무에 올라가 베짱이처럼 노래만 불렀다. 서숙 밭도 매지 않았고, 콩밭도 관심이 없었다. 엄마는 차조 씨앗을 솎아내고, 벼논에 피를 뽑다 내려와 저녁상을 차렸다. 한 발로 보릿짚을 밀어 넣으며 등겨가루 수제비를 떴다. 쇠죽을 끓이고 무청 시래기도 삶았다.

불근불근 된장을 치대 찌개를 끓였다. 보릿짚이 탁탁 타들어갈 때마다 엄마의 심장에서도 그런 소리가 났다고 했었다. 그게 엄마의 시집살이였다. 먹은 게 없어서 젖은 잘 나오지 않았다. 젖동냥으로 키웠던 사촌언니는 첫돌 무렵에 죽었다. 마을엔 홍역에 열병까지 돌았다.

"어차피 가시나들끼리인데."

사촌언니의 호적에 엄마가 낳은 딸이 올려졌다. 살아있는 아이는 죽었고, 죽은 아이로 환생한 그날부터 엄마의 딸은 백부의 딸로 살았다. 큰아버지 앞에서 사촌언니의 재롱까지 부려야만 했다. 두 개의 얼굴로 낮밤을 다르게 살았던 지킬 박사와 하이드 같은 신세였다.

할아버지는 물려준 재산이라곤 쥐뿔도 없었으면서 큰소리는 대놓고 쳤다. 대꼬바리를 뻑뻑 빨며 아무 때나 작은아들 집으로 건너왔다. 큰댁 일이라면 아버지는 단숨에 달려갔고, 할아버지 명령이라면 허리를 90도로 팍 꺾었다.

운전면허증을 따 놓았더라면…… 진작 한번 오고 싶었던 고향이었다. 한번은 무슨, 열두 번은 더 왔을 것이다. 입안이 말라 넘길 침도 없다. 너무 서러워서 노파는 대성통곡을 하고 싶다. '어디 변하지 않은 게 있어야 말이지'

예상과 달리 과수원은 보이지 않았다. 다만 그날 보았던 과수원의 사과만이 스크랩된 기억 속에서 빨갛게 익고 있었다. 장기판처럼 판판한 논에서 벼들이 매초롬하게 익어가고 있었다. 팔만 휘젓던 허수아비는 용도폐기 되어 오래전에 사라졌었다. 낟알을 까먹던 참새 몇 마리만 간간이 눈에 띄었다. 메뚜기를 잡았던 아이들도 이제 반백이 되었겠지. 벌써 이승을 떠난 친구들이 꽤나 있을 거야. 노파의 머릿속은 추억을 실타래처럼 풀어내고 있었다.

＊

시내버스는 사거리에서 우회전을 했다. 시외버스터미널에서부터 등 뒤에 앉아 떠들어대던 영감탱이의 입에서 시큼털털한 막걸리 냄새가 났다. 그가 버스에 오르면서 "이거 양포리 가는 버스, 맞능기요?"라고 큰소리를 칠 때부터 왠지 안면이 좀 있다 싶었다. 세월이 흘러도 소싯 적 모습이 그 얼굴 어느 구석엔가 남아 있었다.

젊어서 한때 그와 중매가 오간 적이 있었다. 아무려면, 머슴하고 짝 을 지우려던 아버지가 참으로 야속하고 서운했다. 어지간했으면 몇 마디 말이라도 붙여볼까, 그런 생각도 들었지만 공연히 말을 걸었다 가 버스 안이 소란스러워질 것 같아 모른 척 입을 다물어 버렸다.

영감은 정부에서 책정해준 매상이 턱없이 부족하다며 계속해서 떠 들어댄다. 농약에다 인건비를 제하고 나면 남는 게 없다고 연신 투덜 대는 것이었다.

"머시라 카더라, 조류 인플렌자에 구제역이니 머니 해 싸며, 닭이랑 돼지, 소까지 모조리 땅속에 파묻어 삐리고 내사마 쫄딱 망했다 아이 가."

목소리는 과장되게 높고 텁텁한 농주처럼 걸쭉했다. 승객들이 흘끔 흘끔 쳐다봤다. 그러거나 말거나 제 할 말을 다했다. 그 바람에 술지게 미만큼 남아있던 해묵은 정마저 사라졌다.

노인이 내린 곳은 오일장이 서던 장터였다. 한때 거기는 흥망성쇠가 물레바퀴 돌듯하던 곳이었다. 쇠락의 길로 들어선 거리에 과거는 없었다. 보이는 것마다 현대식으로 신축한 건물들뿐이었다. 해변과 마주하고 있으니 여름 한 철 장사인 펜션과 민박집이 즐비했다. 그 틈 사이로 동해약방이 보인다. 간판이 수차례 페인트를 덧칠한 것 외에는 글씨체마저도 옛날 그대로였다. 그 약방을 마주하고 '백상네' 가게가 있었다. 아저씨는 가는귀가 먹어 어지간한 말은 알아듣지 못했다. 남들에게 흔해 빠진 게 자식인데 백상네만큼은 아이가 없었다. 우물가에 보리쌀 씻으러 나온 여자들이 백상을 '고자'라고 수군댔다. 입 하나 덜어내려고 자식을 남의 집에 식모로 보내는 사람도 많았다.

솔직한 얘기로 그녀가 아이였을 적엔 그 집에 양녀로 들어가서 살고 싶었다. 먹이고 입힐 것도 없으면서 자식 욕심이 많았던 엄마는 땟거리가 떨어졌다고 고지박 바가지를 자주 깼다. 실컷 깨어놓고는 벌어진 걸 돗바늘로 총총 꿰맸다. 그러면서도 짜증나면 말끝마다 남의 집에 보내버리겠다는 말로 공포 분위기를 조성했었다.

한때, 그러니까 노파가 옛날 어린계집애였을 적에 동해약국 뒤편, 기역자 형태의 기와집에서 살았다. 이제는 그 집에 대한 기억조차도 까마득하다. 그도 그럴 수밖에. 그 집에서의 생활은 고작 6개월 남짓했었다. 그러니 그곳에서의 추억은 별반 남은 게 없다. 아버지가 그 집을 급매로 처분한 건 순전히 흉몽을 꾸었기 때문이었다. 아버지 꿈속에 전라全裸의 여자가 나타나 야한 입술로 아버지를 꼬드겼단다. 용맹이라곤 약에 쓸래도 없던 분이었다. 그런 숙맥 같았던 분이 꿈속엔들 외간 여자를 품어보기나 했을까. 흉몽 한 번 꾸었다는 이유로 당장 그 집을 팔아치우는 일이 세상천지에 아버지 말고 누가 또 있을까.

노파는 눌러쓴 모자챙을 올리고 주변을 돌아다본다. '백상네' 가게가 있었던 자리에 5층 건물이 들어섰다. 커피숍에는 젊은이들이 담배를 꼬나물고 노닥대고 있었다. 24시 편의점과 베이커리가게도 나란하다. 뱃살이 빵빵한 남자가 부동산중개소 문을 밀고 나왔다. 한 손에는 전화기를 들고 손사래를 치며 고급세단에 오른다. 도회의 어느 골목을 그대로 옮겨온 듯 낯설면서도 익숙한 풍경을 보는 것 같았다. 멀미 뒤끝이라 속이 매슥거려 노파는 가스명수라도 한 병 마실까, 하고 동해약방으로 향하다 전봇대 뒤에서 토하고 말았다.

"그것도 차를 탔다고 멀미를 했던 모양이네."

버스에서 목청껏 떠들던 그가 스치듯 지나가며 말을 건넸다.

*

장터를 지나 다리를 건넌다. 가뭄이 드는 해는 그 아래서 기우제를 자주 지냈다. 태풍이 오고 홍수가 지면 거지들은 다리 밑으로 옷가지들을 떠내려 보냈다. 유난히 태풍이 잦았던 해에는 물꼬를 보러 갔던 숙희 할아버지의 시신이 발견되기도 했다.

아이였을 적에 살았던 집은 냇가를 맞바로 하고 있었다. 겨울밤에는 철새들이 무시로 날아들었다. 청년들이 갈대숲에다 덫을 놓아 기러기나 청둥오리를 잡았다. 보름달이 뜨면 얼음은 명경처럼 빛났다. 너무 투명하여 물고기들이 꼬물대는 모습까지 보였다. 아이들은 고기상자를 뜯어 아무렇게나 만든 안장을 타고 놀았다. 낭만적인 기쁨은 슬픔보다 오래가지 않았다.

장마가 찾아오면 초가집엔 퀴퀴한 냄새가 등천을 했다. 개울물이 마당으로 들이쳐 양은그릇이 마당으로 둥둥 떠다녔다. 짐승들과 사람이 뒤섞여 복작댔다. 닭들이 삿자리 위에다 배설물을 질금질금 싸질렀다. 부뚜막에 올라앉아 삽살개가 머리를 흔들며 터럭을 털었다.

"짐승 새끼나 사람 새끼나……. 이, 웬수 같은 것들."

개털이 보리밥에 풀풀 날아들었다. 어머니는 부지깽이로 개를 후려쳤다. 절대 권력자로 군림하던 엄마의 존재는 짐승에게도 공포의 대상이었다. 꿉꿉한 장마가 끝나면 골목마다 개장수들이 손나발을 불고 다녔다.

"개 삽니다. 개!"

집집마다 없는 살림살이에 유일하게 목돈을 거머쥘 수 있는 절호의 기회였다. 눈치 빠른 개들은 대청마루 아래나 헛간으로 몸을 숨겼다. 목줄을 잡히고도 끌려가지 않으려고 뒷다리에 힘을 주고 버텼다. 얼마나 다급했으면 끌려가면서도 오줌을 질질 쌌다. 짐승도 눈물을 흘린다는 걸 아이는 생생하게 보았다.

개울가에는 수양버들이 작은 바람에도 회창대고 있었다. 끌려간 개들은 사흘들이 거기에 매달렸다. 개털을 그슬리는 노릿한 냄새가 바람을 타고 멀리까지 날아왔다. 복날에는 몸보신이 필요하다며 어른들은 냇가에 모여 보신탕을 해먹었다.

노파가 알고 있는 한 그 옛날 그녀의 아버지는 새끼를 잘 꼬았다. 뱃일을 나가지 않으면 거의 새끼를 꼬는 날이 많았다. 마당이나 방에서 보이지 않는다 싶으면 아버지는 마구간에 앉아 뫼비우스의 띠처럼 새끼로 두레멍석도 엮었다. 손바닥에다 침을 뱉어가며 어느 날은 반나절씩 꼬았다. 새끼줄이 늘어날 때마다 한쪽 다리에 친친 감았다. 오징어 채낚기 다음으로 유일하게 가진 재주가 그 일인 것 같았다. 거기에 관해서만큼은 어머니의 잔소리는 일체 없었다. 오히려 짚동가리에서 짚을 추려 곁에 가지런히 놓아 주었다. 새끼를 너무 많이 꼬다 복통이 생겨 병원으로 급히 후송된 적도 있었다.

구멍 난 양말이 호롱불 아래 수두룩했다. 동동쿠리무(크림) 장수가 고샅길마다 북을 두드리고 다녔다. 어머니는 까치발을 들고서도 담벼락에 대롱대롱 매달렸다. 턱걸이한 어머니를 보고 아버지가 혀를 끌끌 찼다. 동동쿠리무 장수는 동네 아줌마들과 자주 농지거리를 주고받았다.

개울물은 사시사철 철철 흘렀다. 여름철은 엄마를 위시하여 여자들의 목간통이었다. 뭐가 그리 재미있는지, 웃음소리가 자지러졌다. 아마도 엄마의 짝짝이 젖이 웃음거리가 되었을 거라고 생각했다.

"머시마 새끼면 모를까, 가시나가 핵교는 무슨 핵교!"

할아버지는 건너올 때마다 놋재떨이를 '탱탱' 두드렸다. 담뱃재가 풀풀 날렸다. 말끝마다 입에다 가시나 소리를 달고 살았다. 여자 손으로 지은 밥상을 받고, 꼿꼿하게 세워준 모시 적삼을 입고 다니면서도 여자를 너무 시쁘게 보았다.

"동생들도 많고 추납推納할 돈도 없으니 니가 천상 핵교 댕기는 건 작파해야것다."

엄마는 '이찌, 니, 상'밖에 몰랐다. 생선 팔 때는 바둑알을 꺼내 세었다. 흰색은 현금을 받을 때, 외상은 검은 돌로 나누었다. 밤새도록 옥양목치마로 콧물을 찍어내며 울어도 소용없었다.

학업을 포기하는 조건으로 거금 오십 환을 받았다. 그 돈으로 무얼 할까 고민을 하다 춘자와 함께 쓰기로 했다. 돈을 거머쥐고 춘자와 어깨동무를 하고 과수원엘 갔다. 주인아저씨는 벌레 먹은 사과는 그냥 주었다. 그 아이는 봄만 되면 노란 나비가 되고 싶다며 냉이를 캐다 말고 호미를 내던지며 울었다. 사람들은 춘자 엄마를 서울내기 계모라고 불렀다. 업어 키워야 될 동생들이 하나씩 생겨나 등에서 늘 지린내가 났다.

저자거리 골목은 골탕을 입힌 하꼬방이 닥지닥지 붙어 있었다. 가부키 화장을 한 여자들이 게다짝을 끌고 나왔다. 엄마는 생선 비늘이 덕지덕지 붙은 손으로 치맛자락을 움켜잡았다. 그들은 벌레를 털어내듯 한복 자락을 쌩하니 돌려 겨드랑이에 끼우고 지나쳤다. 아이는 오래도록 담벼락에 붙어 서서 그 모습을 지켜보았다. 그 장면을 목격하지만 않았어도 한 해 꿇려도 좋으니 학교에 다시 가고 싶다고 애걸하고 싶었다.

양조장 옥희 엄마는 화장을 곱게 하고 다녔다. 같은 여자인 엄마는 왜 화장을 하지 않을까. 모르긴 해도 코티분을 바르면 옥희 엄마보다 훨씬 예쁠 것 같았다. 하지만 그건 가당찮은 일이었다. 보망補網 일이 끝나면 엄마는 후릿배를 당기러 갔다. 사람들이 편을 갈라 줄을 맞잡고 당겼다.

그 일을 해주고 품삯으로 생선을 받아왔다. 여름에는 호박잎으로 가리고 골목마다 생선을 사라며 외치고 다녔다. 간혹 알곡과 맞바꾸어 오거나 벌레 먹은 사과를 대신 받아왔다. 신작로를 털레털레 걸어오는 엄마는 몹시 지쳐있었다. 충분히 그럴 만도 했다. 진종일 여기저기, 이 일 저 일로 나부대고 나면 저녁에는 곤죽이 되었다. 온 만신이 쑤신다며 뇌선 한 봉지를 입안에 털어 넣었다. 밀가루 같은 뇌신은 엄마에겐 만병통치약이었다. 삶이 비루한 건 엄마뿐만 아니라, 식구수대로 죄 비루먹은 짐승 같았다.

억새풀 같았던 엄마의 성격도 딱 한 사람에게만은 군입도 떼지 못했다. 큰댁에 새로 들어온 큰엄마였다. 큰엄마는 얼금얼금 얽은 곰보에다 키가 엄청 컸다. 얽어도 너무 얽어 '빡조'라고 수군댔다. 오죽했으면 별명이 서발 장대였을까. 억센 성격만큼 입 또한 거칠었다.

하루는 곰배팔을 저으며 건너왔다. 무슨 연유인지, 오자마자 다짜고짜 엄마의 머리카락을 쥐어뜯었다. 엄마는 밑에 깔려서도 "형님, 형님." 만을 되풀이했다. 아버지가 마구간에서 쩔뚝대며 뛰어나왔다. 너무 오래도록 양다리를 꼬고 앉아 새끼를 꼰 탓에 쥐가 난 모양이었다. 손에는 물푸레 작대기가 들려 있었다. 그걸로 엄마를 도리깨질하듯 내리쳤다. 매타작을 당한 전신이 멍이 들어 푸릇푸릇했다. 밀가루에 계란 노른자와 생지황을 버무려 붙였다. 비만 오면 엄마는 허리를 잡고 끙끙 앓았다.

*

노파는 오늘 여섯 번째 항암치료를 받았다. 두 번째부터 머리카락이 술술 빠지기 시작하더니 칠십 평생을 담고 있던 기억마저 올올이 뽑아내는 것 같았다. 앉음앉음 자리마다 성근 채반에 물 빠지듯 슬렁슬렁 빠졌다. 궁여지책으로 모자를 쓰고 마스크로 얼굴을 가린 채 다녔다. 같은 아파트에 살고 있는 사람들조차도 감쪽같이 몰랐다. 마을버스를 타고 산복도로를 내려가 126-3으로 환승을 한다. 노파의 학벌은 숫자를 분별하고, 간신히 언문을 조금 읽을 줄 아는 딱 그만큼이었다.

건물은 현대식으로 모던하게 지어졌다. 평생소원을 풀었던 엄마가 맨발로 춤을 추었던 마당에 파란 잔디가 웃자라고 있었다.

"저 집에 누가 사나요?"

노파는 지나가는 사람을 붙잡고 물어보았다. 얼굴 윤곽으로 보아 누구 집 자손이란 걸 단박에 알았지만 굳이 묻지는 않았다. 그는 지나가는 말투로 그 집에 지체가 높은 마나님이 거주한다며 웃으며 지나쳤다.

그가 말한 마나님은 근동近洞으로 밥을 얻으러 다녔던 아낙이었다. 우물가에서 보리쌀 씻던 여자들에게 놀림을 당해도 속없이 웃기만 했다. 때로는 문전박대를 당하면서도 밥 동냥을 해서 자식들을 키웠다. 남의 눈에는 반편이처럼 보였지만 성격만큼은 천하태평이었다. 내리 아들만 여섯을 두었던 평길이 각시가 그 집에 산단다. 거지라고 놀림을 당했던 그 어머니를 위해 장성한 아들들이 집을 마련해 주었단다.

*

노파는 중신애비의 말만 듣고 스물 살에 얼굴도 모르는 남자에게 시집을 갔다. 손끝이 맵고 짜다는 소문이 자자했던 까닭에 중신애비들이 무시로 들락거렸었다. 첫사랑이 되어버린 동네 총각과의 일화는 어느 여름밤의 열기처럼 뜨거웠다.

어장막 창고로 사용하던 곳에 가설극장 무대가 꾸며졌다. 딸이 마실 나갈 것을 눈치 챈 아버지는 초저녁부터 사립문을 노려보고 있었다. 아버지가 잠들기만을 기다리다 도리어 딸이 먼저 잠이 들고 말았다.

얼마의 시간이 흘렀을까. 잠을 깨자마자 부리나케 달려갔지만 영화는 끝이 났고, 가설극장은 막이 내린 뒤였다. 새벽 수탉이 울었고, 뱃일 나가는 사람들의 헛기침 소리가 들렸다.

그렇게 슬픈 과거를 접고 시집을 갔다. 십자수로 횟댓보와 베갯모에다 봉황을 새기고 학처럼 날개를 펴고 날아갔다.

남자의 직업은 머구리배를 타는 베테랑 잠수부였다. 수심 30m 이하까지도 거뜬하게 내려가 심해에서 갖가지 산호초를 캐왔다. 그걸로 아기자기하게 신혼 방을 꾸몄다. 선주는 해마다 계약기간을 연장해 주었다.

한창 돌미역을 캐내던 오월이었다. 작업을 나갔던 남편이 잠수병에 걸리고 말았다. 무리한 경쟁이 원인이었다. 선원들이 순서를 바꿔가며 밤낮없이 펌프질을 해댔다. 산소 공급이 중단되면 생명은 끝장이라고 했다. 보름이 지난 뒤에야 남편은 겨우 갑옷 같은 잠수복을 벗을 수 있었다. 그러나 결국 땅을 밟지는 못했다. 그의 나이 서른다섯 살 때였다.

홀로 남겨진 그녀는 어떻게든 아이들을 데리고 살아야 했다. 그 길로 양포리를 떠나왔다. 고향을 등지고 떠나와 겨우 자리를 잡은 곳이 항구도시의 선창가였다. 모든 게 낯설었다. 여자가 손쉽게 구할 수 있는 일자리는 우선 선술집뿐이었다. 선창에는 고만고만한 철공소가 즐비했다. 취객들은 사글셋방 담벼락에다 대고 소변을 봤다. 골목길은 하루도 마를 날이 없었다. 담벼락엔 마른 거품이 난삽하게 그려진 음화처럼 엉겨 붙어 있었다. 더러 쉬파리도 앵앵댔다. 그 길을 오고가려면 코를 막고 다녀야만 했다.

"하룻밤 풋사랑에 이 밤을 새우고……"

온갖 오사리잡놈들이 술집으로 모여들었다. 수시로 치맛자락을 움 켜잡았고 손길을 뿌리치면 욕지거리부터 튀어나왔다. 도저히 그 일을 할 수가 없어 때려치웠다.

그 후론 당숙모를 따라 '깡깡이'란 걸 하러 갔다. 힘은 들어도 돈은 좀 되었다. 아파트 몇십 층 높이의 선박을 오르내리며 망치를 내리쳐 녹을 제거하는 일이었다. 그 일도 할 짓이 아니었다. 진종일 망치질을 하고 나면 목 안에서 녹물이 다 올라왔다. 생선 장사라도 해볼까 하고 통통선을 타고 자갈치로 건너갔다. 거기는 그야말로 전쟁터였다. 워낙 에 텃세가 심해 붙어날 재간이 없었다. 머리카락은 다반사로 쥐어 뜯 겼다. 손톱에 할퀸 자국이 밭이랑처럼 나 있을 때가 많았다.

*

마을을 한 바퀴 돌아 나온 노파는 엄마가 보망 일을 하던 축항으로 간다. 바다는 저만치까지 넓게 매립되어 있었다. 그때 그물을 꿰매던 사람들은 이제 죽었거나 살아있다 해도 그런 일은 하지 않았다. 낚시 꾼들이 앉았다 버리고 간 떡밥에 갈매기들만 모였다 흩어졌다. 파도만 이 허기진 옛 추억을 책장 넘기듯 팔랑팔랑 넘기고 있었다.

"그래, 니 윤순례 맞제?

노파는 제 이름을 듣고서 깜짝 놀랐다. 여태껏 병원 외엔 일상에서 는 거의 들어보지 못했다. 어느새 눈앞에 나타난 늙은이는 조금전 버 스 안에서 술내를 풍기던 때와 달리, 말끔한 양복으로 갈아입고 있 었다.

노파는 그에게 자신의 병든 모습을 보여준다는 게 자존심이 상했다.

"다시는 널 만날 수 없다고 생각했었는데……."

"……."

"우리 집에 갈 텐가?"

좁디좁았던 옛 고샅길은 차량 통행도 가능하게 넓혀져 있었다. 검은 세단이 그들의 곁을 지나치다 멈추었다. 운전사가 창문을 열고 "형님! 보기 좋수다."라며 농지거리를 했다. 그는 헛웃음을 보내며 어서 가라고 손짓을 했다.

생각 외로 그의 집은 정리가 잘 되어 있었다. 안사람이 살림살이를 제법 야무지게 하는 듯 오밀조밀하게 채소밭도 가꾸어 놓았다. 마당한 귀퉁이에 갖가지 꽃들을 심어 놓았다. 잎이 넓어 시원시원하게 보이는 옥잠화도 있었다.

"너, 그 꽃향기를 무척 좋아했지?"

그가 그녀 곁에 나란히 와 앉았다.

"……그랬지. 그래, 너도 장가는 들었고?"

"장가라고 한번 가기는 했지. 마누라는 되우 고생만하다 결국 개신 개신 앓다 갔지. 다시 여자를 하나 들여앉혔지만 첫정만큼 애끓지가 않더라. 뭔 재산이나 좀 있는가 하고 내심 계산을 따져봤겠지. 그래, 제 명의로 무언가 해달라고 조급증을 내며 닦달을 하는 데 그만 딱 질리더라. 그래서 그랬지. 아이 하나만 낳아봐라. 그러면 자갈밭이라도 팔아서 해준다고 했지."

"그래, 자식은 봤는가?"

"자식은 무슨……. 배태胚胎도 못해 보고 제풀에 꺾여 휙 가버리더만."

그가 끓인 된장찌개는 들척지근했다. 항암치료를 받은 후로 가장 입맛에 맞는 음식이었다. 그때 아버지의 명령대로 이 사람과 결혼을 했더라면……. 때늦은 저녁 성찬에 초대된 게 노파로선 조금 아쉬울 따름이었다.

연리지連理枝가 있던 정원

암막 커튼이 쳐진 어둠 속에 늙은 여자가 누워 있다. 눈꺼풀은 맞붙었고, 등에는 아교풀을 칠한 듯 방바닥에 붙어 떨어지질 않는다. 뒤척일 때마다 누군가에게 흠씬 두들겨 맞은 것처럼 온몸이 욱신댄다. 야간근무 삼일에 연거푸 아침 출근이다. 알람시계가 자지러질 때마다 주인집 여자의 목소리가 한 옥타브씩 올라간다. 혹여 늦잠 자는 줄 알고 깨워주는 건 좋은데 오늘은 솔직히 귀찮다. 변비가 해결되지 않은 날은 방문까지 요란하게 두드렸다. 그럴 때마다 뚱땡이 주인할머니의 몸 속에 엄마가 들앉은 듯한 착각마저 들었다.

자웅동체인 우렁쉥이처럼 암·수가 함께하면서도 몸과 귀는 따로 놀았다. 몸은 부동자세를 고수하고 귀는 소리의 주파수에 예민하게 반응한다. 그제야 민달팽이처럼 배를 밀고 가 손을 뻗어 알람 소리를 정지시킨다.

늙은 여자가 젊고 예뻤던 시절, 스무 평 남짓한 공간엔 유형이 각기 다른 두 부류의 인간이 살았다. 아침 vs 저녁형 인간이 물과 기름처럼 존재했다. 아침형이 자는 시간이면 저녁형은 슬슬 몸을 풀었다. 둘은 서로 희석되지 못하고 엇박자로 놀았다. 쉽게 말해 젊고 예쁘던 여자는 올빼미족이었다. 부지런한 새가 먹이를 더 많이 물어온다는 종달새 체질은 임마였다. 그러니 아침형은 야행성인 서녁형 인간의 행동을 아주 꼴사납게 보았다.

"일어나라, 좋게 말할 때."

몇 번 부르다 종내 기척이 없으면 문을 확 열고 들어왔다. 그때부터 성질은 좀 사나워졌다. 단숨에 오징어 껍질 벗기듯 이불을 확 걷어젖혔다. 뿐만 아니라 둥근 달처럼 솟아 있는 엉덩이를 사정없이 내리쳤다.

"왜 때리고 그래?"

"스스로 알아서 일어나면, 내가 미쳤다고 이러냐?"

늦잠이 많아 늙은 여자는 제시간에 일어나는 법이 없었다. 다소 굼뜨고 무딘 신경은 거주지와 환경이 바뀌어도 고쳐지지 않았다. 인간의 생체리듬은 날이 밝으면 활동하고 어두워지면 수면에 드는 게 자연의 섭리요, 우주의 원리라고. 여자는 스스로 자문하고 해답까지 내린다. 굴리고 던지고 별별 짓을 다해도 발딱 일어나는 오뚝이 인형이거나, 버튼 하나로 조정이 가능한 로봇이 되고 싶었다. 그건 단지 실천이 불가능한 바람일 뿐이었다.

이제 늙은 여자의 생체리듬은 삼교대 근무로 오작동을 자주 일으켰다. 푸석해진 머리카락을 손가락 빗질하고 전신거울 앞에 선다. 젊고 예뻤던 시절엔 가슴이 빈약한 게 못마땅했다. 서양여자만 보아온 동양여자의 콤플렉스였다. 그들은 엉덩이와 가슴이 덩그렇다. 오리 모양 뒤뚱거려도 흉이 되지 않을뿐더러 직장에서 쫓겨나는 일도 없었다.

언젠가부터 늙은 여자는 입안이 말라 갔다. 그렇다고 평소에 침이 퐁퐁 솟아오르는 것도 아니었다. 언제나 파일로리균의 역겨운 냄새와 뒤섞여 미끄덩댈 뿐이었다. 쇼그렌 증후군이라던가? 지난해부터 그런 증상이 부쩍 심해졌다. 침이 말라버린 혀로 하루를 견딘다는 건 고통이었다. 환자와의 대화는 단절해도 무방하지만 환자의 증상을 설명해야만 하는 그 가족들과의 면담은 자칫 성의 없게 보일 수 있었다.

"좋은 아침입니다"

야간 근무자들과 인사를 나누다 침이 돌지 않아 혀를 깨물고 말았다.

"네에, 간호사 Y입니다. 무엇을 어떻게 도와드릴까요?"

입안엔 찝찌름한 피 맛이 돌아 발음이 자꾸만 꼬였다.

"저는 Mrs .F 환자의 보호자입니다. 시간 좀 내어 주시겠어요?"

늙은 여자와 연배가 엇비슷해 보이는 남자는 오늘도 그의 어머니를 찾아왔다. 늙은 여자는 인계받은 환자들의 차트를 미루어두고 그와 마주하고 앉는다. 그는 이미 손때가 묻은 어머니의 흔적을 더듬다 울다 왔는지 눈자위가 불그스름했다.

남자가 매일같이 어머니를 찾아오다시피 해도 정작 환자는 아들을 몰라본다. 기억을 못 한다는 건 타인을 매우 비참하게 만들었다. 가끔은 아주 먼 추억을 쫓아 줄달음쳤지만 근래의 일은 온전하게 기억하지 못했다. 남에게 상처를 안겨주면서도 본인은 정작 그것조차도 모른다. 세상은 언제나 공평하지 않은 일들이 생겨나고 사라지는 것처럼…….

늙은 여자는 이틀이 멀다하고 면회를 오는 남자의 내방이 때로는 성가시기도 했다. 달라지는 것도 없는 환자의 증세에 대해 일일이 대꾸하며 설명을 하는 것도 귀찮고 지겨웠다. 그렇다고 노골적으로 신경질을 낼 수도 없었다. 싫든 좋든 환자 가족들의 권리이기에 간호사가 그걸 박탈할 자격은 없다.

벌써 몇 년째 늙은 여자는 어머니의 산소에 가보지 못했다. 우선은 열한 시간의 긴 비행을 견뎌낼 수 없을 만큼 자신이 무척 늙어버렸다고 생각한다. 고국을 방문해보아야 외삼촌도 이미 돌아가시고 없다. 조카들을 찾아간다고 한들 서로가 불편하고 어색할 것 같아 마음을 접은 지 오래였다.

늙은 여자는 요양원을 매일 같이 찾아오는 남자가 사실 부럽기도 했다. 비록 아들을 기억하지 못할망정 언제든지 달려오면 어머니를 볼 수 있다는 사실이 그에겐 참 행복해 보였다. 그의 기억 속에 존재하는 어머니는 무척이나 젊었다. 정원에서 꽃과 잔디를 가꾼다. 앞치마를 두르고 쿠키와 빵을 굽는다. 주말이면 아버지의 친구들을 불러 모아 파티를 즐겼었다. 와인에 취한 어머니는 귀족이나 왕비처럼 머플러를 두르고 샹송을 불렀단다. 그런 어머니의 나머지 삶을 요양병원에서 갈무리해 드린다는 것에 그는 가슴 아파했다.

"어머니의 모습을, 차마 볼 수가 없어요."

그와의 대화는 언제나 서툰 영어로 시작되었다. 늙은 여자는 코흘리개 아이를 달래듯 남자의 어깨를 토닥토닥 두드려준다.

"아침에 눈을 뜨지 않거든 이걸로 갈아입혀 주세요."

예상했던 대로 그는 들고 온 가방을 내밀었다. 열어보지 않아도 짐작이 갔다. 그 속에는 예쁜 꽃무늬가 수놓아진 잠옷이 분명 들어 있었을 게다. 왜냐면 그 환자는 병원복을 입지 않으려고 자주 떼를 썼다. 그 환자뿐만 아니라 노인들은 화려한 색상의 꽃무늬 옷을 좋아했다. 피부는 시들어도 겉모습만큼은 꽃을 피우길 원했다. 그래서 주검조차 메이크업이 필요했다. 눈썹을 그리고 입술을 칠하고 회분으로 화장을 시킨다. 태어나면서부터 여자는 본능적으로 미美를 추구하는 존재란 걸 남자는 이미 알고 있었을까.

칸칸마다 병실 문이 열리고 환자들이 부산하게 오고간다.

"하이! 플라워."

늙은 여자는 그들을 향해 손을 번쩍 들고 웃는다. 하느작대는 걸음들이 본체만체 늙은 여자의 곁을 지나쳐 간다. 그러다 어느 날은 실없는 웃음들을 흘릴 때가 꽤 많았다. 간간이 괴성을 지르며 복도를 뛰어다니거나 소란을 피웠다. 어제오늘의 일보다 몇십 년 전으로 거슬러 올랐다. 때로는 음식에 집착했고, 만나는 사람마다 내가 며칠을 쫄쫄 곯았다. 그러니 제발 먹을 것을 좀 달라며 억지를 부렸다. 그러다 몫을 챙겨주면 이불 속에다 꽁꽁 숨겼다. 정작 먹을 사람은 본인이 아니라, 가족 누군가의 몫으로 남겨두었다. 가까운 기억은 사라지고 뇌는 언제나 과거로만 돌아갈 뿐이었다.

늙은 여자는 그들을 꽃이라고 부른다. 꽃으로 생각하고 사랑해야만 온전히 이해할 수 있었다. 굳이 구실을 붙이자면 한때는 그들도 꽃으로 사랑받던 시절이 있었거나, 또한 누군가를 꽃으로 키웠던 적이 있었다. 정원에서 자잘한 생화를 키우다 이제는 자신들이 드라이플라워가 되어 버렸다. 너무 말라 손길이 닿기만 해도 바스러져 버릴 것 같았다.

늙은 여자는 노인들의 가슴에 꽃 이름이 새겨진 명찰을 하나씩 달아 주었다.

"today is Saturday."

노인들에게 휴일은 따로 있는 게 아니었다. 날마다 휴일이고 주말이었다. 요일 개념이 없으니, 해가 뜨고 달이 기울어도 매양 그날이 그날이었다. 늙은 여자는 꽃들의 이야기를 한 시간만 듣다 보면 본인의 해마조차 인지능력이 떨어져 횡설수설하고 있었다. 기가 차서 웃었고, 어이가 없어 울었다. 죽은 엄마가 그랬고, 머잖아 찾아올 자신의 미래가 꼭 그럴 것 같았다.

"This is very hot!"

"화상을 입는다구요!"

늙은 여자는 두 나라 언어를 구사한다. 급하면 모국어부터 튀어나왔다. 이미 오래전에 고국을 떠나왔지만 귀에 익숙한 게 입에도 익었다. 모국어가 튀어나올 때는 그만큼 신경이 곤두섰다는 증거였다.

"테리 씨는 이런 걸 드시면 안 돼요."

노인의 침대 머릿장에 작은 액자가 놓여있다. 젊어서 한때 그는 은발의 신사였다. 그런 그가 그때의 기억을 송두리째 잃어버렸다. 불안하면 눈망울이 커지고 겁에 질린 아이처럼 굴었다. 구석 자리에 쪼그리고 앉아 아무리 불러도 나오지 않았다. 젊어서는 누군가를 호령했을 그가 작은 고함소리에 놀라 울먹인다. 늙은 여자는 또 아이마냥 그를 달랜다. 자기보다 몇십 년은 더 살았을 노인의 어머니가 되어간다.

"식사를 마쳤으니 이제, 세수를 하셔야지요."

인간의 오감 중에 후각은 타 동물에 비해 월등하게 뛰어났다. 콧구멍으로 들어와 뇌를 타고 오르면 곧 분리작용에 들어가 양단간에 결정이 난다. 향수에 끌리고 비린내와 지린내는 싫증나게 만들었다.

늙은 여자는 노인의 손을 잡고 샤워실로 간다. 턱에다 쉐이빙폼을 바르고 수염을 밀어낸다. 고무줄이 헐거워진 바지를 끌어내린다. 꽃대 사이로 촘촘히 주름이 잡힌 씨앗 주머니가 호두 모양 매달렸다. 늙은 여자 또한 자신이 껍질을 깨고 나온 뿌리의 근원이 그곳이었기에 마음이 짠해서 비누거품을 내어 두 번 세 번 씻고 또 씻어 내린다.

노인의 젊었던 시절, 그곳은 활기찬 씨앗들을 무수히 보관했던 저장고였다. 여왕벌이 있어 꿀벌들은 꽁무니로 배설물을 뽑아내어 자기의 존재를 부각시킨다. 달콤한 것에는 개미들이 오글오글 들끓기 마련이었다. 꿀이 다 소진되고 풍장을 겪게 되면 결국에 남는 건 빈 둥지뿐이었다. 먹이가 없으면 제 몸까지 헌신하는 거미의 삶이었을지언정 이제는 그 누구의 손길도 애원하지 않는다.

노인은 온전한 정신이 돌아오면 늙은 여자를 리아 씨라고 부르거나 "어서 와, 케린!"이라고 불렀다. 자기와 관련된 모든 과거는 기억하지 못해도 늙은 여자만큼은 꼭 '케린!'이라고 불렀다. 혼절하듯 잠을 자다가도 일어나 문을 열어놓고 지나가는 늙은 여자를 향해 "어서 와 캐린!"이라고 불렀다. 어쩌면 늙은 여자의 Y자 영문과 딸의 이름에 들어간 알파벳이 일치할지도 모른다고 오래전에 단정을 내려버렸다. 노인은 시도 때도 없이 해수욕을 가겠다며 떼를 썼다. 입은 옷을 침대 위에 벗어놓고 알몸으로 마른 헤엄을 쳤다.

"테리 씨! 지금은 밤이야, 우리 내일 해수욕장 가자. 응?"

늙은 여자는 노인의 알몸을 이불로 가린다. 시그널 뮤직을 깔듯 자장가를 부른다.

"비바람이 치던 바다/ 잔잔해져 오면/ 오늘 그대 오시려나/ 저 바다 건너서/ 그대만을 기다리리/ 내 사랑 영원히…… 기다리리……."

그는 아내의 손을 잡고 공원을 거닐고, 해변을 찾아 해수욕을 즐긴다. 아이에게 목마를 태우고 바다 깊숙한 곳으로 들어간다. 위험을 느낀 아이가 두 손에 힘을 주고 목을 옥죈다. 그러다 울음보를 터트리고, 아내는 어서 나오라며 손짓을 한다. 그 시절만큼은 기억에서 결코 지워버리고 싶지 않았을 것이다. 언어가 달라 뜻을 모르면서도 자장가 듣는 걸 좋아했다. 노인의 숨소리가 고르게 들리고 늙은 여자는 방문을 닫는다.

"넓고 넓은 바닷가에 오막살이 집 한 채……."

늙은 여자도 민요를 들으며 잠이 들었던 어린 시절이 있었다. 학교라고는 문턱도 넘어본 적이 없으면서 외할머니는 이것저것 곧잘 불렀다. 신세타령하듯 한오백년을 멋들어지게 불렀다. 그러다 자기감정에 북받쳐 옷고름으로 눈물, 콧물을 찍어냈다. 울라치면 엄마가 천 번만 번 더 울어야만 했다. 엄마를 대신해 할머니가 울어주는 것 같아 잠든 척했었다.

늙은 여자가 어렸을 적 살았던 곳에는 제각각 얼굴색이 다른 아이들이 한데 어울려 살았다. 엄마의 가게를 찾아오던 손님들은 대부분 미군부대에 근무하던 군인들이었다. 엄마는 한국말과 영어를 뒤섞어가며 물건을 팔았다. 영어를 그리 잘하는 편은 아니었다. 물건은 대부분 군부대서 나오는 피엑스 제품이라고 했다. 아버지의 입맛에 맞춰 앞치마를 두르고 음식도 만들었다. 빵에다 야채와 고기를 주로 넣었다. 엄마가 해놓은 음식을 맛있게 먹으며 아버지는 엄지손가락을 치켜세웠다.

수염을 밀고 나온 아버지의 표정이 아주 심각해 보였다. 턱을 괴고 웅크리고 앉아 머리를 흔들었다. 그러다 '으으으' 하고 산짐승 소리를 냈다. 두 사람은 서로 부둥켜안고 오래도록 울었다. 아이는 아버지의 축축한 얼굴을 더듬으며 본국이 어디냐고 물었다. 비행기를 타고 아주 멀리 가야 된다고 했다. 아이의 볼에다 털북숭이 수염을 오래도록 문질렀다.

엄마는 날마다 집배원을 기다렸다. 기다리다가 지치면 술을 마셨다. 한 달이 가고 일 년이 지나갔다. 아버지는 가끔 보내오던 편지마저 끊었고, 다시는 그 어떤 소식도 전하지 않았다. 연락이 늦어질수록 가게는 다른 아저씨들이 찾아왔다. 그들이 아무리 살갑게 대해도 그다지 정이 가지 않았다. 아이는 양쪽 볼에다 사탕을 문 채 아버지가 언제쯤 오느냐고 물었다. 엄마의 한숨소리만 깊어갔다.

봄비가 내리던 오후였다. 한동안 보이지 않았던 숙자 이모가 나타났다. 머리에 꽃을 꽂고 히죽대며 손님처럼 찾아왔다. 잊을 만하면 불쑥불쑥 나타났다. 올 때는 혼자 오는 게 아니라, 아이들을 꽁무니에 달고 왔다.

"그래, 오늘은 또 무슨 꽃이니?"

엄마가 숙자 이모의 치마를 들치며 속옷을 갈아입혔다. 그 속에는 붉디붉은 동백꽃이 무더기로 피어있었다. 어쩌자고 갈무리도 못 하는 몸에서 그토록 큼지막한 꽃을 피워냈을까. 한 철 꽃을 피우고 훌쩍 떠났던 이모가 돌아왔다. 배가 아프다며 방안에서 뒹굴었다. 엄마가 솥에다 물을 데웠다. 이모의 고함소리와 함께 아기 울음소리가 들렸다. 아이는 고추 열매를 매달고 나왔다. 엄마가 떡두꺼비 같다고 좋아라 했다. 낳자마자 어느 집에 업둥이로 보내졌을 때, 이모는 빼앗기지 않으려고 발버둥을 쳤다. 그때만큼은 정신이 온전한 것 같았다.

어른들은 숙자 이모가 미군 병사와 사랑을 나누다 실연을 당해 실성한 거라고 수군댔다. 아이는 겁이 덜컥 났다. 엄마마저도 그 꼴이 되기 전에 되어 아버지가 빨리 왔으면 싶었다.

구제품 가게에서 엄마가 원피스 한 벌을 사왔다. 큐빅이 박힌 머리핀이 무지개처럼 고왔다. 머리를 종종 땋아 올리고 원피스를 입혔다. 드디어 아버지가 돌아오는 모양이었다. 아이는 엄마의 손을 잡고 기차역으로 나갔다. 아버지 마중을 가느냐고 물어도 웃기만 했다. 줄을 길게 늘어선 사람들이 자꾸만 아이를 쳐다봤다.

새마을호 열차는 오래도록 달렸다. 김밥을 먹고 몇 번인가 까무러지듯 잠을 자다 깼다. 아이는 아버지가 너무 멀리 있어서 지루하다고 투덜댔다. 역에서 내려 다시 시내버스를 갈아탔다. 엄마가 조금만 더 가면 곧 도착한다고 했다.

골목은 좁았다. 담벼락은 모조리 토담이었다. 시골아이들은 하나같이 얼굴이 새까맸다. 신기한 물건이라도 보는 듯 코를 훌쩍거리며 아이 뒤를 따라왔다. 구불구불한 골목을 몇 바퀴 돌고 엄마는 어느 집 대문 앞에 멈춰 섰다. 큰 용기를 낸 듯 한숨을 토해낸 뒤 문을 밀치고 들어갔다. 대문은 아주 웅장한 소리를 냈다. 마당에는 사람들 여럿이 미리 모여 있었다.

"아이고, 이기 누꼬? 남옥이 아이가?"

모두가 팔을 잡고 아는 체를 했다. 이곳에 모인 사람들 역시 신기한 듯 아이를 뚫어지게 바라보았다. 아이는 영문도 모른 채 엄마의 등 뒤로 몸을 숨겼다. 아무리 둘러봐도 낯선 얼굴들뿐이었다. 마을 사람들이 돌아서서 이런저런 말들을 해댔다.

"눈동자며 얼굴 모양이 꼭 인형 같다."

"망할 년!"이라며 외할머니가 엄마의 등짝을 소리 나게 때렸다. 때리면서도 울었다. 치맛자락으로 눈물을 닦고 코를 풀었다. 마루 위에는 액자들이 나란히 걸려있었다. 파리똥이 까막까막하게 앉아 있었다. 외할머니가 "저분이 니 외할아버지시다"라며 손끝으로 가리켰다. 외할아버지는 갓을 쓰고 수염을 길게 기르고 있었다. 아주 무섭게 보였다. 뼈대 있는 양반집 체면을 니 에미가 다 꾸겨 놓았다고 했다. 아이는 엄마가 도대체 무얼 잘못했는지 알 수가 없었다. 그게 무언지 몰라도 단단히 잘못한 일이 있어 보였다.

"내가 네 막내 삼촌이다."

아버지보다 키는 작았지만 잘생긴 얼굴이었다. 그래도 홀릿 아저씨만치 까맣지는 않았다. 홀릿 아저씨는 정말 웃으면 이빨만 하얗게 드러났다. 아버지와 홀릿 아저씨는 둘도 없는 친구였으면서도 얼굴색은 아주 달랐다. 사람들이 아빠는 백인이고, 아저씨는 흑인이라고 했다.

삼촌은 소등에다 아이를 태웠다. 소는 궁둥이를 실룩실룩 흔들며 개천을 건넜다. 언덕에 올라가 가오리연을 날렸다. 삼촌이 연실에다 유리가루를 섞어 풀칠을 했다. 연줄이 끊어지면 연이 멀리 날아가 버린다고 했다. 삼촌이 있어 아이는 그럭저럭 지낼 만했다.

"엄니가 당분간 이 아일 좀 맡아 주세요."

외할머니가 혀를 끌끌 찼다. 엄마는 중대한 죄를 짓고 재판을 기다리는 죄수 같았다. 한 주일쯤 외가댁에 머무르다 곧 데리러 오겠다며 다시 파주로 갔다.

아이는 빠른 일곱 살에 학교에 들어갔다. 들어가고서야 또래들과 생김새와 피부가 다르다는 걸 알았다. 어른들과 달리 아이들은 '아이노꾸'니 '튀기'니 하면서 놀렸다. 그 말마저도 귀엽다는 말인 줄 알았다.

선생님이 "황애리!" 하고 불렀다. 처음 듣는 이름이라 얼른 대답을 못 했다.

"니는 와 대답을 안 하노?"

"내 이름은 카이샤, 카이샤란 말이야!"

아버지도 아이를 카이샤!라고 불렀다. 가게를 찾아왔던 아저씨들도 그렇게 불렀다. 홀릿 아저씨는 하얀 이빨을 드러내고 번쩍 들어 하늘로 올려주었다. 그런데 갑자기 황애리라니! 선생님이 너는 엄마의 성姓을 따랐다고 했다. 그 말이 무슨 말인지 몰랐다. 또래들에 비해 키가 좀 큰 아이는 뒤에서 두 번째 자리에 앉았다. 선생님이 아버지에 대해 자주 캐물었다. 그렇지 않아도 매일매일 보고 싶던 차 자꾸만 캐물어서 귀찮았다. 그런 날은 학교에서 울고 올 때가 많았다.

외할머니의 한 쪽 팔은 죽은 문어처럼 힘없이 늘어졌다. 그렇게 된

게 엄마가 속을 썩여서 그 충격으로 쓰러진 후유증이라고 했다. 아이는 밤마다 외할머니의 마른 젖을 만지며 자랐다. 중학교를 들어가서도 영어점수는 늘 하위였다.

"네가 영어 실력이 형편없다는 게 이해가 안 돼. 니네 아버지 노랑머리잖아? 아니지, 검둥이였나?" 그런 소리를 들을 때마다 누구든지 실컷 두들겨 패주고 싶었다.

까맣게 염색을 해도 머리카락 씨앗은 노랬다. 무슨 수를 써서라도 한 번쯤 완벽하게 털갈이를 하고 싶었다. 간호사 되기로 마음먹었던 여자는 외국인 전용 바에서만 놀았다. 거기만 가면 마음이 편했다. 같은 무리 속에서는 이질감보다 동질감이 더 많았다. 피부가 검거나 파란 눈을 가졌어도 웃음거리가 되지 않았다. 간호사만 되면 미국이든 호주든 마음대로 갈 수 있을 것 같았다.

그렇게 무작정 비행기를 타고 이곳으로 왔다. 플랫에는 이미 다국적 인종들이 복작대고 있었다. 두 쌍의 한국인 커플과 눈인사를 나누었다. 오다가다 스치는 커플들은 스스럼없이 입을 맞추었다. 곧바로 로마법을 충실히 따라야만 했다.

서로 다른 종種들과의 공동생활은 상당한 인내가 필요했다. 주방에서 음식을 조리하는 것부터 애로점이 많았다. 공동으로 사용하는 세탁기에는 결코 어울릴 수 없는 것들이 뒤엉킨 채 돌아갔다. 옷마다 터럭이 달라붙었다. 무제한 리필로 만난 사람들은 밤마다 모여 술을 마시고 노래를 불렀다. 시끄러워서 견딜 수가 없었다.

젊고 예뻤던 여자는 허리춤에다 손을 얹고 "좀 조용히 할 수 없겠느냐!"고 제법 앙칼지게 소리쳤다. 어디서 그런 오기가 생겼는지, 막상 고함을 치고 나니 은근히 겁이 났다. 여기가 어디라고 겁도 없이 설친 게 후회가 되었다. 다행히 아래위로 훑어본 남자가 "고 홈!"이라며 손 가락 낚시질만 했을 뿐 별다른 행동은 하지 않았다.

밖으로 나온 여자는 야외용 벤치에 앉아 담배를 피워 물었다. 무리 중에 있던 남자가 다가와 자기도 한 개비 달라고 했다. 대꾸하기 귀찮 아 순순히 건넸다. 남자는 담배연기를 훅 내뿜고는 어느 나라에서 왔 느냐고 물었다. 여자는 동방예의지국에서 왔다고 내던지듯 대꾸한다. 그게 무슨 뜻이냐고 남자가 물었다.

"너네 백의민족을 알기나 하냐?"

여자가 침을 찍 뱉었다.

남자는 아이슬란드가 고향이라고 했다.

"내가 언제 물어 봤냐?"

여자는 언짢게 반응하고는 이내 태도를 바꿔 아버지를 찾아왔다고 시큰둥하게 말한다. 남자는 어리둥절한 표정을 지었다. 아버지는 너희 나라에서 찾지 왜 남의 나라에 와서 찾느냐고 또 묻는다. 우리나라에 있는 의붓아버지들은 하나같이 여자를 개밥에 도토리 취급을 한다고 했다. 도토리가 뭐냐고 그가 물었다.

"에잇! 이제 귀찮으니 그만 가줄래?"

처음엔 그게 전부였다. 일주일을 간신히 버틴 여자는 홈스테이할 곳 을 찾아 나섰다. 남자가 따라 나섰다.

"나, 너에게 빈대 붙어도 되냐?"

"why?'

"날 먹여줄 자신 있냐고? 없으면 꺼져! 새꺄!"

어디서 그런 강단이 나왔는지, 여자는 한쪽 도르래바퀴가 망가진 가방을 끌고 언덕을 오른다. 숨이 턱까지 차오르고 땀이 등줄기를 타고 미끄러졌다. 아이슬란드 남자가 끌어주어 조금은 수월했다.

Rose Wood 21번가.

집들은 거의 울타리가 없거나, 있다 해도 야트막했다. 무엇보다 장미꽃길이란 게 마음에 들었다. 정원엔 연리지가 있었다. 나무는 제각기 다른 곳을 향해 가지를 뻗었다. 나뭇잎은 물론, 피워 올린 꽃봉오리마저도 달랐다. 할아버지가 잔디를 깎다 말고 여자를 향해 손짓했다.

"하이."

현관문을 열고 나온 할머니의 몸집은 거구였다. 뒤뚱대는 걸음걸이만 아니면 외할머니 집에 온 것 같았다. 적적한 김에 잘 되었다며 정말 손녀딸처럼 반겨 주었다. 청소기로 카펫을 밀고 함께 슈퍼마켓도 갔다. 할머니는 보기보다 달랐다. 사사건건 간섭이 심했다. 좁쌀도 그런 좁쌀이 없었다. 날마다 찾아오는 아이슬란드 남자도 달갑잖아 했다.

놀랍게도 여자의 몸집은 하루가 다르게 할머니를 닮아갔다. 제기랄, 이대로 두었다간 저 노파처럼 될지도 몰라. 여자는 날마다 달리기 시작했다. 장미꽃들이 휙휙 지나쳤다. 집집마다 정원에서 피고 지는 꽃들이 화원처럼 보였다. 임무를 끝낸 꽃들이 땅을 향해 고개를 꺾었다. 고개를 꺾으려면 인간이 더 많이 꺾어야만 할 것 같았다. 입안이 말라 여자는 냉장고 문을 열고 우유를 벌컥벌컥 들이켰다.

"What are you!"

깜짝 놀라 사래가 걸려 캑캑댔다. 할머니는 우유의 눈금까지 쟀다. 끝도 없이 펼쳐지는 들판에 널린 게 젖소요, '저 푸른 초원 위에 그림 같은 집'은 모조리 전원주택이었다. 짜기만 하면 나오는 걸 모질게도 인색했다. 토할 수 있으면 당장에 뱉어버리고 싶었다. 일자리가 시급히 필요했다. 여러 곳에 이력서를 뿌려 놓았으니 연락오는 곳이 있으면 우선 어디든 달려가 볼 참이었다.

아이슬란드 남자와 함께 찾아간 '토렌트 베이'의 해변에는 축제가 열리고 있었다. 축제장은 초록 물결이 넘실대고 있었다. 그날 남자도 진 바지에 초록색 티를 입고 있었다. 여자는 그와 손을 잡고 캉캉 춤을 추고 탭댄스를 찍었다. 부채춤만 추었던 여자가 캉캉 스텝을 밟으려니 다리가 자꾸만 꼬였다. 발을 몇 번 밟힌 남자가 인상을 찡그렸다. 뭘, 그만한 일에……. 두 사람은 서로 배꼽을 잡고 웃었다.

축제는 햇살이 파란 셔츠들을 빨갛게 물들일 때까지 이어졌다. 땅이 약간 흔들렸다. 미약한 지진이었다. 이 정도쯤이야. 눈썹 하나 까닥 않는다. 지층끼리 심심하면 싸움질해대는 현상에도 이골이 났다.

"너 취직자리 구한다고 했지?"

"몰라서 묻냐?"

"내가 알아봐 줄까?"

"네가 무슨 재주로?"

하도 같잖아 여자는 혀를 날름 내밀었다. 정말 일주일 뒤 한 Rest Home에서 연락이 왔다. 찬밥 더운밥을 가릴 처지가 아니었다.

그곳에 거주하는 환자들은 대부분 치매를 앓는 노인들이 많았다. 용변으로 소꿉장난을 한다거나 심지어 특정부위를 장난감으로 오인하는 사람도 있었다. 늙은 여자는 아무리 시간에 쫓기어도 노인들의 느린 행동을 다그치지 않는다. 시간을 재촉한다고 달라질 게 없었다. 과거를 잊어버린 사람에게 시간의 개념을 따진다는 건 쓸모없는 짓이었다. 가끔 찾아오는 가족들 눈에 그들은 단지 정물에 불과할 뿐이었다.

테리 노인은 유독 늙은 여자만 보면 졸졸 따라다녔다. 장난삼아 과거를 물어보면 "South Korea, 백마고지."라고 정확하게 말했다. 모든 걸 잊어도 그 장소만큼은 또렷하게 기억하고 있는 것 같았다.

출근을 하던 늙은 여자는 정물화로 붙박인 노인의 모습을 보고 소스라치게 놀란다. 쌀쌀한 날씨에도 반바지 차림으로 벤치에 앉아있었다. 흙 묻은 발을 내려다보듯 고개가 꺾여있었다. 직감으로 테리 노인이란 걸은 알아챈 늙은 여자는 단숨에 달려간다. 더 지체할 상황이 아니었다. CPR을 시도하고 인공호흡을 한다. 몸속의 공기를 모조리 빼내서라도 노인을 살리고 싶었다. 그 사이 직원들이 달려오고 노인은 깊은 한숨을 토해냈다. 늙은 여자는 자신도 모르게 노인과 묵은 정이 들어버렸다는 것에 스스로 놀란다.

병원으로 후송된 지 일주일이 지날 무렵 노인이 돌아왔다. 늙은 여자는 "파파!"라고 부르며 달려가 그의 품속에 와락 안긴다. 웃음이 사라진 무표정한 얼굴은 호수처럼 잔잔했고, 아무리 흔들어도 노인은 더이상 늙어버린 여자를 "어서 와, 캐린!"이라고 부르지 않았다.

열린 창문으로 갖가지의 꽃향기가 전해진다. 늙은 여자는 환자들에게 배식 준비를 서두르고 있었다. 약간의 미진微震이 느껴지더니 점점 땅이 흔들리기 시작했다. 평소와 다르게 이번엔 강도가 상당해 보였다. 갑자기 병동 건물 하나가 진저리치듯 떨리다 한 귀퉁이가 무너져 내렸다. 여기저기서 아우성이 쏟아졌다. 촉각을 다투던 현상들이 눈앞에서 펼쳐졌다. 그야말로 병원 전체가 아수라장이 되고 말았다. 앰뷸런스가 도착하고 늙은 여자는 정신없이 환자들을 후송시켰다. 가까스로 건물을 빠져나온 그때서야 비로소 핸드폰을 확인했다. 같은 번호가 수없이 찍혀 있었고, 남자의 문자가 도착해 있었다.

"나 갇혀 버렸어. 키위 새."

전화를 걸었다. 신호음이 가도 연결이 되지 않았다. 늙은 여자는 허겁지겁 차를 몰고 시내로 나갔다. 지진 여파로 도로와 건물이 쑥대밭으로 변해버렸다. 역사와 전통을 자랑하던 대성당마저 한쪽이 무너져 내렸다. 도시 전체가 폭격을 맞은 듯 전쟁터를 방불케 했다.

내가 너에게 먼저 손을 내밀었나
네가 나에게 뿌리를 뻗었던가
우리는 둘이었다 하나가 되었나
하나였다가 둘로 갈라졌나
아득한 땅속부터 너와 나의 사이가
사랑이었거나
혹은
원수였거나
떨어질 수 없어서 한 몸으로
네가 있어
나는 바람에 넘어지지 않았고
내가 있으므로

네가 행복다고 말했지
우리는 원래 한 민족이었거나
그 나라가 좋아서 들어온
외톨 씨앗이었거나

늙은 여자는 오늘도 그 성당 주변을 서성인다. 그와 나란히 앉아 미사를 올렸던 자리가 그립다. 아버지처럼 의지하며 살았던 파트너를 잃어버렸다. 기억이 있는 한 추억이 묻힌 곳을 잊지 못할 것이다.

누군가에게 길들어져 누군가를 기다린다는 것은, 어머니가 그랬던 것처럼 죽음보다 더 잔인한 고통이었다. 우기雨期가 오기까지 힐 언덕의 잡초들은 한동안 마른 몸을 뒤척일 것이다. 늙은 여자는 젖은 몸을 뒤척인다.

해설

소외된 자들의 희망 없는 세계에 대한 인식과 반응
— 김임순의 작품세계

김인배(소설가)

1. 김임순 소설의 독해를 위한 몇 가지 관점

오린吾潾 김임순은 수필가로서 처음 문필 활동을 시작했으나, 늘 소설에 대한 열망을 버리지 못하고 오십대라는 다소 늦은 나이에 소설가로 등단했었다. 소설이라는 문학적 매체는 그에게 생의 연륜만큼 깊어진 깨달음과 아울러 그간에 직·간접으로 체험한 온갖 사연을 이야기 형식으로 풀어낼 수 있는 일종의 매혹적인 장르였던 것이다. 말하자면, 그는 살아온 지난 세월과 보아온 주변의 갖가지 삶의 양태에 대해 그만큼 하고 싶은 이야기가 많았던 모양이다. 이런 점이 나이에 상관없이 그가 소설가가 되고자 한 이유였던 셈이기도 하다.

그래서였을까. 그는 문학 활동을 해오는 동안 정작 쓰고 싶은 소설에의 창작 욕구를 오래 눌러왔던 벌충이라도 하듯 소설가로 데뷔한 이후 많은 단편을 연달아 발표하였다. 이번에 첫 창작집을 엮어내며 엄선한 10편의 소설들은 그간 열심히 작품 활동에 매진해 온 그 결과물이라 할 수 있다.

김임순의 소설들을 읽고 있노라면 종종 남성 작가가 쓴 작품으로 착각할 만큼 남자들의 세계를 그리고 있다. 또는 남성 화자의 입장에서 세상을 바라보는 내용이 다수를 이룬다. 이는 상당히 흥미로운 현상이 아닐 수 없다. 여성 작가가 굳이 남성 화자를 내세우는 데는 필시 작가의 어떤 심리적 요인이 작용하고 있음직하다. 궁금한 만큼 이에 대해 한 번쯤 고찰해볼 필요가 있지 싶다.

또, 그의 작품 속 인물들은 대개 익명성이다.

김임순은 어떤 특정인물을 지칭하는 고유명사로 표기되는 이름을 소설에서 거의 사용하지 않는다. 그 대신, 주인공을 위시하여 거개의 인물들이 보통명사로 지칭된다.(예컨대, 남자, 여자, 남편, 아내, 아버지, 어머니, 노파, 노인, 사내⋯⋯등등.)

다시 말해서, 구체적인 이름이 아니라, '아내·남편·남자·여자'와 같은 보통명사가 이야기의 주인공들이다. 간혹, 일인칭 주인공 화자 '나'와 삼인칭 대명사 '그' 혹은 '그녀'로 대체된 경우에도 이 역시 익명에 속하기는 마찬가지다.

작중인물의 작명에 관해 그가 고심하기는커녕 마치 의도적으로 기피하는 듯, 또는 특정한 이름을 부여하는 것을 극도로 싫어하는 듯한 인상을 주기까지 한다. 대관절 그 이유가 무엇인지 주목할 필요가 있다. 왜냐하면 실상 이런 예사롭지 않은 작명방식 자체에도 그의 소설 작법에서 갖는 어떤 의미가 내포돼 있으리라 여겨지는 까닭에서다. 따라서 김임순의 소설을 논함에 있어 이 점은 반드시 해명하지 않을 수 없는 꽤 중요한 요소의 하나이다.

　수록된 10편의 소설들에 등장하는 거의 대부분의 작중인물은, 사회적 신분계층으로 따져 흔히 하층민으로 분류되는 사람들이다. 그들 역시 나름대로 분명한 사회구성원임에도 불구하고, 이른바 '소외된 자들'에 해당한다. 이들이 매일 접하는 고통스런 현실과 신산辛酸한 삶의 절박함이 이야기의 주류를 이루고 있다. 작가의 시선이 유독 이러한 자들의 삶에 초점이 맞추어진 이유도 궁금하다.

　또, 김임순의 소설은— (이번 작품집에 수록된 소설들 중 몇 편을 제외하고는)— 그 구성 면에서 전통적인 서사구조의 진행 과정(일테면, 발단-전개-위기-절정-결말)에 따른 의도적인 사건 배치와는 상당히 다른 구조를 지니고 있다. 그 때문에 등장인물 간에 극적인 갈등이 절정에 치닫고 마침내 해결에 이르는 어떤 일관된 사건의 흐름이 좀 부족하다. 그 대신 시종 담담하게 세월의 흐름에 따른 변화만을 보여준다. 따라서 기존의 소설구조에 익숙한 독자들에게는 단편소설이 갖는 전체적 긴장감이나 극적인 반전反轉에 대한 기대감이 충족되지 않아 약간 실망스러울 수도 있다.

　하지만, 이것은 다른 관점에서 논하자면 작가 나름의 소설 지론에 의한 또 다른 특징과도 상관이 있다. 가령, 소설가 윤후명은 평소에 "소설이 전통적 기법만을 따라야 한다는 법은 없으며, 새로운 형식의 시도 또한 중요한데, 그런 의미에서 〈소설은 줄거리보다는 이미지다〉"라는 자신의 소설관을 자주 피력해 왔다.

　요컨대, 이러한 시각으로 김임순의 소설을 들여다보면, 그가 그려내고 있는 작중 세계는 전통적 기법과는 다른, 제 나름의 일정한 패턴을 지니고 있음을 발견할 수 있다. 즉, 김임순의 소설은 하나같이 이야기의 발단부에서 주인공의 현재적 삶의 모습과 행위가 묘사된다. 그런 다음, 현재와 같은 자신을 이룬 배경인 과거의 삶을 자세히 묘사함으로써 주인공의 '자기형성 과정'을 독자들에게 낱낱이 보여준다.

그 과거는 대개 어둡고 고통스런 기억으로 존재한다. 뿐만 아니라 현실은 그와 같은 과거의 연장선상에 있고, 또한 그 불편한 기억들은 오랜 세월의 흐름에도 불구하고 조금도 빛바래지 않고 너무도 생생하고 또렷하다. 따라서 그 기억들은 항시 현재를 살고 있는 자신의 뒷덜미를 끌어당기거나 발목을 잡기도 하는 괴로운 요소들이다. 그리하여, 그 같은 과거 회상 뒤에 다시 현재로 되돌아온 주인공은 희망이라고는 끼어들 여지가 없는 현실과 어김없이 맞닥뜨린다. 이때 주인공이 발견하는 이 희망 없는 세계에 대한 인식과 반응을 그려내는 특이한 구조가 김임순의 소설 세계라 말할 수 있다. 그것은 세상과 타협하는 방식의 이야기가 아니라, 작중인물들이 각기 마주치고 있는 현실세계에 대한 그 나름대로의 인식과 반응을 독자에게 보여주는 방식의 이야기다.

나는 김임순의 소설을 읽은 한 사람의 독자일 뿐만 아니라, 나와 같이 평범한 일반 독자들 역시 한 번쯤 품어봄직한 의문들을 몇 가지로 설정해보았다. 그리고 일종의 문제제기 형태로 그 의문들에 대해 제대로 답하는 것이야말로 곧 작품의 바른 이해에 이르는 길이라고 판단하였다.

따라서 내가 이상에서 미리 제시한 몇 가지 관점들은 김임순의 소설을 정확하게 읽기 위한 효과적인 독서 방법과도 무관하지 않다. 아무튼, 이제 그러한 관점으로 접근하면서 수록된 작품들을 집중적으로 논

의하고자 한다.

2. '바다'에 멱살 잡힌 사람들의 인생유전人生流轉

정신분석학계에서는 인간이 태어나서 다섯 살 때까지의 관계와 경험이 대체로 삶을 결정한다고 이야기하고 있다. 이 시기에 부모한테서 사랑과 인정을 받지 못해 온전히 받아들여지지 못한 경험들은 훗날 그 사람의 성격을 왜곡한다는 것이다. 심지어 그 상처를 제때 치료해주지 않으면 그 분노와 상처는 안타깝게도 대물림되기까지 한다고 말한다.

이런 정신분석학의 이론이 아니더라도, 어린 시절의 가족관계나 주변에서 받은 환경적 영향이 인격형성에 지대한 영향을 끼친다는 것은 이미 상식적으로도 널리 알려져 있는 사실이다. 요컨대, 어린 시절 고향에서 보낸 기억과 정신세계는 자기 인생의 전체를 지배한다.

소설가 김원일은 "모든 소설은 어린 시절 성장통成長痛을 앓으면서 형성된 인생관의 연장선상에 있고, 그 추억담과 무관하지 않다."는 식의 말을 한 적이 있었다. 내 기억에는 2009년의 일인데, 경남 하동에서 개최된 토지문학제의 대회운영위원장을 맡은 김원일 선생이 '문학의 밤' 행사 때 인사말에서 한 것으로 안다. 나는 그때 소설부문 심사위원으로 참석했었다. 하기야 현재의 자기를 형성하고 있는 대부분이 어린 시절의 기억으로부터 자유롭지 못한 것이 사실이다.

김임순의 소설들은 대부분 알게 모르게 정신적 외상外傷을 입은 어린 시절의 회상이 어김없이 등장한다. 그것은 하나같이 아픈 과거들이다.

바다가 주무대主舞臺이거나 혹은 배경이 되어 유년시절을 바닷가에서 성장한 주인공이 등장하는 내용이 그의 소설 절반 이상을 차지한다. 예로부터 끊임없이 문학적 영감을 불러일으키는 대상으로서의 바다, 즉 모든 예술적 영감의 원천이기도 한 그 바다가 과연 작가 김임순에게는 어떤 의미를 띠는 공간으로 파악되고 있는 것일까?

수록된 10편의 소설 가운데 「킹크랩이 되는 과정」과 「연리지가 있던 풍경」2편을 제외하면 놀랍게도 무려 5편(「P시의 항구 주변」「단풍이 타던 시절」「바람이 분다」「허공 건너기」「때늦은 저녁 성찬」)이 모두 바다와 밀접한 연관을 맺고 있다. 그 외에 「철새와 갈매기」「그 여자의 남편」은 비록 바다가 직접적인 주무대는 아니지만 역시 배경으로서 등장한다. 「덫과 틈 사이」도 포주이자 사채놀이꾼인 여자사기꾼에게 대출을 잘못해준 바람에 공금횡령죄로 교도소에 다녀온 은행원이 조선소가 있는 도시의 부두 노동자로 전락한 후에 일어나는 이야기다.

어쨌거나, 김임순의 여러 작품 속에 등장하는 바다는, 생존의 방편인 고기잡이를 위해 죽음까지 감수해야 하는 아이러니한 삶의 현장이자 또한 '비극적인 희망'의 거처로 종종 그려지고 있다. 그런가 하면, 또 기구한 운명과 좌절을 한꺼번에 감내하는 현실적 공간으로 나타나기도 한다. 이처럼 바다를 직접적 모티프로 삼은 김임순의 대다수 작품 속에 등장하는 물의 원형적 이미지는 고향인 포항 바닷가에서 성장해온 작가 자신의 추억과 그의 작중인물들의 추억이 겹쳐지는 것으로 나타난다.

태생지인 포항, 한때 거주했던 부산, 그리고 현재 살고 있는 거제에서 평생을 바다와 접한 채 매일이다시피 보아온 바다의 표정과 변화

무쌍한 현상은 작가의 잠재의식 속에 오래도록 깊이 남아 있다가 종종 그의 문장 속에 무의식중에 표출되기도 한다. 따라서 굳이 가스통 바슐라르의 이론을 들먹일 것까지 없이, 그가 쓴 문장에 물의 이미지로 충민한 어휘들이 자주 눈에 띄는 것은 어쩌면 자연스런 결과일 수 있다. ─예컨대, 빠지다·잠기다·출렁거리다·일렁대다·넘실거리다⋯⋯와 같은 단어들의 사용은 김임순의 문장 특성상 결코 우연이 아니다.

그러나 소설의 구체적인 지리적 공간(가령, 포항·부산·거제 섬)은 이미 현실의 그 공간이 아니라, 기억 속에서 작가에게 어릴 적부터 마음에 깊은 내상內傷을 입혀왔던 일종의 관념의 바다로 자리잡아 있는 그런 공간이다. 그렇기 때문에, 작중인물들마저 구체적으로 이름을 적시摘示하지 않고 모조리 '나' '남자' '여자'⋯⋯ 등으로 표시되어 등장한다.

이 익명성은 곧 '나 자신'을 가리킨 것일 수도 있고, 또한 누구에게나 해당될 수 있는 보편적 인간을 지칭하는 셈이다. 말하자면, 대부분 평범한 서민적 삶을 사는 우리 자신들의 이야기임을 작가는 이 같은 익명성을 통해 암시할 의도였던 것으로 짐작된다.

「P시의 항구 주변」에는 바다를 생존의 조건으로 삼은 일가一家가 등장한다. 이들에게 바다는 생계를 유지하기 위한 삶터이면서도 역설적이게 파멸을 불러오는 재앙의 근원이기도 하다.

명태잡이 북양 트롤선을 타고 나갔던 큰형은 동태가 되어 돌아온다. 부검 결과 직접적인 사망원인은 두개골 파열로 판명된다. 배안에서 무슨 일이 벌어졌는지 알 수 없으나, 큰형은 둔기로 머리를 맞아 죽은 것이 확실했다. 그러나 함께 탄 선원들은 모두가 입을 맞춘 듯 모든 걸 큰형의 자발적인 실수로 돌렸다. 뚜렷한 증거를 제시해주는 목격자도 없었고, 사실을 해명할 근거마저 없었다. 어창魚艙에서 명태와 함께 누워 동태가 되어갔다는 결론이지만, '나'의 집안에서는 이를 뒤집을 만한 그 어떤 역량이나 세력도 없다. 아버지는 회사에서 제시한 보상금에 토를 달지 않았다. 한글도 제대로 읽지 못하는 아버지는 자식의 주검을 놓고 흥정하기 싫다며 순순히 목도장을 찍었다.

이보다 앞서 '나'의 작은형은 대구릿배(예인망 어선)를 타겠다며 P시로 떠났으나 끝내 돌아오지 못했다. 배의 취사를 담당하는 화장火匠 밑에서 일하게 된 지 얼마 되지도 않아 해상사고로 실종된 것이다. 사고 해역은 연평도 근해였다. 근처를 지나던 화물선이 작은형이 탄 해동 12호를 들이받아 침몰했었다. 몇 사람은 출동한 해경에 구조되고 나머지는 실종으로 처리되고 말았다.

그 상처가 미처 아물기도 전에 큰형마저 죽어서 돌아온 것이다. 한순간 망조가 난 집구석으로 동네에서 낙인찍히고, 형들의 목숨과 맞바꾼 보상금으로 아버지는 공동묘지 아래에다 다섯 마지기의 논을 산다. 형들을 잃어버린 '나'는 외톨이가 되었다. 아버지는 아들을 둘씩이나 잃고도 이제 하나밖에 남지 않은 '나'를 시답잖아 했다. 인물로 보나 체격으로 보나 '나'는 형들을 따라갈 수가 없었다.

하루에 두 번씩 다리를 들어 올리는 영도다리가 있는 P시로 수학여행을 다녀온 반 친구들의 자랑을 귓가로 들으며 '나'는 하굣길에 집으로 돌아가지 않고 그 길로 잠시 가출한다. 수학여행도 보내주지 못하는 집구석을 원망하며 거지들의 아지트인 바닷가 동굴로 찾아간다.

거기서 거지들과 함께 생활할 동안 후릿배가 들어오면 후릿그물을 당기는 데로 가서 일을 도와주는 몫으로 생선들을 얻어다 먹었다. 나를 가엾게 여긴 누님이 수소문 끝에 나를 찾아와, 남자는 기술이라도 배워야 먹고 산다며 강제로 '나'를 완행버스에 태우고는 P시로 데려간다. 형들은 실패했지만 나는 대도시로 나가 성공하고 싶었다. 그리하여 첫발을 내디딘 P시에서 얻은 내 생애 첫 직장은 전업기사電業技士였다. 주로 선박의 낡은 전선을 교체하는 작업이다. P시에서 그렇게 생활하는 동안 남들이 다 가지는 가정이란 걸 갖고 싶었던 '나'는 부둣가의 창녀촌에서 만난 '앵무새'가 직업여성이었을망정 그다지 개의치 않고 살림을 차릴 계획을 세운다. 가급적 세월을 단축하여 빨리 목돈이 생길 만한 일을 궁리한 끝에 '나'는 해외취업을 결심한다.

> 오래전부터 금명수산 김 실장이 금명 15호 전기사로 라스팔마스 현지 근무를 부탁해오던 참이었다. 근무조건은 좋았다. 전기사라면 딱히 갑판부 일은 하지 않아도 되었다. 그러니 큰형처럼 둔기로 머리를 맞아 죽는 일도 없을 것이고, 작은 형처럼 취사당번도 하지 않을 것이다. 눈 딱 감고 삼 년만 갔다 오면 그런대로 전셋방을 얻을 수 있을 것 같았다. <u>희망은 혼자보다 누군가와 함께할 때가 진정으로 행복한 것 같았다. 그때가 그랬다.</u>
> — 「P시의 항구 주변」(밑줄, 필자)

그리하여 라스팔마스로 현지 근무를 떠난 '나'는 열심히 일해서 번 월급과 야간수당까지 꼬박꼬박 '앵무새'(창녀촌에 있을 때 "어서 오세요, 놀다 가세요."를 앵무새처럼 외던 여자한테 '내'가 붙인 별명)에게 송금한다. 그러나 귀국해 보니, 앵무새는 '내'가 벌어 송금해준 돈을 이미 들고튄 뒤여서 행적마저 사라졌다. '나'는 맨 처음 P시에 첫발을 디딘 때처럼 빈털터리로 다시 시작할 수밖에 없었다.

　그동안 누님은 머구리배를 타는 잠수부와 결혼했으나, 결국엔 잠수병으로 떠나버린 남편을 잊지 못하고 늘 과거에 함몰된 채 지내다가 나이 들어갈수록 차츰 치매증상을 보이기 시작한다. 어느 날 그런 누님한테서 느닷없이 전화가 걸려왔다. 낯선 거리에서 방향을 잃은 누님은 여기가 어딘지 모르겠다며 다급히 '나'를 찾는 것이었다.

　　예상했던 대로 누님은 그 바닷가 축항에 앉아 있었다. 거기는 뭍과 바다의 경계선이 뚜렷했고, 삶과 죽음이, 흑과 백이 극명하게 엇갈렸다. 그곳에서 누님의 기억은 그날에 멈추어 있었다. 잠수병으로 떠나버린 남편의 기억을 더듬고 있었다.

　　"아니, 누님은 여길 왜 오셨어요? 저더러 함께 가자고 하시잖고."

　　"나도 내가 왜 여기에 왔는지 통 모르겠구나."

　　누님이 지금까지도 놓지 못하는 인연은 아주 짧은 만남으로 끝나고 말았다.

　　<u>매형이 그토록 캐내려고 했던 행복은 심해深海에 있었다.</u>

　　"아직까지 바다에서 매형이 나오지 않아."

　　근래 들어 치매 증상이 심해진 누님이 그곳을 찾아간 모양이었다. (중략……) 누구나 한번쯤은 생을 마감할 때나, 오늘이 내 인생에서 마지막 최후라는 생각을 할 때, 먹고 싶었던 음식이나 가고 싶었던 곳이 있다고들 한다. 그건 돌이켜 붙잡고 싶은 과거의 한 삶의 부분이었을 게다.

　　바다가 우리 형제들에게 남긴 것은 무엇이었을까? 이 순간, 나는 왠지 그런 어쭙잖은 생각에 <u>잠겨</u> 있었다. 기쁨은 찰나였고, 고통은 영원처럼 더디게 <u>흘러갔다.</u> 마지막 남은 그 생의 한 조각만이라도 누님에게 되찾아 주고 싶었던 걸까. 바다 앞에서, 우리는 그 옛날의 한 때로 돌아가 있었다.

그러면서 한껏 지난날의 생각들을 열심히 <u>건져내는</u> 중이었다. 그 옛날 누나가 내 손을 잡고 P시의 항구 주변에 <u>닻을 내렸듯이</u>, 오늘은 내가 누님의 손을 잡고 그 항구의 어느 언저리에 섰다. 남겨진 상처는 어차피 세월 따라 잊힐 것이다. 나와 누님은 한참 동안 멍하니 바다 저쪽을 바라보았다. 여전하다. 바닷물은 예나 지금이나 종잡을 수 없기는. 시시각각 미묘한 빛깔로 변하며 물결이 눈앞에서 <u>일렁이고</u> 있었다.

— 「P시의 항구 주변」(밑줄, 필자)

여기 인용한 「P시의 항구 주변」은 이번 김임순의 창작집에 수록된 소설 전반을 일관하는 하나의 축도縮圖라고 할 수 있다. 바다에 희망을 걸었던 일가족이 그 바다에 의해 파탄이 나버림으로써 결과적으로 풍비박산된 상태에 놓이게 된 처지를 보여주고 있다. 이들에게 바다는 생계를 유지하기 위한 삶터이면서도 역설적이게 파멸을 불러오는 재앙의 근원이기도 하고, 또한 삶과 죽음이 공존하는 공간이기도 하다.

그러나 기존의 한국소설에서 익히 보아온 것처럼, 만약 바다를 삶의 터전으로 삼은 사람들에게 한恨과 원망의 공간으로 설정된 바다로서만 그려졌을 뿐이라면, 이것은 별로 새로울 게 없다. 다시 말해, 바다의 의미가, 모든 것을 잃고 결국 운명 앞에 어쩔 수 없이 순응하고 체념하는 자들의 회귀 공간으로 인식되는 대상에 불과한 것이라면, 김임순의 소설도 역시 진일보하지 못한 셈이 된다.

한데, 바로 이 시점에서 김임순의 소설은 기존의 소설과 분명한 차이를 보인다. 바다는 거기에 의존하는 사람들의 생명줄이며 삶이 파탄 나는 재앙의 공간이란 점에서는 동일하지만, 그에 대한 반응은 확연히 갈린다. 즉, 기존의 소설 속 인물들은 자기에게 닥쳐온 불행에 대해 곧잘 한국인의 전통적 정서인 한과 원망의 태도로써 반응하며 이를 운명 탓으로 돌리고 만다. 그러나 김임순의 소설 속 작중인물들의 반응은 바로 이 지점에서 어떤 깨달음에 의해 새로운 인식에 도달한다는 점이다.

무슨 말인고 하면, 인생이란 부조리하고 모순투성이라서 대부분의 보통사람들은 아무리 노력해도 현실 세계에선 결코 마법 같은 기적이 일어나는 반전反轉 따위를 기대할 수 없다는 인식이다. 김임순의 소설들이 대체로 반전의 결말 없이 끝나는 것도 바로 이런 이유 때문일 것이다.

"바닷물은 예나 지금이나 종잡을 수 없기"에 "여전하다"는 위의 인용문처럼, "시시각각 미묘한 빛깔로 변하며 물결이 눈앞에서 일렁이고" 있는 그 바다는 인생, 혹은 인간의 보편적 삶을 표상하고 있는 것으로 읽힌다. 결국, 희망이라곤 끼어들 여지가 없는 세상에 누구나 지는 때가 온다는 것을 알고 있다. 그것이 인간의 한계임을 깨닫고는 그렇게 살아갈 수밖에 없는 것이 또한 인생이라는 얘기이다.

"남겨진 상처는 어차피 세월 따라 잊힐 것"이므로, "한참 동안 멍하니 바다 저쪽을 바라보고 있"는 작중인물들의 모습은, 그렇기 때문에 소외된 자들의 희망 없는 세계에 대한 달관의 자세로 비친다. 이런 반응은 절망이나 체념과도 다르기에 더욱 먹먹해지는 결말이다.

여기서 특히 우리가 주목할 점은 작가가 이 작품을 통해 우리에게 던지는 하나의 질문이다. 그것은 행복이란 무엇인가, 라는 질문이기에 예사롭지 않다. 필경 작가 자신의 행복에 대한 새로운 인식이겠지만, 작중인물의 의식을 통해 발화發話된 '행복의 개념'은 위 인용문의 밑줄

친 내용과도 같다. 즉, "희망은 혼자보다 누군가와 함께할 때가 진정으로 행복한 것 같았다. 그때가 그랬다."라거나, "매형이 그토록 캐내려고 했던 행복은 심해深海에 있었다."와 같은 문장들이 그것이다.

이러한 뒤늦은 깨달음은 행복에 대한 일반적 상식을 부정하는 데서 비롯한다. 행복은 고통스런 현실을 견뎌내기 위해 단지 인간의 뇌가 만들어낸 허구의 관념일 뿐이며, 또한 행복감이란 것도 시간적 거리감과는 전혀 상관없는 감정 상태라는 인식이 전제되어 있다. 이러한 깨달음은 '고진감래苦盡甘來'라는 기존의 상식을 완전히 뒤엎어버리는 것이다. 왜냐하면 일정기간의 고통을 감내하면 언젠가는 행복이 찾아오리라는 믿음은 한낱 거짓말에 불과하기 때문이다. 사람들은 곧잘 그런 헛된 믿음에 스스로 속아왔다. 일테면, 10년만 고생하면 그 이후부터 행복이 지속될 것이라는 소위 '시간적 거리감'에 대한 믿음은 실상 터무니없는 것이며 논리적으로도 언어도단이다.

행복은 크게 '만족'과 '기분'으로 정의된다. 따라서 행복은 사랑하는 사람이나 정다운 사람끼리 함께 웃고 즐기며, 일상의 소소한 기쁨을 같이 누리는 그 순간들 속에 있다는 것을 아는 사람만이 느낄 수 있다.

그런 까닭에, 주인공인 '나'는 한때 '앵무새'와 동거할 동안 비록 그녀가 직업여성일지언정, 희망은 혼자보다 누군가와 함께할 때가 진정으로 행복한 것 같았다고 느끼는 것이다. 그러나 그 행복감은 지금이 아니라, 다만 '그때가 그랬다'고 말함으로써 현재는 그렇지 않다는 의미를 분명히 하고 있다.

마찬가지로, 일찍 과부가 된 누님 역시 머구리배의 잠수부였던 자형과 생전에 함께 느꼈을 기쁨이나 즐거움의 순간들은 이제 현실에 존재하지 않으므로, '행복은 심해에 있다'고 말하게 된 것이다. 누님이 이따금 치매증상을 보이게 된 원인도 순전히 거기서 비롯된 것임을 짐작케 한다. 누님이 과거에 함몰된 채 현실에서는 방향감각을 잃고 더듬더듬 과거로의 이행移行 끝에 간신히 찾아온 곳이 바로 옛날의 그 장소, 오랜 추억이 서린 그 바닷가였던 것으로 설정되어 있다.

따라서 이들이 보이는 현실 인식에의 반응은 당연히 퇴행적退行的일 수밖에 없다. 말하자면 김임순이 보여주는 작중세계의 인물들은 하나같이 '바다에 멱살 잡혀' 물의 이미지로 충만한 그곳으로 도로 끌려온다. 거기서 눈앞에 '일렁이는' 바닷물 속에 '닻을 내리듯' 그의 의식은 '잠겨'들고, 고통이 영원 속에 '더디게 흐르는' 광경을 목격하며, 지난날의 행복했던 추억들을 '건져내고' 있는 것이다. 이처럼 김임순의 문장들 속에는 자주 물의 이미지가 스며들어, 무의식중에 표출되는 특징을 띠게 된다.

어쨌거나, 사람들은 누구든지 자기가 소망하는 어떤 특정한 나라, 특정한 가정에서 태어나고 싶다는 걸 스스로 결정할 수 없다. 선천적으로 타고난 성격과 기질도 어쩔 수 없다. 더욱이 가난이 대물림되는 가정에서 태어나 사회적으로 소외된 자들에겐 희망 없는 이 세계에 대한 퇴행적 반응이 어쩌면 당연한 것일지도 모른다.

이와 같은 퇴행적 반응을 극명하게 보여주는 작품이 「때늦은 저녁 성찬」이다. 여기서도 머구리배의 베테랑 잠수부 남편이 35살에 일찍 죽어 청상과부가 된 노파가 주인공이다. 늘그막에 며느리에게 구박을 받는 것이 일상이 된 그녀로선 직장암直腸癌 수술을 받고서 더 이상 삶에 대한 미련도 희망도 버린 상태였다.

여섯 번째 항암치료를 받던 날 노파는 병원을 나와 마을버스를 타고 정처 없이 떠난다. 이윽고 그녀가 도달한 곳은 그 옛날 잠수부였던 남편과 한때 오순도순 즐겁게 살던 고향 양포리 바닷가였다. 남편은 이곳에서 수심 30m 이하까지도 거뜬하게 내려가 심해에서 갖가지 산호초를 캐왔다. 그걸로 아기자기하게 신혼방을 꾸린 적도 있었다.

마을을 한 바퀴 돌아 나온 노파는 엄마가 보망 일을 하던 축항으로 간다. 바다는 저만치까지 넓게 매립되어 있었다. 그때 그물을 꿰매던 사람들은 이제 죽었거나 살아있다 해도 그런 일은 하지 않았다. 낚시꾼들이 앉았다 버리고 간 떡밥에 갈매기들만 모였다 흩어졌다. 파도만이 허기진 옛 추억을 책장 넘기듯 팔랑팔랑 넘기고 있었다.

"그래, 니 윤순례 맞제?

노파는 제 이름을 듣고서 깜짝 놀랐다. 여태껏 병원에서 말고 그 밖의 일상에서는 거의 들어보지 못한 제 이름이었다. 어느새 눈앞에 나타난 늙은이는 아까 버스 안에서 술내를 풍기던 때와 달리, 말끔한 복장으로 갈아입고 있었다.

노파는 그에게 자신의 병든 모습을 보여준다는 게 자존심이 상했다.

"다시는 널 만날 수 없다고 생각했었는데……."

"…………."

"우리 집에 갈 텐가?"

좁디좁았던 옛 고샅길은 차량 통행도 가능하게 넓혀져 있었다. (중략)

생각 외로 그의 집은 정리가 잘 되어 있었다. 안사람이 살림살이를 제법 야무지게 하는 듯 오밀조밀하게 채소밭도 가꾸어 놓았다. 마당 한 귀퉁이에 갖가지 꽃들을 심어 놓았다. 잎이 넓어 시원시원하게 보이는 옥잠화도 있었다.

"너, 그 꽃향기를 무척 좋아했지?"

그가 그녀 곁에 나란히 와 앉았다.

"……그랬지. 그래, 너도 장가는 들었고?"

"장가라고 한번 가기는 했지. 마누라는 되우 고생만 하다 결국 개신개신 앓다 갔지. 다시 여자를 하나 들여앉혔지만 첫정만큼 애끓지가 않더라. 뭔 재산이나 좀 있는가 하고 내심 계산을 따져봤겠지. 그래, 제 명의로 무언가 해달라고 조급증을 내며 닦달을 하는 데 고만 딱 질리더라. 그래서 그랬지. 아이 하나만 낳아봐라. 그러면 자갈밭이라도 팔아서 해준다고 했지."

"그래, 자식은 봤는가?"

"자식은 무슨……. 배태胚胎도 못해 보고 제풀에 꺾여 휙 가버리더만."

그가 끓인 된장찌개는 들척지근했다. <u>항암치료를 받은 후로 가장 입맛에 맞는 음식이었다</u>. 그때 아버지의 명령대로 이 사람과 결혼을 했더라면……. 그저 때늦은 저녁 성찬에 초대된 게 그녀로선 조금 아쉬울 따름이었다.

—「때늦은 저녁 성찬」(밑줄, 필자)

이 소설에서도 작중인물이 그토록 찾고자 한 행복은 '심해深海'에 있을 따름이다. 왜냐하면 '노파'가 인생의 막판에 찾아간 고향 양포리에서 깨달은 행복은 사랑하는 사람과 함께 웃고 즐거워하는 일상의 소소한 기쁨 속에 있다는 사실 때문이다.

그녀는 머구리배의 잠수부였던 남편에게 시집가기 전, 젊어서 한때 그녀를 좋아했던 남자를 고향 양포리에서 우연히 만나게 된다. '노파'는 이제 늙은 홀아비가 되어 있는 그 노인의 저녁 초대에 응한다. 정情이 통하는 사람끼리 마주앉아 먹는 저녁 한 끼는 '가장 입맛에 맞는 음식'이 되고 '성찬'이 되어 그 무엇과도 비교할 수 없는 행복임을 새삼스레 깨닫지만, 이미 너무 늦은 것이 아쉬운 것이다.

김임순의 소설이 보여주는 결말은 회귀성 어류가 모천母川으로 되돌아오는 상황을 연상시킨다. 그것은 현실세계에 도무지 적응하기 힘든 나머지 차라리 이 세상에 태어나지 말았더라면 하고 자탄하는 자들이 태어나기 전의 모태母胎를 그리워하여 도로 자궁子宮 속으로 돌아가고파 하는 퇴행적 반응과도 같다. 따라서 그의 소설적 구성은 대체로 작중 인물들이 과거로의 이행 끝에 고향 바닷가로 찾아오는 단조로운 패턴을 취하고 있다.

그러나, 작가가 쓴 소설이 인간의 상상력을 통해 보다 나은 세상을 만들기 위한 욕망의 산물로서 예술이 되기 위해서는 현실에 가깝지만 현실과는 다른, 작가 나름의 비전으로 이룩한 새로운 세계를 보여주어야만 한다고 믿는 평자들의 눈에는 김임순의 작중인물들은 어쩌면 현실에 대한 패배주의자로 간단히 정의될 수도 있다.

이와 같은 지적은 김임순의 소설작법이 지닌 구성상의 단조로운 패턴 때문이기도 하다. 그럼에도 불구하고, 김임순의 작가적 세계관에 의하면, 이 세상은 태어나서 후세에 제 이름 하나 남기지 못하고 덧없이 사라지는 평범한 사람들로 가득하다는 사실과, 심지어 사회의 한 구성원 축에도 들지 못하고 소외된 삶을 사는 이들에겐 마법 같은 기적 따윈 아예 기대조차 할 수 없는 희망 없는 세계란 점이다. 바로 이런 인식이 작가로 하여금 작중인물들에게 굳이 특정한 작명을 하지 않게 된 이유이기도 하다.

「바람이 분다」에는, 이 같은 인생관을 가진 '나'라는 여자가 소설의 주인공으로 등장한다. 친구의 빚보증을 서준 탓에 가산 일체가 차압당한 아버지가 일가족을 데리고 도시를 떠나 처가집이 있는 '와치도'라는 섬으로 야반도주를 한다. '나'는 그곳에서 어린 시절을 보낸다. 전학을 온 첫날 '나'의 학급 짝지가 된 아이는 평소 몸에서 향내가 풀풀 나던 무당집 아들이었다. 그 때문에 다른 친구들은 아무도 그 아이와 가까이 지내려 하지 않는다. 평소 무당 패거리 틈에서 사는, 얼굴이 해끔한 그 머슴애는 굿당에서 가져온 먹을거리들을 곧잘 내게 나눠 주기도 하고, 신당에서 쓸 조화造花를 꾸미는 색색가지 종이들을 건네주기도 했다.

'나'의 아버지는 섬에서 잡은 물고기를 바다 건너 육지의 부두에 생선 횟감으로 내다 팔아 꽤 쏠쏠한 수입을 올린다. 나중에는 낚시꾼들을 상대로 하여 참돔이나 대물의 조어釣魚 포인트로 안내하는 일을 하게 된다. 하루는 서이말등대鼠珥末燈臺 부근의 갯바위에 낚시꾼들을 내려주고 나중에 데리러 오기로 약속하고 배를 돌린 아버지는 느닷없이 닥친 큰 풍랑에 좌초되어 물에 빠져 죽고 만다. 아버지는 당시 망막 색조변성증 치료제를 장기복용하고 있었는데, 그날은 출항 때 물빛을 잘못 보고 낚시꾼들을 데리고 나갔다 조난을 당한 것이다. 아버지의 시체는 끝내 찾지도 못했다. 그렇게 아버지가 세상을 떠난 지 오래지 않아 춤바람이 난 어머니는 어느 날 집을 나간 뒤로 영영 돌아오지 않는다.

세월이 흘러, 섬을 떠나 육지로 나온 '나'는 거기서 한 남자를 알게된다. 그 사내는 도로공사현장에 파견 나온 토목과장이라고 자기를 소개했다. 그와 가까이 지내던 '나'는 불의의 임신을 하고 만다. 생각 끝에 병원수술대에서 '나'는 태아를 지우기로 결심한다. 마취제 주사를 맞은 직후부터 '나'는 마치 이안류離岸流에 휩쓸리듯 속이 울렁대고 머리가 어질해진다. '빠져나오려 할수록 점점 더 깊이 빨려든다.' 나락奈落의 끝이 어디쯤일까를 생각하듯 물 속에 빠져 죽은 아버지를 떠올리고, '나'를 버리고 떠나버린 어머니를 떠올린다. 미치광이 여자가 강을 건너는 환영을 본다. 물살이 거칠어 걸음걸이가 더딘데, '치맛자락이 물굽이에 자꾸만 빨려든다.' '한순간 발걸음을 헛디뎌 등에 업은 아이가 물속으로 사라진다.' '어미의 손을 놓친 아이가 둥둥 떠내려간다.' 여자가 미친 듯이 울부짖는데, 여울목에 걸린 아이가 '나'더러 엄마라고 부른다. "넌 누구니? 나는, 네 어미가 아니야."라고 나는 답한다. 수술이 끝나고, '나'는 빈 자궁을 끌어안은 채 비틀거리며 병원 문을 나선다.

그 일이 있은 뒤, '나'는 아프고 쓰라린 추억만 남은 그 섬을 다시 찾아간다. 가파른 언덕의 암벽 위에 있던 굿당 쪽으로 발길을 옮겼다. 때마침 거기서는 바다에 빠져 죽은 사람을 위로하는 '수망굿'이 한창이었다. 수영 실력이 미숙하여 물에서 사고사를 당한 청년의 넋 건지는 굿이었다. '나' 역시 불의에 임신한 아이를 중절수술로 떼어낸 죄책감 때문에 굿당에서 굿이 '亡子神位'라 적고, 그 아이에게 부디 이승의 고통에서 벗어나 새가 되어 훨훨 날아가기를 기원한다.

　박수무당이 휘두르는 삼지창이 햇빛을 받아 번쩍거렸다. 날을 세운 창 끝에 명치끝이 찔린 듯 쓰라렸다. 어쩌면 이미 가슴 속에 깊숙이 꽂고 있는지도 모른다.
　"부디 거두어주소서, 부디……."

나는 시왕탱화 앞에 꼬꾸라진 채 울부짖고 있었다. 쨍그랑대던 바라소리도 뚝 끊어졌다. 누군가? 나를 향해 다가오는 누군가를 예감했다.

"생목숨 절단 내고, 마저 남은 것도 끊으려고?"

가심질을 한다며 해장죽으로 등을 후려쳤다.

"무슨 용빼는 재주가 있다고. 기껏해야 너와 나는……."

쥘부채를 흔들며 굿을 하던 사내가 고깔을 벗었다.

그 옛날, 습자지로 꽃을 만들 때마다 그 애의 손끝에선 이름 모를 꽃들이 무수히 피어났다. 봉긋한 연꽃도, 함박꽃도 활짝 폈다. 꽃을 만들다 가끔 휘파람을 불었다. 나는 그 애가 만들어준 꽃 브로치를 가슴에 달고, 머리에 꽂기도 했다. 굿판을 따라 유랑생활을 하던 가족들을 따라 떠나던 날, 남은 색종이를 내게 선물로 주고 간 아이. 나는 마을 어귀에 있던 이팝나무 아래서 손을 흔들어 주었다. 나무둥치에는 새끼줄에 오방색 색실이 촘촘히 끼워져 있었다. 그 나무를 사이에 두고 우리는 술래잡기놀이도 했다. 그때의 미소년의 얼굴엔 구레나룻이 뒤덮고 있었다. (중략)

'새가 되어라, 아가야. 부디 새가 되어…….'

나는 박수무당의 뒤를 따라 탑돌이를 할 때처럼 불꽃 주위를 빙글빙글 돌았다. 바람이 잦아들고 있었다.

—「바람이 분다」 결말 부분.

여기서도 어김없이, 어린 시절 정신적 외상을 입은 여자인 '나'가 등장한다. 물에 빠져 죽은 아버지, 춤바람이 나서 자식을 버리고 달아나 버린 어머니에 대한 아픈 상처는 '나'로 하여금 원치 않은 임신으로 중절수술을 받아 아이를 떼어내게 함으로써 결국 '나'를 버린 엄마와 유사한 행동을 감행하는 것이다. 몽롱한 의식 상태에서 "나는, 네 어미가 아니야."라고 매몰차게 말하는 대목이 이를 잘 말해준다.

희망도 없고, 불행으로 가득한 이 세상에서는 '나'와 같은 괴로움을 겪지 않으려면 차라리 태어나지 않기를 바란 셈이다. 이러한 극단적 행동은 '자기의 존재감'에 대한 끝없는 회의에서 비롯되었던 것으로 보인다. 뒤늦은 후회와 죄책감이 찾아오지만, '내'가 할 수 있는 짓이라곤 겨우 죽은 태아를 위해 순결한 새가 되어 이 고통스런 세상 밖으로 훨훨 날아가기를 기원하는 일밖에 없다. 그리고 나서야, 비로소 격렬했던 생의 돌개바람이 잦아드는 것 같은 기분을 느끼며 '나'는 가까스로 마음의 안정을 찾고 있는 것이다.

3. 상징 · 은유 · 문체

김임순의 작중인물들은 대부분 미래를 겨냥한 뚜렷한 인생 목표가 없는 사람들이다. 과거로의 퇴행적 반응을 보이는 자들은 시대상의 급속한 변화와 흐름에 미처 따라가지 못할뿐더러, 나날이 달라지는 세태에도 제대로 적응하지 못함으로써 곧잘 파멸로 치닫고 마는 참상에 직면한다.

「단풍이 타던 시절」은 시신을 염습殮襲하는 이색적 직업을 가진 한 '남자'가 주인공이다. 세칭 '염장이'인 '남자'에게 죽음은 낯선 상황이 아니라 일상사처럼 익숙하다. 죽은 사람의 몸을 씻긴 뒤에 옷을 입히고 염포로 묶는 일이 끝나면 관 속에 넣기까지 '남자'는 시체와 늘 함께하는데, 이 소설 속에서는 3번에 걸쳐 염을 하게 된 과정이 소개된다.

첫 번째는 바다에 빠져 죽은 사내의 주검과 만난다. 브레이크를 밟는다는 게 잘못해 엑셀을 밟았는지, 아니면 급발진 사고였는지 분명치 않은 익사체였다. 개중에는 자살에 무게를 두는 모양새지만 단지 추측일 뿐, 그 내막에 대해선 아무도 모른다. 사내가 쇠사슬 가드라인을 뚫고 다이빙하듯 바다로 곤두박질쳤다.

두 번째는 교통사고로 죽은 자기 '아내'의 시신을 손수 염하게 된 일의 회상으로서, 실제의 시간 순서로 따지자면 차를 몰고 바다로 돌진하여 익사한 사내보다 먼저 일어났던 사건이다.

세 번째도 역시 차를 운전하다 사고사로 처리된 한 여자의 시신을 염하게 된다. 공교롭게 세 번 모두 자동차 사고사와 관련돼 있다. 약간 작위적作爲的이라고 느낄 정도로 매번 자동차와 연관을 짓고 있다. 그러나 도리어 이 점에서 우리는 작가의 특별한 의도를 읽을 수 있다. 즉, 질주하는 자동차는 급속도로 바뀌어가는 시대상의 흐름을 은유한다. 그리고 이러한 세태의 변화에 도저히 적응하지 못하고 과거에 덜미 잡혀 퇴행적 반응을 보이는 자들에게 교통사고는 필경 예정된 파멸의 참상을 상징한 것으로 읽힌다.

「단풍이 타던 시절」에서 특히 다음과 같은 예문들에 주목할 필요가 있다.

〈예문 ①〉
승용차는 동해안 어느 바다를 향해 달려간다. 여름이면 피서객들로 넘쳐나는 어느 도시를 향하고 있었을까. 그날, 아내가 잠깐 다녀오겠다며 집을 나섰을 때처럼 이 여자 또한 그랬을까. 심하게 휘어진 산모롱이를 돌다 갑자기 나타난 어떤 물체를 만났다. 아내도 아주 가끔 저를 버린 부모가 자동차 유리창에 달라붙는다고 여겼을까. 환영과 함께 타고 달린다는 의식이 끔찍하게 싫어, 길가에 세워진 전봇대라도 들이받아 그들을 떨쳐 버리고 싶었는지도……. 이번 여자 또한 그 무언가의 형상을 향해 막연히 돌진해 버린 게 아니었을까. 그게 배신한 남자의 환상이었을 수도…….

과거에 발목 잡힌 사람은 미래를 향해 쉽사리 나아가지 못한다. 아닌 게 아니라, 실상 현재와 과거 사이에서 과거에 덜미를 잡혀 뒤돌아보면 행복에 가 닿기는커녕 항상 미래에 지고 마는 법이다.

'남자'의 아내에겐 이처럼 늘 돌아보지 않으려 해도 뒷덜미를 끌어당기는 과거사가 있었다. 부모로부터 버림받은 아픈 과거다.

〈예문 ②〉

아내에겐 피붙이가 없다. 아는 데라곤 열여덟 살까지 지냈던 성애원聖愛院뿐이었다. 성애원을 오르던 길목에 단풍나무가 있었다. 아내는 나무 아래서 언젠가 자기를 찾으러 올 엄마를 손꼽아 기다렸다고 했다. 조금만 지나면 금방 데리러 오겠다는 말을 철석같이 믿었단다. 빨간 원피스를 입고 등 떠밀려 들어온 지 몇 년이 흘렀다. 나무둥치가 굵어지고, 파란 잎에 단풍이 들어도 엄마는 오지 않았다고. 아내는 그때 입었던 원피스를 보물인 양 간직하고 있었다. 자신이 너무 자라서 엄마가 미처 알아보지 못할까 봐 단풍나무에다 그걸 걸어두고 놀았단다. 빛이 바랜 원피스는 아내의 옷장 속에 아직도 고스란히 남아 있다.

(중략) 아내는 그를 부둥켜안고 우는 날이 많았다. 그런 아내를 위해 남자는 노인들을 염습殮襲할 때마다 정말 장모님을 모시듯 했다. 그랬던 아내가 자기보다 먼저 죽다니 도저히 믿어지지 않았다. 아쉬운 대로 성애원에 알릴까 하다 그만두었다. 아내는 그곳을 떠나온 뒤, 자신의 과거를 들

먹이는 걸 원치 않았다. 남자도 그걸 되씹고 싶지 않았다. 의지가지없이 살아도 두 사람은 성애원을 나왔다는 것만으로 행복해했다.

예문에서 보듯, '남자' 역시 아내와 같은 성애원聖愛院 고아 출신임을 암시하고 있다. 그리고 어느 날 내연산 폭포로 꺾어 도는 7번 국도에서 일어난 자동차 사고는, 할인마트에서 점원 일을 하던 아내가 그 일을 그만두고 보험설계사로 나선 뒤의 일이었다.

차를 몰고 바다로 뛰어든 사내의 시체를 염한 직후에 또 다른 사람의 염습 차례가 예정되어 있었다. 역시 차 사고로 죽은 여인이었다. 3호 영안실에서 조문객을 받기로 예약돼 있다. 모레가 장례식이면 지금쯤은 간간이 문상객들이 찾아오지 않을까, 그런 생각이 들어 '남자'는 그곳으로 가본다. 그런데 예상과는 달리 영안실은 아무도 없었다. 다만, 국화꽃 속에 파묻힌 영정 사진만 제단 위에 홀로 앉아 조문객을 기다리고 있다. 죽음과는 영 무관해 보이는 사진은 자신이 죽었는지조차도 모르는 듯 태연하게 웃고 있다.

사람은 죽은 뒤라도 생전의 재산과 직위에 따라 그 뒤처리는 극명하게 갈린다. 옆방 2호실에는 문상객들로 붐비며 왁자지껄하다. '남자'는 자기랑 아무 관계도 없는 텅 빈 3호실 여자의 빈소를 한참 동안 홀로 지킨 채 앉아 있었다. 그는 홀아비가 된 뒤 어미 없이 남겨진 아이들을 위해서라도 재혼을 권하는 주변인들의 동정심 어린 주선으로 몇 번 상대를 만나본 적이 있었다. 그러나 이런저런 이유로 전혀 마음이 내키지 않았다. 그런데 이상하게도 3호실의 제단 위에 영정으로 얹힌 사진 속의 저 여자야말로 자기의 모든 걸 다 내주어도 아깝지 않을 것 같았다.

〈예문 ③〉
남자는 맥없이 고개가 자꾸 꺾였다. 바다로 뛰어든 사내에게 너무 많은 힘을 쏟은 것 같았다. 누군가 어깨를 툭, 쳤다. 양쪽 다리 사이에다 머리를 박고 그새 졸고 있었다. 꿈에서조차 아내를 껴안고 울었던지 눈가가 축축했다. 남자의 쪽잠을 깨운 노인은 여자의 외삼촌이라고 자신을 밝혔다. 염할 시간은 아직 내일인데, 무슨 일이냐고 물었다. 남자는 지나가던 길에 잠시 들렀다고 둘러댄다. 마음은 갸륵하지만 미리 대기할 필요는 없지 않느냐, 하며 그만 돌아가라고 했다. 그러다 미안했던지, 술이나 한잔 하고 가라며 2호실로 가서 육개장과 소주를 얻어 왔다.

드디어, 죽은 여자의 염습을 위해 남자는 해거름에 집에 들러 속옷을 갈아입고 나온다. 염을 할 때 옆에서 참관하던 여자의 외삼촌 입을 통해 조카가 사십대의 독신녀라는 사실을 '남자'는 처음 알게 된다. 생판 모르는 여자의 시신을 앞에 두고 수태受胎 경험이 없는 발가벗긴 몸을 씻기고, 이승에서 치르는 마지막 절차인 그 염습 과정을 세밀하고도 적나라하게 묘사한 대목은 이 소설의 압권이다.

'남자'는 절차상 곡기를 끊은 지 나흘째인 여자의 입술을 간신히 열고 생쌀을 밀어 넣는다. 그리곤 여자의 유품인 가방을 뒤져 루주를 찾아내 입술에 바른다. 샤넬립스틱 번트레드burntered였다.— 절정의 단풍빛깔인 '불타는 빨강'이다. 차가운 세상 저 너머로 보내지는 여자에게 '남자'는 동면冬眠을 위해 마지막 가을을 불태우는 단풍 빛깔로 정성들여 그 입술을 채색한다.

요컨대, 화장火葬을 위해 화장化粧하는 것인데, 여기서 서로 모순되면서도 상통되는 아이러니의 상징체계를 발견할 수 있다. 즉 하나의 어휘로 두 가지 뜻을 만들어내는 펀pun: 同音異義語이 단순히 말로써 행해지는 게 아니라, 실제 행동을 통해 어떤 상징성을 띠게 함으로써 삶에 대한 새로운 통찰을 발견하게 해준다. 즉, 단풍은 조락凋落에 앞서 생의 최후를 불태우는 '황홀한 열정'의 상징임을 일깨워주고 있는 것이다.

여자는 '남자'의 아내처럼 선천적으로 빨간색을 좋아했던 모양이다. 칠이 약간 벗겨진 손톱의 매니큐어와 발톱 역시 빨간색이었다. 아내는 빨간 원피스를 입고 엄마에게 등 떠밀리듯 고아원에 맡겨진 뒤에도 성애원으로 오르는 언덕의 단풍나무 아래에서 찾아올 엄마를 기다리며 놀곤 했었다. 좀 더 커서는 빛바랜 그 빨간 원피스를 단풍나무 가지에 걸어놓고 기다리기도 했었다. 아내는 사고를 당한 그날에도, 종신보험 계약을 하겠다는 고객의 전화를 받고는 빨간색 원피스를 입고 새로 구입한 빨간색 소형차를 몰고 장거리 운전에 나섰다.

　'남자'에게는 평소 아내가 원하던 가족 단위의 소풍놀이 같은 걸 제대로 못 해준 애틋함이 가슴에 남아있다. 염습하는 내내 여자와 아내가 딱히 닮은 곳도 없었건만, 여자의 얼굴에 아내가 자꾸만 오버랩이 되어 착각을 일으킨다. 이후부터 그는 여자의 남편 역할을 충실히 해낸다. 대기한 영구차에 여자의 관을 옮겨 싣고 화장터로 가는 동안에도 죽은 여자의 외삼촌은 있으나마나였다. 그에게 모든 걸 위탁한 듯 거의 방관적 자세로 어찌할 바를 몰라 했다. 유족이 없으니 돈 나올 데가 없다는 걸 운전사가 눈치를 채고 자갈길을 달리듯 거칠게 차를 몬다. 몸이 옆으로 쏠리게 급브레이크를 자주 밟는 바람에 하는 수 없이 '남자'가 봉투를 찔러주기까지 한다.

〈예문 ④〉

여자는 짐짝처럼 끌려갔다. 마스크를 쓴 직원을 따라 남자도 연소실을 향해 뛰었다. 관을 밀어 넣기 전에 고인과 마지막 인사를 나누라고 했다. 남자는 얼떨결에 "잘 가세요."라고 말했다. 직원이 거듭 아내의 이름을 힘껏 부르라고 했다. 아내라? …… 그래야만이 영혼이 불구덩이에서 뛰어 나온다고. 남자는 여자의 이름을 미처 알지 못했다. 머뭇대는 순간 여자의 관이 화염 속으로 미끄러지듯 들어가 버렸다. (중략) 시신이 소각되는 장면을 모니터가 고스란히 비추고 있었다. 여자의 몸은 이미 불꽃으로 뒤덮였다. 인두로 지진 듯 등이 바짝 오그라들었다. 완연한 가을이었다. 단풍이 훨훨 타고 있었다. 남자는 더 이상 그 절경을 지켜볼 수가 없어 밖으로 나온다. 허기가 밀려왔다. 여자의 영안실을 지키고 있었던 내내 끼니를 몇 차례 거른 것 같다. 남자는 식당으로 올라가 여자의 육신이 산화할 때까지 육개장을 주문한다. (중략)

여자는 아직도 단풍 숲에서 나오지 않았다. (중략) 여자의 외삼촌이 어깨를 일으켜 세우며 아래로 내려가자고 했다. 손끝으로 가리키는 이름이 맨 위로 올라와 있었다. 뒤따라 방송이 나왔다. 그제야 그게 여자의 이름이란 걸 알았다. 마스크를 쓴 직원이 유골을 어떻게 할 거냐고 퉁명스럽게 물었다. 나더러 어쩌라고? 남자가 여자의 외삼촌을 쳐다봤다. 댁에게 전적으로 일임했으니 알아서 하라는 듯 턱짓을 보낸다. 남자는 단풍나무 밑에 뿌릴 거라고 했다. 그는 뒤돌아가더니 분쇄기에 연골을 쏟아 붓고 들들, 갈았다.

남자는 나무상자를 가슴에 품었다. 따뜻했다. 단풍나무를 배경삼아 행락객들이 단체사진을 촬영하거나 독사진을 찍고 있었다. 조금 평평한 곳에 때깔고운 단풍나무가 있었다.

(중략) 보호시설에 맡겨졌던 아내는 부모들과 소풍을 가는 아이들이 가장 부러웠다고 했다. 여자 또한 아내와 비슷한 경험을 한 적이 있을까. 윤회설이 있다면…… 남자는 보자기의 매듭을 풀고 나무상자 뚜껑을 연다. 사람들이 슬슬 자리를 피했다. 여자의 분신을 한 움큼 집어 단풍나무 아래에 솔솔 뿌렸다. 이틀이 아주 빠르게 지나갔다고 생각한다. 그 사이 남자는 오롯이 여자의 남편이 되어 있었다. 단풍이 붉게 타던 시절이었다.

「단풍이 타던 시절」은 이렇듯 이승에서 누구나 맞이하는 생의 마지막 쓸쓸한 광경을 담담하게 그려낸 수작秀作이다.

이 밖에도 김임순의 소설에서는 상징을 통해 '사물과 인격의 동질적 의미'를 나타내는 시도가 자주 눈에 띈다. '앵무새'가 된 직업여성이 마음에 들어 꽤 많은 값을 포주에게 지불하고 마치 진짜 앵무새 한 마리를 데려와 키우듯 동거를 시작하는가 하면(「P시의 항구 주변」), 부두노동자로 전락한 '나'의 숙소인 반 지하방의 작은 구멍새로 들락날락하는 '생쥐'와 '개미 떼'를 자신과 동일시하여 스스로를 그런 존재로 느끼거나(「덫과 틈 사이」), 인간의 세 가지 유형을 '철새 · 갈매기 · 순치馴致된 애완조愛玩鳥'로서 상징한 경우도 있고(「철새와 갈매기」), 도시의 그늘진 곳에 독버섯처럼 기생하며 비열한 삶을 사는 군상群像을 '상어 떼'에 비유하기도 한다(「허공 건너기」). 이런 경우, 작가는 대개 현실과 환상이 겹쳐 묘한 분위기를 자아내는 서술적 기교를 보여준다. 가령, 태어날 아기방을 꾸미며 가난해도 행복할 가정을 꿈꾸는 동안 뱃속에서 아기가 발길질할 즈음엔 이미 태어난 아기와 함께하는 모습을 연상시키는 장면(「그 여자의 남편」)은 동성애 부부를 다룬 특이한 작품이다.

김임순의 소설들은 거의 전부라 해도 좋을 만큼 어린 시절 정신적 외상을 입은 주인공들이 어김없이 등장한다. 여성으로 태어난 작가 자신의 성장과정이 그랬던 것처럼, 남존여비의 오랜 관습에 의해 어릴 적부터 세뇌되고 길들여진 여성적 삶에 대한 반발 심리가 어쩌면 작가로 하여금 곧잘 남성 위주의 화자를 주인공으로 삼은 동기가 아닐까, 추측된다. 실제의 여성작가가 작중인물이 된 남성의 입장에서 이야기를 하다 보니 간혹 위악적僞惡的이고 냉소적인 어투는 물론, 세상을 지배하는 기존 질서와 윤리에 대한 과장된 시니시즘으로 반응하기 일쑤다. 그때마다 문체는 거칠어지고 세련미를 잃고 있다. 좋게 보아 김유정 풍風의 해학적 톤이라고 말할 수도 있겠으나, 불필요한 비속어와 흔히 일상에서 아직도 유통되는 일제잔재인 일본어가 대화문도 아닌 지문地文 속에 버젓이 쓰이는 것은 약간 눈에 거슬린다. 그중에서도 특히, 비정규직 사내의 고달픈 인생유전을 그린 「철새와 갈매기」는 소위 '헬조선'을 피해 해외로 일자리를 찾아 달아난 사내의 이야기인데, 그는 한 곳에 진득이 오래 붙어있지 못해 뿌리 뽑힌 부평초 같은 신세다. 또, 미군부대 주변에 서 세칭 양공주의 딸로 태어나 어릴 때부터 '튀기'라고 놀림을 받고 따돌림당하기 일쑤여서 끝내 고국에 뿌리를 내리지 못하고 해외로 떠난 '늙은 여자'의 삶을 그린 「연리지가 있던 정원」과 「킹크랩이 되는 과정」 등은 앞서 지적한 바대로 현실에 대한 강한 불만과 반항의식을 작품 속에 구현하려는 지나친 의도 때문에 문체 자체가 세련되지 못하고 매우 거칠어진 경향을 보인 작품들이다.

언급한 이 세 편의 작중인물은 현세의 고통에 시달린 불행한 자들로서(물론 그 외의 작중인물들도 그만 못지않게 아픈 기억과 쓰라린 상처들을 간직하고 있지만), 세상에 대한 강한 적개심이 그들의 뒷덜미를 단단히 움켜쥐고 흔들어대는 바람에, 잘못된 세상에 대한 성찰과 생에 대한 그 어떠한 긍정적 해답을 도출하려는 노력을 보이지 않는다. 평자에 따라서는 이 점이 하나의 결함으로 지적될 수도 있다.

따라서, 같은 처지의 소설가로서 내가 김임순의 소설이 장차 지향해야 할 방향에 대해 한 가지 조언을 해준다면, 그것은 생의 이면을 직시함으로써 자신의 생에 대해서도, 작품에 대해서도 그 나름의 긍정적 해답을 도출하는 방향을 모색하길 바란다는 점이다.

그런 의미에서 보자면, 이번 첫 창작집의 표제로 삼은 「허공 건너기」는 수록된 10편의 소설 중 그 주제나 플롯이나 문장 등, 모든 면에서 가장 탄탄하게 짜인 수준급 작품이다. 이것은 어디까지나 한 사람의 독자 입장에서 본 내 개인적 견해에 불과하다. 다만, 이 한 작품만 따로 분리하여 한 편의 독립된 해설을 써야 할 만큼 충분히 논할 여지가 있음에도 불구하고, 여기서는 지면이 부족하여 생략할 수밖에 없는 것이 아쉬울 따름이다. 그러므로 이 작품의 평가에 대해서는 일단 독자 개개인의 몫으로 남겨두고자 한다.